Arena-Taschenbuch
Band 2855

Ingvill Skjold Thorkildsen

Ich heiße Ingvill. Ich bin 17 und gehe auf die Schauspielschule in Bergen. Von klein auf habe ich gerne Theater gespielt und es immer geliebt, mit Leib und Seele in Rollen hineinzuschlüpfen und mich auf die Gedanken und Gefühle ganz unterschiedlicher Personen einzulassen. So habe ich auch das Schreiben für mich entdeckt. In »Ich wünsch mir Flügel« erzähle ich von der fünfzehnjährigen Klara – genauso alt war ich, als ich mit der Geschichte begann. Ich hatte eigentlich nicht die Absicht, einen ganzen Roman zu schreiben. Aber dann wurde Klara auf dem Papier plötzlich lebendig und ich konnte nicht mehr anders. Ich schrieb und schrieb und schrieb . . .
(Die Autorin im Jahr 2000)

Eine realistische Erzählung in einer tollen, einfachen Sprache, deren größte Stärke in ihrer Glaubwürdigkeit liegt.
Dagbladet

Ingvill Skjold Thorkildsen

Ich wünsch mir Flügel

Aus dem Norwegischen
von Daniela Christian

Arena

In neuer Rechtschreibung

Deutsche Erstausgabe
1. Auflage als Arena-Taschenbuch 2002
Die Originalausgabe erschien unter dem Titel *Klara*
bei Gyldendal Norsk Forlag AS – Gyldendal Tiden

Aus dem Norwegischen von Daniela Christian
Gestaltung: T2 unter Verwendung eines Fotos von Stone
Gesamtherstellung: Westermann Druck Zwickau GmbH
ISSN 0518-4002
ISBN 3-401-02855-3

*Die wichtigsten Dinge
in Klaras Leben:*

*Wärmflasche
Kaffeemaschine
Schminke
Leggins
Seifenblasen
Liebesperlen*

Es betrachtet sich im Spiegel, das kleine Mädchen mit den langen Haaren. Mit der einen Hand fasst es sich an den Kopf, in der anderen hält es eine Schere. Langsam hebt es die Hand und öffnet den Mund der Schere. Der frisst sich in die Haare wie ein hungriger Wolf und schließlich steht es da in einem Berg abgeschnittener Haarsträhnen. Das kleine Mädchen lächelt. Dann wirft es ein paar Mal stolz den Kopf zurück, bevor es sich seine neue Frisur zurechtzupft. Ohne die Überreste vom Fußboden aufzuheben, verlässt es das Zimmer.

Die Mutter reagierte zunächst nicht. Sie saß auf dem Sofa und las Zeitung, sah nicht einmal auf, als Klara ins Wohnzimmer kam. Klara ging mit langen Schritten an ihr vorbei, direkt vor ihr, und warf keinen einzigen Blick in Richtung Sofa. Innerlich hoffte sie, dass die Mutter zu ihr hochschauen, ihre Haare sehen und sagen würde, dass es hässlich war. Sie sollte fragen, warum sie das getan hatte. Aber sie sollte es tun, ohne dass Klara sie auf sich aufmerksam machen musste. Denn sonst wäre alles zerstört. Und sie musste es jetzt entdecken, bevor sie ging, sie sollte wissen, dass Klara es zu Hause getan hatte, in der Wohnung, die ihrer Mutter gehörte. Aber die Mutter schaute nicht hoch. Klara ging hinüber zur Obstschale und nahm sich eine Apfelsine, ohne ein Wort zu sagen. Sie wollte auch nicht dastehen und darauf warten, dass ihre Mutter sie ansah. Aber sie musste sie jetzt sehen! Die Mutter drehte den Kopf und öffnete den Mund, um etwas zu sagen, aber es kam kein Ton heraus. Sie bewegte die Lippen und die Zähne rieben aufeinander. Klara sah es aus den Augenwinkeln heraus. Sie wollte nicht die Erste sein, die die Stille durchbrach. Das war auch nicht nötig.

»Was hast du mit deinen Haaren gemacht?«, fragte die Mutter in einem Tonfall, der ihre Überraschung verbergen sollte. Sie versuchte ärgerlich zu klingen. Aber Klara wusste, dass sie ihre Mutter da hatte, wo sie es wollte.

»Abgeschnitten«, sagte sie stolz, doch nicht triumphierend.

»Na, es sind ja deine Haare!«, sagte die Mutter und verdrehte die Augen. »Was hast du mit den abgeschnittenen gemacht?« Sie sah Klara nur an. Klara machte auf dem Absatz kehrt und ging aus dem Zimmer. Sie warf alle Haarsträhnen aus dem Fenster, hinunter in das Blumenbeet der Nachbarn. Sie sahen aus wie tausend Würmer. Klara biss die Zähne zusammen und schluckte die Worte hinunter, die sie gern hinausgeschrien hätte.

* * *

Die anderen fanden ihre Haare gut, wollten aber wissen, warum sie sie abgeschnitten hatte. Warum? Einfach so, sagte sie, nicht aus einem bestimmten Grund. Das war allerdings gelogen, es stimmte kein bisschen.

In der großen Pause gingen Klara und Sofie zum Laden.

Sofie hüpfte die Straße entlang, während sie vom Wochenende erzählte.
»Er war so schön, Klara, das würdest du auch finden. Er war einer der Schönsten, die ich in meinem Leben gesehen habe. Aber ich glaube, ich traue mich nicht ihn anzurufen. Ich meine, er hat doch eine Freundin! Du weißt, wer Katarina ist? Die ihre Haare lila gefärbt hat und zwei Wochen später waren sie ganz grau? Sie ging letztes Jahr auf unsere Schule, du weißt, wen ich meine, oder ...?«
Klara nickte und schüttelte den Kopf, je nachdem, was passte. Ja, sie wusste, wer Katarina war.
»Ich glaube, er ist mit ihr zusammen und bestimmt schon ziemlich lange. Aber wir haben den ganzen Abend geflirtet und hinterher hat er mich nach Hause gebracht. Ich habe noch nie so viel Spaß gehabt!«

Sofie war andauernd verliebt. Es gab immer irgendeinen Typen, der der Schönste war, den sie je gesehen hatte. Das Schlimmste war, dass sie es fast immer schaffte, ihnen den Kopf zu verdrehen. Doch dann zog sie sich zurück. Sie hatte ziemliche Angst davor, fest mit jemandem zu gehen. Das war mit zu vielen Verpflichtungen verbunden, fand sie. So war Klara wohl auch. Darin waren sie sich ziemlich ähnlich. Übrigens benutzten nur Klara und Sofie das Wort »schön« für einen Jungen. Die anderen sagten toll oder niedlich. Und wenn sie ausdrücken wollten, dass jemand gut aussah, sagten sie süß oder hübsch. Klara brachte es nicht über sich, hübsch zu sagen, das erinnerte sie an ihre Mutter. Außerdem war schön ein umfassenderer Begriff.
Jetzt war Sofie in einen Neuen verliebt. Ziemlich lange war es Simen gewesen, aber der war zu alt für sie. Hatte sie entschieden!

»Klar, dass ich Simen nicht vergessen habe, aber das wäre sowieso nie was mit uns geworden, weil er zu alt für mich ist, glaube ich. Findest du nicht? Auch wenn zwei Jahre eigentlich nicht so viel sind. Aber für mich sind sie das, jedenfalls im Moment!«

Klara öffnete die Ladentür und trat ein. Sofie trippelte hinterher. Plötzlich blieb sie stehen und zog Klara am Ärmel.

»Er ist hier, Klara, er steht da drüben.«

»Wo denn?«

Klara schaute sich um.

»Nein«, seufzte Sofie, »er war es doch nicht.«

* * *

Es war totenstill. Die Mutter starrte sie an, Klara starrte an die Wand.

Du darfst nicht heulen, dachte sie und biss die Zähne zusammen, du darfst nicht vor ihr heulen.

»Das hätte ich nicht von dir gedacht, Klara. Ich bin enttäuscht!«

Die Mutter sagte es scharf, um Klara begreiflich zu machen, dass sie wirklich das Beste von ihrer Tochter gedacht hatte. Alle anderen mochten rauchen, aber doch nicht ihre Tochter.

»Ist es wirklich wahr, dass du rauchst?«

Klara sagte nichts. Sollte die Mutter sich doch ruhig abreagieren. Gleich würde sie wieder mit allem kommen, was sie sonst noch an Klara auszusetzen hatte, und das war eine ganze Menge.

»Warum rauchst du denn? Hast du einen einzigen guten Grund dafür?«

»Es ist cool«, sagte Klara, nur um zu provozieren.

»Dann musst du es ja verdammt nötig haben«, seufzte die

Mutter und ging zur Tür. Dort drehte sie sich noch einmal um und sagte: »Mir ist klar geworden, dass ich in Zukunft viel strenger mit dir sein muss.«
Dann schloss sie die Tür hinter sich, nicht mit einem Knall, was Klara hätte reizen können, sondern leise und vorsichtig.
Wieder einmal war Klara besiegt. Sie war k. o. geschlagen worden, ohne Möglichkeit, sich zu verteidigen, ohne die Chance, ein Wort mitzureden. Es war also beschlossene Sache, dass die Mutter viel strenger mit ihr sein musste, weil sie eine Zigarettenschachtel in Klaras Zimmer gefunden hatte. Es war beschlossen. Eine leere Zigarettenschachtel. Klara fühlte sich wie ein kleines Kind. Ein kleines Kind, dem verboten worden war zu schreien, wenn es hingefallen war und sich wehgetan hatte.

* * *

Mit ausdruckslosem Blick starrte Klara in die Klasse. In ihrem Kopf war es leer.
»Nun«, sagte der Lehrer. »Was hast du uns vorzutragen?«
»Ich kann mich nicht erinnern«, sagte Klara.
»Du kannst dich nicht erinnern, worüber du dein Referat halten sollst?«
Sie schüttelte den Kopf. Sie konnte es nicht. Jemand kicherte. Klara sah die anderen nicht, da war etwas zwischen ihr und ihnen. Sie war hinter einer Glaswand, durch die man nicht klar hindurchsehen konnte.
»Dein Thema war die Pest in Norwegen.«
Niemand begriff, dass Klara nichts hörte. Sie setzte sich auf den Lehrerstuhl und drehte sich leicht hin und her.
»Ich kann mich nicht erinnern. Im Moment jedenfalls nicht. Morgen«, sagte sie, bevor sie aufstand und zurück zu ihrem Tisch ging.

Draußen war Herbst und die Blätter waren schon von den Bäumen gefallen. Bald war Winter und an den Nachmittagen würde es früh dunkel werden. Es hatte angefangen, zu regnen. Die Tropfen plopptten leise gegen die Fensterscheiben des Klassenzimmers.

* * *

Ich möchte einfach die sein, die ich bin. Ich will kein perfektes und glamouröses Leben führen. Ab und zu möchte ich Körper und Persönlichkeit mit jemand anderem tauschen. Ich will nicht mehr länger ich selbst sein. Ich habe meine langen Beine und meinen Bauch so satt. Ich habe es satt, mein Lachen zu lachen. Jedes Mal, wenn ich in den Spiegel sehe, möchte ich mir alle Hautschichten und mein ganzes Aussehen runterreißen und was Neues haben. Ich mag Veränderungen. Ich kann nicht mein ganzes Leben in einem einzigen Körper leben. Ich kann auch nicht ein Leben lang an ein und demselben Ort sein und dieselben Dinge tun.«

Als sie eine Pause machte, um Atem zu holen, lag eine Andeutung von Tränen in der Luft. Auf der anderen Seite des Tisches saß Sofie. Hinter ihnen dudelte die Musik vor sich hin und das ganze Haus war voller Gelächter.

»Trink das hier«, sagte Sofie und gab ihr ein Glas Wasser.

»Nee, will ich nicht«, sagte Klara.

»Doch, der Alkohol muss aus deinem Blut raus.«

Klara nahm gehorsam das Glas und trank. Es schmeckte nach nichts.

»Aber am meisten von allem möchte ich, dass mich jemand gern hat.«

»Jetzt hör aber auf, Klara, du weißt, dass dich viele gern haben. Hör auf zu spinnen.«

Sofie stand auf und packte Klara am Arm. Es waren Leute

im Wohnzimmer. Viele Leute. Klara hörte die Musik, verstand aber kein Wort von den Texten. Sofie bewegte sich im Takt zur Musik.
Klara versuchte zu tanzen. Eine Weile ging es gut, aber dann war sie erschöpft. Auf einem Ledersofa saß Jonathan mit ein paar anderen, aber sie sah nur ihn. Sie hatte gewusst, dass er kommen würde, und in manchen Momenten hatte sie sich eine Begegnung wie die zwischen Romeo und Julia ausgemalt. Aber das hier war so alltäglich, wie es nur sein konnte. Sie setzte sich neben ihn. Er rückte zur Seite, um ihr Platz zu machen.
»Geht's dir gut, Klara?«
»Ja«, antwortete sie und merkte, dass es stimmte. Sie seufzte. »Tanzen macht müde.«
»Du tanzt gut«, sagte er.
Der liebe Jonathan. Er saß dort neben ihr und wusste nicht, dass sie glücklich war, nur weil sie neben ihm saß.
»Ich tue jedenfalls so«, lachte sie.
Als Klara an diesem Abend nach Hause ging, hüpfte sie in kleinen Sprüngen die Straße entlang und hatte nichts anderes im Kopf als Jonathans sanfte, ruhige Stimme.

* * *

Klara saß warm angezogen auf dem Balkon und rauchte. Sie beobachtete die Mutter aus den Augenwinkeln. Sie wünschte sich, die Mutter könnte ihre Sehnsucht spüren, könnte erkennen, dass sie, Klara, hier fast wie eine Gefangene lebte. Eine Gefangene, die zu wenig Platz hatte, um sich zu bewegen und zu wachsen. Aber die Mutter trug die Einkäufe in die Küche. Klara saß allein auf dem Balkon und alles, was sie sah, war eine leere, einsame Straße.

*

Klara dachte an Jonathan und sie fühlte ein leichtes Kribbeln im Bauch. Die Herbstluft wurde kälter, sie müsste sich eigentlich wärmer anziehen, um auf dem Balkon zu sitzen. Aber nur wenn sie hier saß, hatte sie ein bisschen Ruhe. Sie musste Menschen sehen, dann fand sie Ruhe. Wenn sie sich selbst für eine Weile vergessen und andere Menschen beobachten, ein wenig an ihrem Leben teilhaben konnte. Wenn sie für die da unten nur ein Mädchen war, das auf einem Balkon saß und rauchte, mitten in der Stadt, an einem Nachmittag Anfang November.

* * *

Alle sollten ab und zu ihre Großeltern besuchen. Auch Klara. Ohne Eltern und aus eigenem Antrieb die Großmutter besuchen. Klara hatte ihre Großmutter seit den Sommerferien nicht mehr gesehen. Das hatte seine Gründe. Sie war nicht der Typ, brav dazusitzen und sich anzuhören, wie wenig ein orangefarbener Pullover zu einem lila Rock passte und wie wenig sie für ihre Mutter tat. Oder sich darüber zu unterhalten, wie es in der Schule lief und wie es der Großmutter so ging. Aber im Dezember gab es keine Ausrede mehr. Sie sollte zur Großmutter und damit nicht genug, sie sollte auch bei ihr übernachten. Die Mutter gab ihr Fahrgeld und Klara ging zum Bus. Sie hatte Pearl im Discman, und während sie zum zweiten Mal *Move Over* hörte, sah sie jemanden in den Bus steigen, der ihr bekannt vorkam. Es war Jonathan. Er setzte sich neben sie und Klara dachte, jetzt könnte gut die Zeit stehen bleiben. Er lächelte. Auch mit den Augen, den schönen Jonathan-Augen, die schmal und hübsch in seinem Gesicht lagen. Sie achtete nur auf seine Stimme, als er erzählte, wohin er unterwegs war, und bekam nicht ein Wort von dem mit, was er sagte. Aber sie lauschte seiner Stimme, der sanften, ausgeglichenen Stimme, und sie sah seine Blicke, die ruhigen Blicke. Plötzlich musste er wieder aussteigen.

»Wir sehen uns, Klara«, sagte er und stand auf.

Ja, sie würden sich sehen. Klara stieg aus. Sie ging nicht so wie sonst, sondern mit schnellen Schritten und zwischendurch sah es beinahe so aus, als wollte sie anfangen zu laufen.

Die Großmutter trank Kaffee, als sie kam. Die Kaffeetassen waren braun und hässlich.

»Möchtest du eine Tasse Kaffee, Klara?«, fragte die Großmutter. Klara nickte nur. Sie traute sich noch nicht wieder zu sprechen, hatte Angst, dass sie dann vielleicht irgendwelche Freudenschreie ausstoßen würde. In ihr heulten kleine Sirenen. Das konnte die Großmutter natürlich nicht sehen, sie konnte nicht wissen, warum Klaras Augen strahlten. Sie fand es einfach schön, dass ihr Enkelkind lächelte.

»Ja, danke«, brachte Klara endlich heraus.

Sie wollte gern Kaffee trinken.

Im Grunde war es entspannend, ein Wochenende bei der Großmutter zu sein. Sie konnte ihren Gedanken nachhängen und brauchte nicht viel Vernünftiges zu sagen. Sie konnte einfach den ganzen Tag herumnörgeln. Laut denken, nannte die Großmutter das. Sie freute sich einfach, dass es Klara gut ging, und nahm ein bisschen Gequengel in Kauf. Klara dachte an Jonathan. Am Abend stand sie am Fenster und sah hinaus aufs Meer.

»Jetzt müsstest du hier sein, Jonathan«, flüsterte sie leise gegen die Scheibe.

Das Glas beschlug von ihrem Atem und da hinein schrieb sie: Das Leben Ist Ein Rätsel ...

Dann ging sie ins Bett.
Es war warm im Zimmer, als sie aufwachte. Nicht wie zu Hause, dort waren die ersten Schritte morgens auf dem Fußboden schlimmer als ein Alptraum. Bei der Großmutter war es warm und Klara bekam das Frühstück ans Bett gebracht. So ausgiebig hatte sie lange nicht mehr gefrühstückt.
Im Radio sprach eine Frauenstimme vom Verreisen und Klara dachte, dass es das war, was sie tun müsste. Nach Kopenhagen fahren. Das war weit genug weg, um Ausland zu sein, aber nicht so weit, dass es zu aufwändig wurde. Eine »Abwechslungsreise« nannte es die Frau im Radio. Es gab viele Arten von Reisen, zum Beispiel Erlebnisreisen. Da fuhr man an unbekannte Orte, um etwas Neues zu erleben, Sehenswürdigkeiten zu besuchen oder eine andere Kultur kennen zu lernen. Dann gab es Besuchsreisen, um Bekannte oder Familienmitglieder wieder zu sehen, die weit entfernt wohnten. Klara hatten es die Abwechslungsreisen angetan. Reisen zur Erholung vom normalen Leben. Reisen, um etwas Neues, etwas anderes zu tun, etwas, nach dem man sich zurücksehnen konnte, wenn man wieder zu Hause war. Denn nach dieser Art von Reise sehnte man sich. Sehnte sich zurück an den fremden Ort. Auf Besuchsreisen sehnte man sich in der Regel nach Hause zurück. Und auf Erlebnisreisen machte man Fotos und sog Wissen und Eindrücke in sich auf.
Als Sofie später am Tag anrief, erzählte Klara ihr von den Reisen.
»Wir verreisen also«, stellte Sofie fest.
»Im Sommer«, sagte Klara. »Nur wir beide, ganz allein.«
»Glaubst du, sie erlauben uns das?«, lachte Sofie.
»Wir müssen uns nur beispielhaft benehmen«, sagte Klara.

»Mit dem Rauchen aufhören«, sagte Sofie.
Widerwillig stimmte Klara zu. Sofie wollte wissen, ob es nett sei bei der Großmutter oder vielleicht ganz schrecklich.
»Es ist eigentlich gemütlich. Ich kann so viel Unsinn reden, wie ich will. Ich hänge einfach hier oben rum und Großmutter sagt nicht viel. Ziemlich erholsam. Aber ich freue mich trotzdem wieder nach Hause zu kommen.«

* * *

Eine Woche vor Weihnachten stand Klara vor dem Spiegel. Sie umrandete ihre Augen schwarz. Sie blinzelte in den Spiegel, zog das schwarze Kleid zurecht und drehte sich um. Die Mutter stand in der Tür.
»Du willst doch wohl nicht so gehen, oder?«, fragte sie.
Klara sah sie verständnislos an. Warum fragte sie? War es nicht logisch, dass sie in den Sachen gehen wollte, die sie angezogen hatte?
»Du siehst zum Fürchten aus.«
Klara lachte.
»Reine Generationsfrage«, sagte sie und schob sich an der Mutter vorbei in den Flur.
Es klopfte an der Tür. Die Mutter öffnete und draußen stand Ulrik. Die Mutter murmelte etwas davon, dass Klara gleich fertig sei. Klara lächelte nur über die verwirrte Mutter.
»Na, dann viel Spaß, ihr beiden. Die Schminke hättest du dir ruhig sparen können, Klara. Du siehst aus, als würdest du direkt aus der Gruft kommen.«
»Tschüss, Mama!«
Klara und Ulrik gingen die Treppe hinunter.
»Keine Sekunde später als eins«, rief die Mutter hinterher.

Hinter den Garagen holte Ulrik die Kognakflasche raus. Klara trank und spürte einen starken Brechreiz. Sie tranken die halbe Flasche leer.
»Willst du noch mehr?«, fragte Ulrik.
»Ich glaube nicht, dass ich noch mehr schaffe«, sagte Klara.
»Da kannst du Recht haben, der ist ganz schön stark. Willst du eine Zigarette?«
Klara nahm sich eine und dann gingen sie untergehakt zur Schule.
»Mama findet, dass ich entsetzlich aussehe«, grinste Klara.
»Völliger Quatsch. Die hat echt keine Ahnung!«, sagte er.
»Aber immerhin hat sie was gesagt. Als ich mir die Haare abgeschnitten habe, hat sie nur gefragt, was ich mit dem Rest gemacht habe.«
Vor der Schule standen viele Leute. Sofie und Jonas warteten auf sie. Sofie kicherte die ganze Zeit.
»Ich hab total gute Laune«, flüsterte sie Klara ins Ohr.
»Ich auch«, sagte Klara und sie gingen in das Schulgebäude hinein.
Es war ein ziemliches Kunststück, an der Aufsicht vorbeizukommen. Sie klammerte sich an Ulriks Arm fest und versuchte so gerade wie möglich zu gehen.
»Wie heißt du?«, fragte eine der Aufsichtspersonen.
»Klara«, sagte sie.
Man fand sie auf der Klassenliste, machte ein Kreuz und verpasste ihr einen Stempel. Was bedeutete, dass sie es geschafft hatte. Schlimmer war es mit Ulrik. Er hatte ganz glasige Augen. Während einer der Lehrer mit ihm sprach, lehnte Klara sich gegen die Wand und betrachtete die vielen Ballkleider. Sie sahen alle so hübsch und herausgeputzt aus in ihren Kleidern. Klara kam sich auf einmal schlampig vor, doch diesen Gedanken ließ sie nicht zu, denn damit hätte

sie ihrer Mutter Recht gegeben. Ulrik wurde eingelassen und sie gingen hinauf zur festlich geschmückten Aula. Viele waren gekommen und schon begeistert am Tanzen. Es war, als würde man direkt in eine feine Gesellschaft kommen, all die hoch gewachsenen, leichtfüßigen Mädchen auf hohen Absätzen und ihre souveränen Tanzpartner, einer wie der andere im Anzug. Klara und Ulrik tanzten auch. Aber sie konnte nicht langsam tanzen. Das war langweilig, langweilig, langweilig. Ulrik fand das auch und sie alberten nur herum und lachten. Klara stellte sich an die Wand. Sie fühlte sich matt und ihr war schwindlig. Sie merkte, dass es ihr nicht gut bekommen würde, weiterzutanzen. Plötzlich stand Sofie neben ihr.

»Ich hab mit Simen telefoniert, bevor ich gegangen bin. Er hat gesagt, dass er mit Jonathan gesprochen hat.«

Klara zuckte zusammen. Sie stellte sich vor Sofie.

»Und?«, sagte sie.

Sofie grinste.

»Er hat dich im Bus getroffen.«

Sofie wollte sie aufziehen.

»Komm zur Sache!«, fauchte Klara.

»Er hat wohl viel von dir geredet ... mehr weiß ich nicht, er hat es nur erwähnt«, sagte Sofie und lächelte, dass beide Grübchen zu sehen waren. Klara sagte nicht viel. Sie stand ganz still und spürte, dass ihr warm wurde.

»Und außerdem soll ich dich von ihm grüßen.«

Ich will nur Jonathan«, flüsterte sie in Ulriks Ohr.

Er sah sie an und begann zu lachen.

»Jonathan? Ach du je!«

Er sah ein wenig verwundert aus. »Aber im Grunde genommen gar kein so schlechter Gedanke.«

»Meinst du, ich soll ihn anrufen?«, fragte sie.
Selbst wenn er Ja sagte, sie würde es nicht tun, das wusste sie. Sie würde sich niemals trauen. Nie.
»Ja, das meine ich«, sagte Ulrik.
»Aber ich trau mich nicht.«
»Was willst du sonst machen? Einfach abwarten? Ist das etwa besser? Wenn du nichts unternimmst, wird nie was passieren.«
Klara nickte und wusste, dass er Recht hatte. Trotzdem, sie würde nicht anrufen, davon war sie absolut überzeugt.
Als sie nach Hause wollten, fing es an, zu regnen. Ulrik spannte den Regenschirm auf und hielt ihn über Klara.
»Heute spiele ich mal den Gentleman, aber glaub bloß nicht, dass das zur Gewohnheit wird!«, sagte er.
Ulrik war nicht gerade der größte Romantiker. Im Gegenteil, es gab kaum jemanden, der so sarkastisch war wie er. Klara war gern mit Ulrik zusammen. Mit ihm war es nie langweilig.
Obwohl sie noch nicht wieder ganz nüchtern waren, schafften sie es, geradeaus durch die Straßen zu gehen. Ulrik hielt seinen Schirm über Klara und ab und zu warf sie den Kopf zurück, so, wie sie es tat, wenn sie lachte.
»Du musst ihn anrufen«, sagte Ulrik plötzlich.
Sie antwortete nicht. Sie nickte auch nicht. Sie hörte nichts, denn sie war ganz in sich gekehrt und dachte daran, dass Jonathan zu Simen gesagt hatte, er solle sie grüßen. Sie. Klara.

Die Mutter war noch wach, als Klara nach Hause kam.
»Na, war's schön?«, fragte sie.
Klara nickte. Sie war müde. Sie wollte schlafen. Sie ging in ihr Zimmer, streifte sich das Kleid ab und ging ins Bett. Aber sie konnte nicht schlafen. Es war vollkommen still im

Haus. Alles war ruhig und dunkel. Sie lag eine Weile da und wälzte sich hin und her, bevor sie aufstand und sich hinaus in die Wohnung schlich. Die Schlafzimmertür der Mutter war zu. Klara schaltete die Kaffeemaschine ein. Wenn sie schon nicht schlafen konnte, wollte sie wenigstens nicht hier sitzen und müde sein. Sie schaute aus dem Fenster hinunter auf die Straße. Nebelschwaden zogen im Licht der Straßenlaternen vorbei. Heute Nacht konnte sie nicht schlafen. Sie wusste nicht, wie all das hier enden würde, sie verstand nicht, wieso alles plötzlich so verwirrend und durcheinander war. Sie versuchte sich zu konzentrieren und einen festen Anhaltspunkt im Universum zu finden, mitten in dem Chaos, in all den kleinen Bruchstücken. Die eigentlich nichts besagten, aber die doch alles erklärten, wenn sie auf die richtige Weise zusammengesetzt wurden. Mittendrin in dem Ganzen saß Klara und sie fing an zu lachen dort am Küchentisch in einer Nacht im Dezember, ohne zu wissen, worüber sie eigentlich lachte. Über die Menschen vielleicht, über die Entfernungen auf der Welt. Sie lachte, weil die Erde kein sicherer Ort war, und sie lachte, weil sie es so mochte, wie es war. Aber das Lachen verstummte schnell wieder. Es gab nichts zu lachen. Sie wollte nicht mehr an Jonathan denken. Sie sah erneut hinaus auf die Straße, öffnete die Balkontür und atmete die dreckige Stadtluft ein. Sie mochte das. Sie mochte die Stadt und ihren Geruch, sie mochte die Asphaltstraßen und die Pflastersteinstraßen. Sie spürte den Geruch des Meeres und den des Parks. Es war eine schöne Nacht und sie war froh, dass sie nicht schlief. In ihrem Hinterkopf machte sich langsam der Kater bemerkbar. Klara trank noch einen Kaffee. Ohne dass sie es wollte, führten ihre Gedanken sie zurück zu Jonathan.

Niemand schläft besonders gut, wenn er Kaffee getrunken hat. Das tat Klara in dieser Nacht auch nicht. Sie erwachte nach ein paar unruhigen Träumen, weit davon entfernt, richtig wach zu sein. Aber sie konnte nicht mehr schlafen. Es war immer noch nicht hell und es waren noch fast zwei Stunden, bis sie zur Schule musste. Es war schrecklich, müde zu sein und doch nicht schlafen zu können. Sie setzte sich in die Küche und las Zeitung, dann nahm sie eine heiße Dusche. Das half. Sie hatte nicht mehr als drei unruhige Stunden geschlafen. Sie hätte Sofie gern angerufen, aber dafür war es noch zu früh. Als Klara sich die vierte Tasse Kaffee eingoss, ging die Mutter ins Bad. Sie hatte nicht gemerkt, dass Klara in der Küche saß, und machte große Augen, als sie wieder herauskam.

»Erzähl mir nicht, dass du die ganze Nacht hier gesessen hast«, sagte sie.

»Nein, das erzähl ich dir nicht«, sagte Klara und merkte, dass sie nicht in der Stimmung für eine blöde Diskussion war.

»Sei gefälligst nicht pampig, Klara. Antworte mir: Hast du die ganze Nacht hier gesessen?«

»Nein. Das habe ich nicht«, sagte Klara laut und bestimmt.

»Du brauchst deswegen nicht wütend zu werden«, sagte die Mutter auf eine Art, die Klara zeigen sollte, wer hier das Sagen hatte.

»Ich habe es nicht wütend gesagt«, sagte Klara.

»Natürlich hast du es wütend gesagt. Kannst du nicht einfach zugeben, dass du wütend bist, statt alles abzustreiten?«

»Ich habe es nicht wütend gesagt und ich war es auch nicht. Aber jetzt werde ich wütend, weil du bloß wieder Streit suchst.«

»Herrgott noch mal, Klara, ich muss doch mit dir reden dürfen, ohne dass du so aufbrausend wirst. Wenn hier jemand Streit sucht, dann bist du das«, sagte die Mutter, die genau wusste, dass sie die Oberhand hatte und weitermachen konnte, bis Klara so zornig sein würde, dass sie die Tür zuknallte und ging. Aber noch schaffte Klara es, ruhig zu bleiben, auch wenn ihre Stimme sich überschlug.
»Ich habe keine Lust, darüber zu diskutieren, Mama. Ich habe es nicht wütend gesagt, und wenn es sich so angehört hat, tut es mir Leid, denn es war nicht so gemeint«, sagte Klara gedämpft und mit angestrengter Ruhe.
»Na gut, wenn du unbedingt sauer sein willst, bitte. Es ist unmöglich, mit dir noch irgendetwas zu diskutieren. Du willst Fehler einfach nicht einräumen und bestehst hartnäckig auf deinem Standpunkt. Das ist so egoistisch, dass ich nicht verstehe, wie überhaupt jemand Lust haben kann, mit dir zu reden. Aber das ist typisch für das Alter. Ich war genauso. Nur mit mir selbst und meinen Interessen beschäftigt«, seufzte die Mutter und setzte sich an den Tisch.
Da stand Klara auf. Sie verschwand aus der Tür, ohne sich zu verabschieden. Sie kochte vor Wut. Wütend und verkatert rannte sie die Treppen hinunter – die letzten beiden Stufen übersprang sie elegant – und ließ einen wütenden Schrei los, als sie draußen auf der Straße angekommen war. Sie ging schnell, das tat sie immer, wenn sie wütend war, und jetzt war sie wütend. Auf die Mutter, auf die Schule, auf alles. Sie ging in die Richtung, in der Sofie wohnte, sie brauchte jemanden, mit dem sie reden konnte.
Sofie war gerade aufgestanden. Sie sah Klara mit ihren ungeschminkten Augen an und merkte, dass etwas nicht in Ordnung war. Sonst wäre Klara nie so früh am Morgen gekommen.

»Was ist los?«, fragte sie.

»Ich bin wütend!«, sagte Klara, »schrecklich wütend. Ich habe letzte Nacht fast nicht geschlafen und ich denke die ganze Zeit nur an Jonathan und außerdem hab ich Zoff mit meiner Mutter.«

»Worüber zofft ihr euch denn?«, fragte Sofie. »Willst du einen Tee? Es ist noch Zeit, bis wir zur Schule müssen.«

»Ja, danke. Hast du Pfefferminztee?«

Klara bekam einen Pfefferminztee und erzählte von der Mutter.

»Wir können nicht mehr miteinander reden. Immer stehen meine Argumente gegen ihre Argumente, über meine Art zu argumentieren, wenn du verstehst, was ich meine. Hast du 'ne Kippe für mich?«

»Wir wollten doch aufhören«, grinste Sofie.

»Nein«, sagte Klara und schüttelte den Kopf. »Das können wir ein andermal machen.«

Sofie holte Klara eine Zigarette. Sie saßen bei Sofie in der Küche, sie waren allein im Haus und planten ihre Reisen.

»Das ist das Einzige, für das es sich zu leben lohnt«, sagte Klara.

Sofie nickte.

»Zuerst fahren wir nach Dänemark, nach Kopenhagen, dann erobern wir Europa, besonders den Osten. Im Sommer kommen wir in Griechenland an. Dort bleiben wir ein paar Wochen, nehmen dann die Fähre nach Italien und fahren nach Venedig, wo wir mit Gondeln durch die Kanäle der Stadt fahren. Dann besuchen wir Florenz und Rom, bevor es mit dem Zug nach Spanien und Gibraltar weitergeht. Von da aus nehmen wir die Fähre nach Marokko und dann liegt uns ganz Afrika zu Füßen. Von Südafrika fahren wir nach Indien . . .«

Klara traten beim Reden fast die Tränen in die Augen.
»Und um Geld zu verdienen, nehmen wir die Gitarre mit, dann können wir auf den Straßen spielen. Und wenn das nicht genug Geld bringt, nehmen wir hier und da ein paar Jobs an, um uns Zugfahrkarten und so was leisten zu können«, sagte Sofie.
»Oder wir können versuchen uns auf jedem neuen Kontinent billige Autos zu kaufen«, sagte Klara.
Sofie lachte.
»Dann wird die Reise ja verdammt lange dauern, Baby.«
»Aber wir haben schließlich das ganze Leben vor uns«, sagte Klara.
»Ja, wir haben schließlich das ganze Leben vor uns.«

* * *

Simen stand draußen vor der Schule und wartete auf Sofie, die aus dem grauen Schulgebäude direkt in die Weihnachtsferien lief. Sie kam neben ihm zum Stehen. Klara schlenderte, enttäuscht über ihre Noten, kleinlaut hinterher. Sie ging hinüber zu Simen und Sofie.
»Hei, Klara«, sagte Simen und grinste von einem Ohr zum anderen. »Geht's dir gut?«
»Nicht so ganz«, sagte Klara, »ein Glück, dass endlich Ferien sind.«
»Hat es euch gestern Spaß gemacht?«, fragte Simen.
»Na klar, war doch lustig, oder, Klara?«, grinste Sofie. »Klara war zwar für eine Weile nicht ganz auf der Höhe, aber dann haben wir angefangen zu tanzen.«
»Und auf dem Klo hatten wir Wein versteckt«, grinste Klara.
»Ist Ulrik auch hier?«, fragte Simen.
»Ja, wenn er noch nicht gegangen ist.«

Gerade, als Klara sich umdrehte, um nach Ulrik Ausschau zu halten, kam er aus dem Schulgebäude heraus. Simen winkte ihm zu.
»Ich hab ewig nicht mit Ulrik gesprochen«, sagte er und ging ihm entgegen. Sie unterhielten sich einen Moment, bis Ulrik schließlich ging. Sofie blieb, wo sie war. Klara machte sich auf den Heimweg.

* * *

Sie saß mit ihrer Mutter im Wohnzimmer und sah fern, als das Telefon klingelte. Die Mutter nahm ab.
»Für dich«, sagte sie und reichte Klara den Hörer.
»Hallo?«, sagte Klara.
Es war Sofie.
»Wir wollen *Pulp Fiction* gucken. Kommst du rüber?«, fragte sie.
»Na klar!«
Sie legten auf.
»Ich geh zu Sofie«, sagte sie zu ihrer Mutter, die gerade auf Kanal 2 umschaltete, um die Nachrichten zu sehen. Die Mutter nickte.
»Wann kommst du nach Hause?«
»Gegen eins«, sagte Klara.
»Nicht gegen eins«, sagte die Mutter. »Punkt ein Uhr bist du zu Hause.«
»Big Deal«, murmelte Klara und ging.
Sofie und Simen saßen auf dem Sofa und aßen Tacos. Als Klara kam, lief das Video schon. Sie saßen im Halbdunkel und schauten *Pulp Fiction*, kriegten aber nicht viel mit. Klara mochte den Film, sie hatte ihn schon öfter gesehen. Trotzdem verfolgte sie die Handlung aufmerksam und achtete nicht darauf, was auf dem Sofa passierte. Jedenfalls nicht, be-

vor Bruce Willis hinunter in den Keller ging und den großen Asiaten fand, der dort gefesselt war. Vor dieser Szene hatte Klara sich schon immer gegruselt. Als sie jetzt zu Sofie hinübersah, saß die sehr, sehr dicht neben Simen und er hatte die Hände unter ihrem Pullover. Sofie sah nicht zum Fernseher. Sie schaute in die Luft, mit einem Blick, wie ihn Klara vorher noch nie bei ihr gesehen hatte. Klara wandte sich ab und der Rest des Films ging an ihr vorbei. Da lief was mit Simen! Es war schon die ganze Zeit was mit Simen gelaufen!
»Meant to be«, hatte Sofie einmal gesagt. »Wir sind füreinander bestimmt, er weiß es nur noch nicht!«
Sofie, die sich nie entscheiden konnte und die sich zurückzog, wenn jemand allzu interessiert war. Jetzt hatte er wohl geschnallt, dass sie füreinander bestimmt waren. Jetzt hieß es also Sofie und Simen.
Klara ging nach Hause und legte sich aufs Bett. Sie dachte nichts, fühlte nichts, aus dem einfachen Grund, weil sie nicht wusste, was nun werden sollte. Vielleicht lag es aber auch daran, dass sie bereits schlief.

* * *

Klara schlief bis weit in den Tag hinein. Sie wachte erst auf, als Ulrik anrief.
»Kommst du mit in die Stadt? Ich muss so viele Weihnachtsgeschenke besorgen und habe noch kein einziges«, sagte er.
»Ja, ich muss nur vorher schnell frühstücken«, sagte Klara. »Aber du kannst ruhig schon rüberkommen.«
Er kam eine Viertelstunde später und ging direkt in die Wohnung. Klara hatte sein Klopfen nicht gehört. Sie hörte laut Janis Joplin, während sie aß, war ausgeschlafen und gut gelaunt.

»Du magst Janis Joplin«, murmelte Ulrik. »Hast du übrigens Jonathan angerufen?«
Klara schüttelte den Kopf.
»Ich trau mich nicht«, sagte sie.
»Das hast du schon mal gesagt und ich kann nichts anderes sagen, als dass es nicht so schlimm sein kann. Du kneifst, ich merk das schon. Du musst ihn verführen«, sagte er und lehnte sich über den Tisch.
»Es bringt nichts, hier zu sitzen, zu hoffen und zu träumen und verzweifelt zu sein. Das ist vollkommen sinnlos. Verführ ihn, das ist die einzige Möglichkeit!«
»Aber ich treffe ihn doch fast nie«, sagte Klara.
Sie stand auf und zog sich was an, dann gingen sie.
»Übrigens glaube ich, da läuft etwas zwischen Sofie und Simen«, sagte Ulrik, als sie draußen auf der Straße waren.
»Das glaube ich auch«, sagte Klara. »Eigentlich weiß ich es sogar. Ich habe gestern bei Sofie *Pulp Fiction* gesehen und da war zwischen den beiden ganz offensichtlich was im Gange.«
»Er ist schon ziemlich lange in Sofie verknallt. Aber es ist nie was draus geworden, weil Simen keinen Stress deswegen will. Kein Junge will das.«
»Du auch nicht? Was machst du denn, wenn du verliebt bist? Bleibst ganz locker und wartest, bis was passiert?«
»Nee«, antwortete Ulrik. »Erst mal will ich gar nichts machen. Ich bin mehr fürs Schwärmen, das genügt mir. Es muss nicht unbedingt etwas passieren. Ich finde, es reicht, verliebt zu sein, denn das ist nichts Festes und Dauerhaftes.«
»Dann bist du nie so richtig verliebt«, meinte Klara.
»Nicht in dem Maße wie du jedenfalls. Du kannst ja an nichts anderes mehr denken.«

Klara sah auf den Boden und errötete. Sie gingen ins Einkaufszentrum Galleriet und Ulrik kaufte Weihnachtsgeschenke. Er wusste nicht, was er für Klara kaufen sollte, und sie hatte auch keine Ahnung, was sie ihm oder irgendjemand anderem schenken sollte. Sie hatte noch kein einziges Geschenk. Sie zog sich für eine Weile in ihre eigene Welt zurück und dachte nach. Ulrik schleppte sie mit in Bergens angesagte Läden. Klara kaufte Räucherstäbchen bei Yin-Yang. Für Sofie vielleicht. Sie musste Sofie anrufen. Ulrik erzählte die ganze Zeit witzige und leicht perverse Geschichten und Klara lachte. Schließlich lachte sie so sehr, dass sie sich auf eine Bank im Stadtpark setzen musste. Dort blieben sie eine Zeit lang sitzen und Klara erzählte Ulrik von ihren Reiseplänen.

»Wir werden um die ganze Welt fahren, Sofie und ich.«

Ulrik nickte und sie schwiegen eine Zeit lang.

»Du sagst so viel, was ich nicht auf die Reihe kriege, Ulrik. Erst sagst du, ich soll Jonathan anrufen, und dann sagst du, dass Jungs so was nicht ausstehen können. Ich kapier nicht ganz, was ich deiner Meinung nach tun soll.«

»Aber damit ist doch nicht gesagt, dass er dich nicht besser kennen lernen und ein bisschen seinen Spaß haben will.«

»Seinen Spaß haben?«, fragte Klara.

Ulrik lachte. Ein unanständiges Lachen, das verriet, dass er sie nur aufziehen wollte.

Sie überlegte. Wollte sie denn mit jemandem zusammen sein? Klara, die unter keinen Umständen auf ihre Freiheit verzichten konnte. Sie, die nach mehr Luft zum Atmen hungerte und nach weniger Sicherheit. Wollte sie eine feste Beziehung? Nein, aber sie wollte so sehr, dass jemand sie gern hatte – ihr übers Haar strich und sie mochte. Und sie wollte auch jemanden gern haben.

»Okay, ich will auch nur meinen Spaß haben«, sagte sie und Ulrik lachte noch mehr.
»Ja, alle wollen nur ihren Spaß haben«, sagte er. »Weil du um die Welt reisen willst, kannst du ja nicht hier in Bergen verheiratet sein. Und weil es Sofies und dein Ego-Trip ist und kein anderer dabei sein soll, könnt ihr euch sowieso nirgends binden.«
Das sah Klara genauso und damit hatte sie eine Antwort auf die große Frage bekommen.

* * *

Heiligabend stand Klara zeitig auf. Das hatte sie schon immer getan und sie wollte es auch weiterhin so halten. Sie schaltete den Fernseher im Wohnzimmer ein, setzte sich mit Decke und Kaffeetasse aufs Sofa und sah sich Disney-Filme an. So saß sie, bis die Mutter hereinkam, dann ging Klara in ihr Zimmer, um die letzten Geschenke einzupacken. Sie frühstückten zusammen vor dem Fernseher, Klara und ihre Mutter, während *Drei Nüsse für Aschenbrödel* gezeigt wurde, wie jedes Jahr zu Weihnachten. Klara konnte der Handlung nicht ganz folgen. Sie war mit ihren Gedanken woanders. Sie hatte gestern mit Simen gesprochen, über Silvester. Er wollte eine Party geben und Jonathan würde dort sein.
»Jonathan wollte wissen, ob du kommst«, hatte Simen gesagt. »Deshalb frage ich dich: Willst du kommen?«
Und ob Klara das wollte. Er musste ihre Augen gesehen haben, weit offen und ehrlich, die nicht besonders gut verbergen konnten, was sie dachte.
Mist, dachte sie hinterher. Immer musste sie so offen zeigen, was sie fühlte. Sie hatte nicht viel Stolz, machte sich nicht so kostbar, wie sie es gern täte. Sie wünschte, sie wäre

schön und unnahbar. Doch im Grunde war sie nichts davon, dachte sie, wie sie da am Vormittag des Heiligabend mit ihrer Mutter vor dem Fernseher saß.

»Ich bin zu einer Silvesterparty eingeladen«, sagte sie. Sie hatte sich noch nicht ganz entschieden, ob sie lügen oder die Wahrheit sagen sollte. Sie war sich nicht ganz im Klaren, was besser war: zu erzählen, sie ginge zu Simen, und die Chance zu haben, dass ihre Mutter einverstanden war, oder zu sagen, sie sei bei Sofie, und die Daumen zu drücken, dass der Schwindel nicht aufflog. Sie setzte auf die zweite Möglichkeit. Wie groß konnte die Wahrscheinlichkeit schon sein, dass die Mutter ihr auf die Schliche kommen würde?

»Bei wem denn?«, fragte die Mutter.

»Bei Sofie. Es wird vielleicht gar keine so große Fete, es kommen nur einige aus meiner Klasse und ein paar, die letztes Jahr auf unsere Schule gegangen sind. Zuerst wollen wir Julbock laufen, dann essen wir Süßigkeiten und hinterher trinken wir Punsch.«

»Aha«, sagte die Mutter.

So leicht war das. Sie sagte einfach – aha.

»Ja, ich werde auch ein paar Leute hier haben«, fuhr die Mutter fort. »Sind Sofies Eltern zu Hause?«

»Weiß ich nicht«, antwortete Klara.

»Das solltest du aber wissen«, sagte die Mutter.

Klara begann sich zu fragen, ob ihre Mutter nicht doch die Wahrheit akzeptiert hätte, aber jetzt war es zu spät.

»Du weißt ja, wie Feiern an solchen Tagen wie Silvester sein können. So eine Party spricht sich schnell herum und man kann leicht die Kontrolle darüber verlieren, wer alles kommt und was passiert, wenn die Eltern nicht da sind. Ich weiß genau, wie das ist. Deshalb muss ich wissen, ob ihre Eltern zu Hause sind.«

Klara überlegte, wie weit sie mit ihrer Lüge gehen sollte.
»Ich glaube, ihre Mutter wird da sein«, sagte sie schließlich.
Die Mutter nickte und trank ihren Kaffee aus. Sie trank ihn mit Milch.
»Ich habe gern ein bisschen was Weißes im Kaffee«, sagte sie immer. Klara war viel härter als ihre Mutter. Sie trank den Kaffee schwarz, was die Mutter nicht gern sah. Sie fand es überhaupt nicht gut, dass Klara Kaffee trank.
»Kaffee ist Gift«, sagte sie immer. »Kinder sollten keinen Kaffee trinken.«
Aber Klara war kein Kind. Das sagte ihre Mutter auch.
»Fühlst du dich erwachsener, wenn du Kaffee trinkst?«, hatte sie gefragt.
Früher hatte sie Klara verboten Kaffee zu trinken. Jetzt tranken sie ihn gern zusammen, auch wenn die Mutter Klaras Tasse nur widerwillig füllte.

*

Die Großmutter würde kommen. Klara hatte sie seit dem Wochenende nicht mehr gesehen, als sie dort gewesen war und Jonathan im Bus getroffen hatte. Jonathan, der wollte, dass sie Silvester zu Simen kam. Jonathan, der Sofie gebeten hatte sie zu grüßen. Klara hatte ihn seit dem Tag im Bus nicht mehr getroffen. Aber sie würde ihn am Silvesterabend sehen. Wenn sie daran dachte, flammte in ihrem Bauch ein Feuer auf und sie konnte nicht still sitzen, solange es brannte.
Die Großmutter klingelte an der Tür und die Mutter öffnete. Alle Päckchen wurden unter den Weihnachtsbaum gelegt, den Klara am Tag zuvor geschmückt hatte. Im Bademantel, mit frisch gewaschenen Haaren und den Stoffpantoffeln, von denen Sofie sagte, dass ein Teil von Klaras Per-

sönlichkeit in ihnen steckte, weil Klara sie so oft trug. Klara hatte sie sogar jetzt zu ihrem guten Kleid an. Sie wohnte praktisch in ihren Hausschuhen. Geschäftig lief sie in der Wohnung umher, summte einen Bob-Marley-Song, den sie im Radio gehört hatte, und freute sich auf die Hammelrippchen. Die Großmutter deckte den Tisch mit dem guten Tafelservice und sorgfältig gefalteten Servietten. Die Rippchen schmeckten genauso wie in allen Jahren zuvor. Der Weihnachtsbaum war, ebenfalls wie immer, viel zu groß, als dass sie zu dritt an den Händen gefasst den Weihnachtsreigen um ihn tanzen konnten. Deshalb wurden die Geschenke gleich nach dem Essen ausgepackt.

»Für Klara von Papa.«

Vielen Dank, ein Päckchen, das die Mutter von dem Geld gekauft hatte, das ein fremder Mann, der Klaras Vater war, kurz vor Weihnachten auf das Konto ihrer Mutter überwiesen hatte. Von Papa. Vielen Dank, danke schön, es ist nett, auch in diesem Jahr ein Geschenk von dir zu bekommen, schön, dass du an mich denkst, Papa. Ich habe zwar keine Ahnung, wer du bist, aber ich danke dir für die Päckchen, die zu jedem Geburtstag und jedem Weihnachtsfest kommen, und es ist toll, dass du das restliche Jahr über pflichtschuldig deine Alimente bezahlst, sodass Mama ihr Studiendarlehen zurückzahlen kann. Eine CD, vielen Dank, Janis Joplin, *Anthology*. Ein Kleid von Mama, das kürzeste, das Klara finden konnte. Leggins von Großmutter. Vielen Dank, die sind ja schön. Selbst gestrickt, ja, genau, wie ich es mir gewünscht habe. Der Soundtrack zu *Pulp Fiction,* vielen Dank. Schuhe, danke schön, eine Hose, vielen Dank. Schminke, leider hat die Mascara die falsche Farbe, aber die kann man umtauschen, danke schön. Dann trinken wir Kaffee, nein danke, ohne Milch. Weihnachts-

plätzchen, lecker, aber auch in diesem Jahr nicht sieben Sorten. Klara wird von Mal zu Mal größer, man sieht sich ja nicht so oft . . . herzlichen Dank, Klara, wie gut du malen kannst, hast du das selbst gemalt??? Noch etwas Kaffee, ja danke, nein, keine Milch. Noch mehr Geschenke, vielen Dank, Kaffee, noch ein Kleid, danke schön, fast genauso kurz, gewagt.
In diesem Jahr schneite es zu Weihnachten nicht.

Klara schlief früh ein, wachte aber mitten in der Nacht auf und schlich sich am Wohnzimmer vorbei in die Küche, um ein Glas Wasser zu trinken. Die Mutter und die Großmutter hatten noch lange im Wohnzimmer gesessen, bis tief in die Nacht hinein. In ihrer Unterhaltung gab es viele lange Pausen; sie hatten sich nicht so viel zu sagen. Klara hörte von ihrem Zimmer aus, wie die Mutter ein Taxi für die Großmutter bestellte und, als diese gegangen war, tief aufseufzte. In diesem Moment begriff Klara: Ihre Mutter war keine Tochter mehr, sie war jetzt selbst Mutter.

* * *

Sie waren bei Peter. Sie aßen Chips und Klara langweilte sich. Jonas und Anne saßen auf dem Sofa, Peter und Frida lagen auf einer Matratze auf dem Boden, neben ihnen saß Fabian. Klara nahm sich noch mehr Chips. Nur sie aß jetzt noch. Sie bekam nicht ganz mit, worüber die anderen sprachen. Vielleicht über Sofie und Simen, denn das war das Ereignis des Jahres. Klara saß auf ihrem Stuhl und studierte das Muster der Gardinen.
»Wo ist Ulrik?«, fragte sie.
Die anderen sahen sie an.
»Woher sollen wir das wissen?«, fragte Frida zurück.

»Weiß nicht«, sagte Klara.
Es spielte sowieso keine Rolle. Hier war er jedenfalls nicht.
»Er hängt wahrscheinlich mit seinen coolen Kumpels rum«, sagte Peter.
»Was für coole Kumpels?«, wollte Klara wissen.
»Na, Henki und seine Leute. Eivind und Jonathan und so, kann ich mir vorstellen. Sind das nicht die, mit denen er meistens zusammen ist?«
Klara nickte nur. Ja, ja.
»Gehört Jonathan auch dazu?«, fragte sie.
»Ja, glaub schon. Mir ist das egal, ich mag sie alle nicht«, sagte Peter.
»Warum denn nicht?«
Jetzt wurde Klara neugierig.
»Die wollen die ganze Zeit so verdammt cool sein. Das nervt ziemlich, alles muss hip und fett abgehen«, erklärte Peter.
»Ich kann Ulrik auch nicht ab, der meint immer, er wäre der Größte. Als ob er das Rezept dafür hätte, was cool ist«, fügte Frida hinzu.
»Ja, finde ich auch, aber hören wir auf, es ist ungerecht, über andere hinter deren Rücken herzuziehen«, sagte Anne.
Aber Klara wollte weiterreden.
»Ich finde Ulrik cool. Mit dem ist es nie langweilig«, sagte sie trotzig.
»Aber es ist so anstrengend, wenn er versucht cool zu sein, obwohl er es eigentlich gar nicht ist«, meinte Anne.
»Ihr seid selber auch nicht viel besser«, entgegnete Klara.
Es wurde für einen Moment still. Sie mussten über das nachdenken, was Klara gerade gesagt hatte. Es war Frida, die schließlich weitersprach.

»Wir halten uns jedenfalls nicht für so viel cooler, als wir sind«, sagte sie.

»Vielleicht weil ihr ohnehin so uncool seid, dass es überhaupt nichts bringen würde«, fauchte Klara.

Bei so etwas könnte sie in die Luft gehen.

»Worauf willst du eigentlich raus, Klara?«, fragte Frida.

»Dass es hier total langweilig ist, und wenn euch das Spaß macht, habt ihr echt null Ahnung davon, wie man wirklich Spaß haben kann. Könnte euch nicht schaden, so zu tun, als wärt ihr ein bisschen cooler, vielleicht würde das helfen«, antwortete Klara und bereute es noch im selben Moment. Die anderen fanden es offenbar total nett hier, auch wenn es ihr selbst nicht so ging.

»Sorry«, murmelte sie. »Hab's nicht so gemeint.«

Ihr Gefühl sagte ihr, dass sie jetzt besser nach Hause gehen sollte.

Später in der Woche sprach Sofie sie darauf an.

»Ich habe gehört, du hast dich in den Weihnachtstagen ziemlich danebenbenommen . . .«, grinste sie.

Jetzt lachte Klara auch darüber.

»Das war eigentlich nicht meine Absicht, aber ein bisschen was Wahres ist doch dran an dem, was ich gesagt habe, oder nicht?«

»Das stimmt schon, aber wieso musstest du es unbedingt sagen? Du hättest doch einfach nach Hause gehen können, wenn du dich so gelangweilt hast.«

»Ich wollte es ihnen aber heimzahlen und sie sollten wissen, wie langweilig sie sind.«

»Was wolltest du ihnen denn heimzahlen?«

»Sie haben so viele blöde Sachen über Ulrik gesagt. Und über Jonathan«, fügte Klara hinzu.

Sofie lachte.
»Verstehe, Baby. Im Krieg und in der Liebe ist alles erlaubt – auf jeden Fall in der Liebe.«
»Genau«, sagte Klara.
»Und was haben sie so gesagt?«, wollte Sofie wissen. »Also, ich hätte gar nicht gedacht, dass die sich trauen, so viel über andere zu sagen.«
»Doch, das machen sie, aber auf die pädagogische Tour, offen und ehrlich, so als ob sie nichts dafür können, dass sie schlechte Gedanken über andere Leute haben. Dafür sind sie ganz schön gut im Verurteilen. Sie meinten, Ulrik und seine Clique fänden sich obercool, obwohl sie es gar nicht sind, so was in der Art. Sie haben nicht direkt gelästert, verstehst du, aber doch ziemlich deutlich zum Ausdruck gebracht, was sie von Ulrik und denen halten.«
»Von Jonathan und denen ...«, neckte Sofie. »Sie müssen doch ihre Meinung sagen dürfen, findest du nicht?«
»Nicht wenn es Jonathan betrifft«, sagte Klara.
»Aber du hättest nicht so reagiert, wenn sie irgendwelche anderen schlecht gemacht hätten.«
»Doch, weil mir langweilig war.«
Sofie lachte und Klara verstand nicht, was so lustig war. Aber Sofie lachte zur Zeit über alles, einfach weil sie immer so glücklich war. Vielleicht hatte das ja was mit Simen zu tun.

* * *

Ein neues Jahr, neue Möglichkeiten und Herausforderungen, neue Chancen und Geschehnisse. So wie jeder neue Tag bringt auch das neue Jahr etwas Neues und Unbekanntes, das man kennen lernen muss.
Klara sagte ihrer Mutter tschüss und ging hinaus in den Sil-

vesterabend. Die Straßenlaternen waren an und leuchteten auf sie herab. Es war ein goldenes Licht, aber blasser als das in Klaras Bauch, denn dort brannte ein Feuer. Sie ging allein zu Simen, sie wollte allein gehen, um in Ruhe nachdenken zu können. Sie dachte an Jonathan, an seinen Körper, seine Hände und sein Haar. Sie konnte die schönen Jonathan-Augen vor sich sehen. Trotzdem gelang es ihr nicht recht, ihn sich vorzustellen. Es war ja auch schon lange her, seit sie ihn das letzte Mal gesehen hatte. Sie erinnerte sich zwar an die Worte, die er zu ihr gesagt hatte, aber nicht an seine Stimme. Sie wusste, dass sie sanft und weich war, wusste aber nicht mehr, wie dieses Sanft und Weich sich anhörte.

Simen wohnte in einem großen Haus, dessen Wände mit Efeu bewachsen waren. Klara ging in den Garten. Dort stand Jonathan zusammen mit Ulrik und rauchte. Ulrik rief ihr etwas zu.

»Hei, Klara, wird auch Zeit, dass du kommst.«

»Sind schon viele da?«, fragte Klara.

Sie konnte Jonathan nicht ansehen. Sie wusste, welchen Ausdruck seine Augen hatten und wie er dort stand. Sie hörte ihn atmen, schaffte es aber nicht, sich zu ihm umzudrehen.

»Ja, aber keine Angst, für dich ist noch genug zu trinken da«, versicherte Ulrik.

Er hatte offenbar schon reichlich intus. Seine Augen glänzten wie immer, wenn er Alkohol trank. Klara lächelte. Sie versuchte es nicht zu tun, aber irgendetwas zog ihre Mundwinkel nach oben. Es war ein blödes Gefühl, dort zu stehen und zu grinsen, nur weil Jonathan neben ihr stand.

»Willst du den Rest haben?«, fragte er plötzlich und auf einmal erinnerte sich Klara an seine Stimme. Jetzt konnte sie ihn auch ansehen. Er sah genauso gut aus, wie sie es in Erinnerung hatte, und ihr fiel wieder ein, wie eine ruhige und sanfte Stimme klang. Sie nahm die Zigarette entgegen und Jonathan schaute sie an, bevor er sich umdrehte und ins Haus ging. Ulrik und Klara blieben stehen.

»Er hat auf dich gewartet«, sagte Ulrik.

Klara hörte es, begriff und war glücklich.

»Ich will was trinken«, sagte sie. »Was gibt's denn so?«

»Fast alles«, antwortete Ulrik.

Sie gingen rein, zuerst Ulrik, dann Klara.

Sie konnte Jonathan nirgends entdecken und Ulrik zog sie mit sich in die Küche und goss etwas in eine Tasse.

»Keine Gläser mehr da«, grinste er. »Trink das hier, aber achte nicht auf den Geschmack.«

Klara kümmerte sich nicht darum, was es war. Sie trank es aus und schmeckte nicht viel, außer dass es absolut widerlich war.

»Willst du noch mehr?«, fragte Ulrik.

Klara hielt ihm die Tasse hin, er goss ein und sie trank. Dann gingen sie ins Wohnzimmer. Auch das war groß und überall standen Pflanzen. Klara kannte nicht viele, außer Sofie, die gerade tanzte, und Simen. Einige kannte sie vom Sehen, wusste aber nicht, wer sie waren. Ulrik dagegen wusste es anscheinend. Er ging zum Sofa und setzte sich hin. Klara stand allein herum, bis Sofie sie entdeckte und sie erneut in die Küche zog. Diesmal bekam Klara einen roten Drink in ihre Tasse und sie prosteten sich zu.

»Campari«, sagte Sofie. »Skål!«

»Skål!«

»Auf das Leben, auf uns und auf die Liebe. Skål!«

»Vergiss das Letzte«, murmelte Klara.

Sie sahen sich tief in die Augen und tranken. Klara wurde es

langsam warm. Sie sah Jonathan wie im Nebel auf sich zukommen. Jetzt war es so weit. Er schaute sie an und sie wusste nicht genau, ob sie stehen bleiben oder weglaufen sollte. Denn plötzlich musste sie daran denken, was Ulrik gesagt hatte. Jungs wollen sich nicht binden, sie wollen nur ein bisschen Spaß haben. Sie blieb stehen.
»Jonathan«, sagte sie. »Grüß dich.«
Sie kicherte ein wenig. Er blieb ganz ernst. Sie merkte, dass der Alkohol sie lähmte.
»Kommst du mit nach draußen, eine rauchen?«, fragte er und Klara ging mit.
Sie merkte nicht, wie kalt es war.
»Frierst du?«, fragte Jonathan.
Sie nickte und er nahm sie in die Arme. Sie fror nicht, aber sie hatte auch nichts dagegen, dass Jonathan sie umarmte. Sie teilten sich eine Zigarette, die Klara hielt und an der sie abwechselnd zogen. Draußen in der Dunkelheit in dieser kalten Winternacht. Klara und Jonathan. Sie redeten ein bisschen über dies und das. Über nichts. Dann gingen sie wieder rein, weil plötzlich so viele zum Rauchen nach draußen kamen. Klara trank noch eine ganze Menge und tanzte in dem großen Wohnzimmer in dem großen Haus in dem großen Leben. Ulrik tanzte neben ihr, aber er konnte nicht tanzen.
Es wurde zwölf Uhr. Vor dem Haus waren viele Leute. Klara und Jonathan sahen den Raketen zu und flüsterten.
»Frohes neues Jahr«, flüsterten sie sich zu.
Eigentlich hätte Klara jetzt nach Hause gehen sollen, aber sie wollte nicht. Sie wollte noch ein paar Stunden hier bleiben und diese Atmosphäre zwischen sich und Jonathan festhalten.
»Ich will nicht nach Hause«, sagte sie. »Ich möchte hier bei dir sein, Jonathan.«

»Dann geh doch nicht«, sagte er. »Du kannst mit zu mir kommen, ich bin die ganze Nacht allein zu Haus.
Klara ging mit, auch wenn irgendwo in ihrem Hinterkopf eine Stimme war, die ihr davon abriet, doch sie entschuldigte sich damit, dass man nur ein Leben hatte.
»Man lebt nur einmal und man ist nur einmal jung«, sagte sie, als sie auf dem Weg zu Jonathan waren.
»Ja«, stimmte er ihr zu.
»Deshalb muss man viel erleben und alle Herausforderungen und Chancen annehmen.«
Er machte Käsebrote und Tee und Klara aß und trank. Nach und nach wurde sie wieder nüchterner und gleichzeitig immer müder. Sie wollte aber nicht schlafen, denn sie saß hier in Jonathans Küche und redete mit Jonathan. Sie erzählte davon, wie einsam sie sich oft fühlte und wie sehr sie Dinge hasste, die sich nicht veränderten. Er hörte ihr zu. Dann redete er und Klara hörte zu. Aber sie hörte nicht richtig hin, was er sagte, denn sie badete in seiner sanften Stimme und war kurz davor, darin zu ertrinken. Doch Jonathan rettete sie.
»Möchtest du schlafen, Klara?«
Sie nickte, lächelte und schloss die Augen. Weich, weich, weich. Weiches Bett, warmer Körper und sanfte Bewegungen. Zarte Küsse und behutsame Hände. Klara schlief ein, und als sie aufwachte, war sie allein im Bett. Jonathan stand in der Tür. Er sah erschrocken aus.
»Sofie ist am Telefon, Klara«, sagte er.
Er wirkte etwas durcheinander. Klara ging ans Telefon.
»Du bist wohl total durchgedreht, Klara«, rief Sofie und klang nicht besonders freundlich. »Deine Mutter hat gegen drei hier angerufen. Sie dachte, du wärst gestern Abend bei mir gewesen, und hat nichts verstanden, als du nicht nach

Hause kamst. Ich habe gesagt, du schläfst bei mir. Verdammtes Glück für dich, dass ich nicht bei Simen übernachtet habe. Dann hätte es eine Suchaktion nach dir gegeben.« Klara dankte dem Schicksal, dass Sofie nicht bei Simen geschlafen hatte.
»Ich ... ich habe nicht daran gedacht. Ich war nicht ganz ... bei mir gestern Abend«, entschuldigte sich Klara.
»Das verstehe ich ja, aber deshalb musst du doch nicht gleich völlig verrückt spielen. Du hebst ja total ab«, sagte Sofie und Klara konnte hören, dass sie Angst gehabt hatte. Aber sie wollte nicht am Telefon weiterreden.

Ulrik sagt, dass kein Junge sich binden will«, sagte Klara. Jonathan schaute sie an, als würde er nicht verstehen, was sie meinte. Doch das tat er.
»Das stimmt schon«, sagte er zögernd. »Aber es kommt ein bisschen darauf an.«
»Auf was denn?«
»Darauf, was für eine Art Beziehung es ist und wer es ist und so.«
»Und wenn es eine lange und feste Beziehung ist ...«
»Ist es ein bisschen bedrohlich«, vollendete Jonathan den Satz.
Klara dachte kurz darüber nach.
»Das finde ich auch«, sagte sie dann. »Ich hasse sichere, stabile und lange Beziehungen, weil ich von allem schnell die Nase voll habe.«
»Dann haben wir eben eine kurze und turbulente Beziehung«, schlug Jonathan vor.
»Oder nur turbulent.«
»Das kann aber auf die Dauer ziemlich anstrengend werden«, sagte er.

»Das Leben ist nicht leicht«, erwiderte Klara. »Das Leben Ist Ein Rätsel.«
»Nicht unbedingt. Nur wenn man es sich selbst schwer macht«, sagte Jonathan.
»Es ist schwer, eine feste Beziehung zu haben, die lange hält«, sagte Klara.
»Worauf willst du hinaus?«, fragte er.
»Ich weiß nicht«, lächelte sie, blieb sitzen und sah ihn an. Sie war sich nicht sicher, was sie wollte, aber sie wusste, was sie nicht wollte.
»Sind wir jetzt zusammen, oder ...?«, fragte Jonathan.
Sie überlegte. Waren sie zusammen? Waren sie das? Nach zwei Wochen würde sie genug haben, das wusste sie jetzt schon. Selbst wenn sie noch lange in ihn verliebt sein würde, könnte sie ihm nicht viel von sich geben. Es würde so viele Verpflichtungen mit sich bringen. Am liebsten würde sie nur an sich selbst denken. Freiheit war das, was sie brauchte, nicht noch mehr Einschränkungen. Aber andererseits wollte sie Jonathan. Sie musste sich entscheiden.
»Nein«, sagte sie.

* * *

Die Mutter war nicht da, als Klara nach Hause kam. Sie machte wohl einen Spaziergang oder besuchte jemanden. Klara hätte es besser gefunden, wenn die Mutter zu Hause gewesen wäre, dann hätte sie es hinter sich gehabt.
Die Mutter hatte ihre eigene Art, mit solchen Situationen umzugehen. Zuerst würde Klara erklären müssen, was passiert war, und zwar bis ins kleinste Detail. Dann würde ihre Mutter alles analysieren und mit Klaras generellen Tendenzen ankommen. Klara sollte währenddessen dasitzen und zuhören, ohne zu protestieren. Wenn die Mutter damit fer-

tig war, würde sie einen Plan für die Zukunft aufstellen, mit neuen Regeln, die Klara zu befolgen hatte.
Das war ein mühsamer Prozess, bei dem Klara sich übergangen fühlte. Sie sollte Einsicht zeigen, sich entschuldigen und die neuen Regeln akzeptieren. Das war hart für sie, jedenfalls heute. Sie setzte sich aufs Sofa und stand wieder auf. Zündete sich eine Zigarette an und drückte sie nach zwei Zügen wieder aus. Sie war rastlos und dachte an Jonathan. Ihren Jonathan. War da vielleicht eine Spur von Bedauern in ihr? NEIN, hatte sie zu ihm gesagt. Nein, wir sind nicht zusammen. Wenn sie daran dachte, wirkte es ganz weit weg. Und seltsam. Denn eigentlich wollte sie doch mit ihm zusammen sein. Aber da war etwas in ihr, das bewirkte, dass sie es nicht konnte. Die Sache mit der Freiheit vielleicht. Aber das war nur eine Entschuldigung dafür gewesen, dass sie mit niemandem zusammen war. Also konnte es nicht länger ein Argument sein. Da stand sie nun mit einem Gefühl des Bedauerns! Was sprach dagegen, dass sie mit ihm zusammen war? Sie dachte an die Konsequenzen, die es für sie haben würde, dass sie sich umstellen und viel Zeit für Jonathan opfern müsste. Herrgott noch mal, wie egoistisch sie war. Sie musste über ihre eigenen Gedanken lachen. Zeit für ihn opfern! Sicherlich. Sie war so egoistisch, dass sie ein bisschen sauer auf sich selbst wurde.
»Jonathan«, sagte sie. »Ich habe es mir anders überlegt. Verstehst du?«
Am anderen Ende der Leitung blieb es stumm und Klara fragte sich, ob er vielleicht aufgelegt hatte. Doch dann antwortete er.
»Ja, ich denke schon. Also lassen wir es einfach auf uns zukommen, auch wenn du eine panische Angst vor festen Beziehungen hast.«

»Aber das hast du doch genauso«, sagte sie.
»Dann kann ja nichts passieren«, erwiderte Jonathan und sie mussten lachen.

Die Mutter lehnte sich auf dem Stuhl zurück.
»Wenn du nicht zuhören willst, kommen wir zu keiner Lösung. Das wird für dich am Schlimmsten.«
Klara hatte ihr etwas über den ganzen Abend, die Nacht und ihre Gedanken vorgelogen. Die Mutter analysierte Klaras Verhalten und Klara saß still da und hörte zu. Diesmal handelte der Vortrag davon, wie wichtig die Verantwortung war, die man für sich und andere hatte, und dass man immer Bescheid sagen musste, wo man war. Langsam wurde es Zeit für den letzten Akt, nämlich den Plan für die Zukunft. Und Klara sollte zuhören. Aber sie war schon lange nicht mehr bei der Sache. Es gab genug andere Dinge, über die sie nachdenken musste. Die Mutter stand auf. Klara machte sich einen Tee und ging dann in ihr Zimmer, um allein zu sein.

* * *

Gleich als Klara aufwachte, merkte sie, dass dieser Tag definitiv kein guter Tag werden würde. Heute fing die Schule wieder an, die Ferien waren vorbei. Nichts hatte sich verändert. Dasselbe Klassenzimmer, dieselben Schüler und Lehrer, dieselben Bücher, alles war genau wie vor den Ferien. Aber es war ja nur noch für ein halbes Jahr.
In der großen Pause saßen Klara und Sofie auf einer Treppe außerhalb des Schulgeländes. Einfach um für sich zu sein und sich ein bisschen freier zu fühlen. Um nicht mit allen anderen, die die Schule genauso satt hatten, in der Aula sitzen zu müssen. Allein der Anblick der anderen Schüler

machte ihnen ihre hoffnungslose Situation bewusst. Dass sie es noch ein halbes Jahr hier aushalten mussten.
»Ein halbes Jahr ist lang«, seufzte Sofie.
»Aber den Herbst haben wir auch rumgekriegt, da werden wir den Frühling schon schaffen«, sagte Klara. »Jetzt wird es jedenfalls heller und wärmer.«
»Das Schlimmste ist, herzukommen und festzustellen, dass alles genau wie immer ist. Dass sich über Weihnachten überhaupt nichts verändert hat.«
»Hat es doch«, sagte Klara. »Du kannst nicht behaupten, dass alles so ist wie vorher. Nicht, was uns betrifft.«
»Ja, das stimmt schon, aber ich rede von der Schule.«
Sie schwiegen eine Weile und Klara dachte darüber nach, dass das Leben in der Schule stillstand.
Sie hörten die Klingel und erhoben sich in der Gewissheit, dass sie zu spät zum Unterricht kommen würden.

* * *

Klara schaute über die Köpfe der anderen hinweg. Sie öffnete den Mund, um zu sprechen. Sie wusste auch, was sie sagen und worüber sie reden wollte, aber irgendetwas hinderte sie daran. Die Gesichter, die sie normalerweise um sich herum sah, waren plötzlich alle vor ihr und sie sollte reden, während sie zuhörten. Sie fand die Worte nicht wieder. Alle starrten sie an. Keiner lachte, jedenfalls noch nicht, aber sie wusste, dass sie bald damit anfangen würden, denn das war jetzt schon das zweite Mal. Der Lehrer stand ganz hinten im Raum und verzog keine Miene. Völlig kalt, keine Spur von Hilfsbereitschaft. Sie war ganz sich selbst überlassen, ihren eigenen Worten und Kenntnissen. Das Referat, fiel ihr ein. Vielleicht war das ein Anfang.
»Mein Referat«, begann sie, und das war der erste Schritt.

Jetzt steckte sie schon wieder fest. Die anderen würden ihr zuhören, sich anhören, was sie zu berichten hatte.

»Es handelt von der Pest.«

Sie atmete tief durch.

»Die Pest kam dreizehnhundertneunundvierzig mit einem Schiff aus England nach Bergen. Fast alle an Bord waren tot und man war sehr skeptisch, ob man das Schiff anlegen lassen sollte. Es bekam die Erlaubnis, denn die Leute in der Stadt wollten ihre Waren haben. Sie ahnten nichts von der Ansteckungsgefahr in diesen Waren, da man zu dieser Zeit überhaupt wenig von Krankheitsübertragung wusste. An Bord des Schiffes gab es außerdem Ratten und sie waren es wahrscheinlich auch, die die Pest übertrugen. Als das Schiff in Bergen angelegt hatte, eroberten die Ratten die Stadt und sorgten dafür, dass die Pest sich verbreitete. Doch auch in den Waren befanden sich die Erreger und diese übertrugen sich schnell von Infizierten auf Gesunde weiter. Wenn ein Pestkranker die ersten Symptome bemerkte, dauerte es nicht mehr lange, bis er starb. Die Symptome waren blauschwarze Beulen am ganzen Körper und das Gesicht färbte sich nach und nach lila. Viele begannen Blut zu spucken, wenn sie auf dem sicheren Weg in den Tod waren.

Zwei Drittel der norwegischen Bevölkerung starben an der Pest, sowohl auf Grund der hohen Ansteckungsgefahr als auch durch die Unwissenheit der Menschen. Zur damaligen Zeit war es üblich, dass viele Leute gemeinsam aus einer Schüssel aßen, häufig sogar mit demselben Besteck. Sie schliefen zu mehreren in einem Bett und die Zustände waren unhygienisch. Die Menschen waren überall von Abfall umgeben und es gab viele Ratten in der Stadt. Auch heute gibt es noch ähnliche Krankheiten, zum Beispiel ähnelt der Ebola-Virus dem Virus, der die Pest verursachte.«

Beinahe, ohne zu atmen. Ohne nachzudenken, waren die Worte aus ihr herausgeströmt. Es konnte nicht länger als eine Minute gedauert haben, aber jetzt war sie fertig. Schwindlig und erschöpft ging sie zu ihrem Tisch zurück und lächelte tapfer. Keiner schaute sie komisch an, niemand schenkte ihrer neurotischen Aura besondere Aufmerksamkeit und der Lehrer nahm sein Pult wieder ein.
»Vielen Dank, Klara.«

* * *

Sie gingen nicht weit, nur bis zu der Stelle, von der aus sie die Stadt überblicken konnten. Sie wollten sich die Stadt, in der sie wohnten, von oben ansehen, bevor es dunkel wurde. Es blieb jetzt schon jeden Tag fast zwei Minuten länger hell. Klara sah auf die Uhr. Halb drei.
Ungefähr eine Stunde lang würde es noch hell sein, sogar noch etwas länger. Klara lehnte sich zurück. Es war windig geworden.
»Ich muss heute Abend babysitten. Hast du Lust, rüberzukommen?«, fragte sie.
»Geht nicht«, sagte Jonathan. »Ich habe Ulrik versprochen, dass ich zu ihm komme. Hab ihn seit Ewigkeiten nicht mehr gesehen. Aber trotzdem danke.«
»Schon gut«, sagte Klara. »Ich habe mir Billie Holiday aus der Musikbibliothek ausgeliehen.«
»Billie Holiday, das hört sich an wie eine alte Frau.«
»Aber ihre Musik ist cool. Sie hat eine besondere Art, zu singen, und das gefällt mir.«
»Du magst auch Janis Joplin, oder? Die singt auch eigenartig.«
»Bist du sonst viel mit Ulrik zusammen?«, fragte Klara.
»Na ja, ab und zu. Wir haben viele gemeinsame Freunde.«

»Ich weiß. Ich mag Ulrik, deshalb habe ich mich auch mit Frida und den anderen gestritten. Sie mögen ihn nicht.«
Klara dachte an den Abend in den Weihnachtsferien zurück und wie sehr es ihr hinterher Leid tat, was sie zu ihnen gesagt hatte. Auch wenn sie wirklich fand, dass sie langweilig waren. Sie hatte seitdem nicht mehr viel mit ihnen geredet. Ein bisschen mit Frida, aber da war die Stimmung angespannt gewesen. Mit Peter hatte sie fast nichts mehr zu tun gehabt, seit die Schule wieder angefangen hatte. Im Unterricht fiel er nicht besonders auf und in den Pausen waren Klara und Sofie über alle Berge. Sie glaubten nicht, dass jemand sie vermisste, denn alle hatten ihre eigenen Freunde oder Cliquen und kümmerten sich nicht um andere. Alle hatten genug, genug von der Schule und allem, was dazugehörte. Klara freute sich auf die Oberstufe. Nur noch ein halbes Jahr, ein kurzes Frühlingshalbjahr.
»Welche Fachrichtung wählst du in der Oberstufe?«, fragte Jonathan, als ob er ihre Gedanken lesen konnte.
»Ich weiß nicht, was ich werden will. Meine Mutter möchte eigentlich nicht, dass ich studiere, weil das billiger für sie ist, auch wenn sie es nicht so begründet. Sie sagt, wenn ich jetzt schon keine Lust mehr auf Schule habe, wird es mir an der Uni auch nicht gefallen. Vielleicht hat sie ja Recht ...«
Sie blieben noch eine Weile sitzen, bevor sie sich auf den Heimweg machten. Vom Berg Fløyen hinunter in die Stadt, die sie eben aus der Vogelperspektive gesehen hatten.
»Vielleicht möchte ich malen«, sagte Klara.

Als sie vom Babysitten nach Hause kam, holte sie gleich ihren Malkasten hervor. Aquarellpapier, Pinsel und Farben. Die ersten Skizzen musste sie wegwerfen, doch nach einigen Versuchen bekam sie es so hin, wie sie es haben wollte. Nebel, menschliche Gestalten, tanzend vielleicht oder im Todeskampf. Mit dem inneren Willen, zu überleben. Kleine Stiche, laute Schreie, schmerzvolle Todeskämpfe. Überleben, überleben, weiter, weiter. Niemals sollten Klaras gemalte Menschen Frieden finden. Mitten in der Nacht legte Klara den Pinsel aus der Hand. Billie Holiday hatte aufgehört zu singen. Aber Klara hatte alle Lieder im Kopf, denn sie hatte sie den ganzen Nachmittag und Abend hindurch gehört. Nachdem die Kinder im Bett gewesen waren, hatte sie Tee gekocht, sich aufs Sofa gesetzt und gelesen. Aber sie wurde bald unruhig und rief Sofie an, die allerdings nicht zu Hause war. Damit hatte Klara schon gerechnet. Also setzte sie sich wieder hin und hörte weiter Billie Holiday, immer und immer wieder. Schließlich rief sie Frida an. Das war zwar dreist, aber sie tat es trotzdem, denn sie langweilte sich.

»Wollte nur mal hören, wie es dir so geht.«

»Ach, ganz gut«, sagte Frida. Ihre Stimme klang etwas unsicher, sie wusste nicht genau, weshalb Klara anrief. Denn das tat sie normalerweise nicht und sie hatten doch auch ewig nichts miteinander zu tun gehabt.

»Jetzt hast du deinen Prinzen ja gekriegt, was, Klara?«, lachte Frida.

Das Reden wurde ein bisschen einfacher, nachdem sie das gesagt hatte, denn es war leichter, sich zu unterhalten, wenn man zusammen lachen konnte.

»Mein Prinz«, sagte Klara. »Ja, das ist er.«

»Warum ist er jetzt eigentlich nicht bei dir?«, wollte Frida wissen.

»Er ist bei Ulrik.«

»Aber du bist es doch, mit der er zusammen ist!«, sagte Frida.

Sie hörte sich an wie eine konservative Großmutter. Diesen Ton vertrug Klara überhaupt nicht.
»Nur weil wir zusammen sind, müssen wir doch nicht die ganze Zeit aufeinander hocken«, sagte sie giftig.
Frida wurde etwas unsicher. Bei Klara musste man wirklich vorsichtig sein.
»Ich meinte nur, es ist ein bisschen komisch, dass er dir beim Babysitten keine Gesellschaft leistet.«
»Wir sind nicht verheiratet«, sagte Klara, die langsam die Geduld verlor.
Frida hatte keine Lust, länger mit Klara zu telefonieren. Es war unangenehm.
»Es hat an der Tür geklingelt«, sagte sie. »Wir sehen uns morgen.«
Sie legte auf. Klara verstand nicht ganz, was eigentlich schief gelaufen war. An diesem Abend hatte sie kein weiteres Bedürfnis nach Kontakt gehabt. Sie war auch jetzt noch ein bisschen frustriert. Niemand konnte sie verstehen, ihre Wurzellosigkeit, diese Abscheu vor allem Sicheren und Festen. Dieses Gefühl, immer und immer weiterzumüssen wie ein Geächteter oder ein Zigeuner. Vielleicht war ihr Vater ja Zigeuner? Die Menschen auf ihrem Bild waren Zigeuner, das wusste sie. Weiter, weiter, weiter. Nicht lange ausruhen, nicht zu lange an einem Ort bleiben. Weiterreisen und überleben.
An manchen Tagen sahen sie und Jonathan sich überhaupt nicht, an anderen waren sie pausenlos zusammen. Und heute war er eben bei Ulrik gewesen und sie beim Babysitten. Sie waren auch zusammen, wenn sie nicht ihre ganze Freizeit miteinander verbrachten, und sie waren zu nichts verpflichtet. Wenn Klara Jonathan anrufen wollte, rief sie ihn an, wenn sie keine Lust hatte, ließ sie es sein. Meistens

rief sie ihn an und sie trafen sich oft. Es funktionierte, weil Klara wusste, dass sie ihn nicht anrufen musste, dass sie nicht dazu verpflichtet war, etwas mit ihm zu unternehmen. Klara und Jonathan, im Winter neunzehnhundertachtundneunzig.

Obwohl sie müde war, konnte sie in dieser Nacht nicht schlafen. Nachdem sie ihre Malsachen weggeräumt hatte, lag sie da und sah in den Nebel hinaus. Bald würde es heller werden, bald könnte sie bis abends mit Jonathan auf dem Berg sitzen, allein mit ihm und seiner sanften, ruhigen Stimme. Der Berg hatte etwas an sich, man fühlte eine seltsame Freiheit, je höher man hinaufstieg. Hätte Klara Flügel gehabt, wäre sie schon vor langer Zeit davongeflogen.

* * *

Die Tage zogen still vorbei, ohne besondere Vorkommnisse. Klara träumte von Seeanemonen und Ohrenquallen. Zwischendurch tauchten Feuerquallen mit langen Fäden auf, vor denen Klara sich in Acht nahm. Quallen waren die dümmsten Lebewesen der Welt. Sie schwammen in ihrem Universum aus WASSER herum und konnten weder denken noch sprechen oder sehen. Nichts anderes als im Wasser herumzuwabern. Durchsichtig wie Glas. Sie wachte mit dem dumpfen Gefühl auf, selbst eine Qualle zu sein. Als sie aufstand und duschte, wurde es nicht besser. Sie brachte es nicht über sich, zu frühstücken. Quallen konnten nichts essen. Sie gingen auch nicht zur Schule, also konnte Klara jetzt keine Qualle mehr sein. Sie wäre es gern noch länger gewesen, denn es war so erholsam, für eine Weile apathisch und von den menschlichen Eigenschaften befreit zu sein.

Ich freu mich so auf den Sommer«, seufzte Sofie mitten in der zweiten Stunde. »Da möchte ich irgendwo hinfahren, wo es Wasser gibt. Warmes Wasser.«
»Ans Tote Meer, da kann man sich einfach treiben lassen«, sagte Klara, die das apathische Quallengefühl immer noch nicht ganz losgeworden war.
Klara musste an ein Gedicht denken. »Wir werden fahren und niemals wiederkehren.« Reisen kam auch darin vor und etwas, das sich darauf reimte. »Nur reisen.«
Sie glaubte, dass sie das geschrieben hatte. Eines Nachts vielleicht, bevor sie angefangen hatte von Seeanemonen zu träumen.
Glas, Glas, Glas. Alles war heute aus Glas. Klara bestand aus einer zähen, durchsichtigen Flüssigkeit. Deshalb konnte sie nicht richtig laufen, auch nicht im Sportunterricht. Ihre Knie knickten bei jedem Schritt ein.

Du rauchst zu viel, Klara«, sagte der Sportlehrer und schüttelte den Kopf.
»Quallen haben keinen Mund, die können gar nicht rauchen«, murmelte Klara träge.
»Wenn man zu viel raucht, sieht der Körper bald aus wie der einer Qualle. Aber darüber machst du dir wahrscheinlich keine Gedanken.«
»Nein«, erwiderte Klara. »Das ist mir egal, ich rauche nämlich gar nicht.«
»Natürlich nicht«, sagte der Lehrer ohne Überzeugung.
»Ich habe aufgehört!«
Der Sportlehrer rauchte selber, er wollte es nur nicht zugeben. Trotzdem konnte man nicht sagen, dass seine Kondition darunter litt. Sicher, wenn Klara so viel joggen und trainieren würde wie er, wäre sie genauso gut in Form.

Aber sie war nun einmal eine Qualle, und das lag nicht am Rauchen.

Das Wasser war zu warm. Quallen brauchen eine gleichmäßige Temperatur. Jonathan wartete vor der Schule auf sie und sie machten sich zusammen auf den Heimweg.
»Ich bin heute eine Qualle«, sagte Klara.
»Das sieht man dir gar nicht an.«
»Aber innerlich bin ich es. Ich bin mit einer durchsichtigen Flüssigkeit gefüllt und sie ist ganz zäh.«
Sie gingen schweigend nebeneinander her und merkten, dass es anfing, zu regnen. Eine halbe Minute später öffnete der Himmel seine Schleusen und ließ das Wasser auf sie niederprasseln wie eine Strafe, für was auch immer. Bevor Klara darüber nachdenken konnte, hatte Jonathan sie bereits unter ein Dach gezogen. Dort war nicht viel Platz, wenn sie beide trocken bleiben wollten. Also standen sie dicht aneinander gedrückt da.
»Quallen mögen Wasser«, grinste Jonathan.
»Nicht wenn es vom Himmel kommt. Das ist die Strafe für die Sünder.«
»Und welche Sünde haben wir begangen?«, fragte er.
»Das weiß ich nicht, ich hatte noch keine Zeit, darüber nachzudenken«, sagte sie und sie fingen an zu lachen.
Es war ein Lachen, das aus dem Nichts heraus entstanden war, aber zu etwas führte. Klara schob ihre Haare zur Seite und dachte, dass die besten Küsse die im Regen waren, bevor ihr Kopf sich wieder mit Glas füllte.

Es waren nicht viele Worte, die Klara täglich mit ihrer Mutter wechselte, aber sie sagte jeden Tag Guten Morgen. Sie war fast nie zu Hause, und wenn, dann saß sie in ihrem Zimmer. Es konnte passieren, dass die Mutter nach Hause kam und Klara mit einem Jungen in der Küche saß, den die Mutter nicht kannte. Der Junge sagte für gewöhnlich Guten Tag, aber eine weitere Unterhaltung zwischen ihnen ließ Klara nicht zu. Sie konnte es nicht ausstehen, wenn die Mutter sich einmischte, in was auch immer. Aber als Klara jetzt mit klatschnassen Haaren nach Hause kam, die Schminke im ganzen Gesicht verteilt, fing sie natürlich gleich wieder an Fragen zu stellen.

»Ist etwas passiert?«

Klara schüttelte den Kopf. Sie hielt es nicht aus, dass die Mutter immer alles wissen wollte.

»Ist es dieser Junge?«

Klara drehte sich ungehalten zur Mutter um.

»Jonathan?«

»So heißt er also. Warum weiß ich nichts von ihm?«

»Vielleicht, weil ich nicht wollte, dass du es weißt?«

»Mein Gott, wir wohnen doch schließlich zusammen, ein bisschen werde ich wohl noch erfahren dürfen. Wer ist denn dieser Junge?«

»Das geht dich nichts an! Wenn es etwas gäbe, was du wissen müsstest, hätte ich es dir schon gesagt.«

* * *

Klara stapfte in ihr Zimmer und knallte die Tür zu. Wieso konnte die Mutter sie nichts allein machen lassen, warum durfte sie nichts für sich behalten? Jonathan gehörte ihr. Der liebe Jonathan mit den schönen Augen und den zerzausten Haaren, der Grübchen auf beiden Seiten hatte, wenn er lachte. Er ging ihre Mutter nichts an. Sie sollte sich da raushalten. Klara setzte sich auf ihr Bett und legte die Hände in den Schoß.

Über alles wollte sie Bescheid wissen, alles kontrollieren. Klara war total genervt und stinksauer, als sie dort saß mit ihren nassen Haaren und dem Gesicht voll zerlaufener Schminke.
Sie und Jonathan unter dem Dach. Jonathan und sie überall. Die Mutter war nur eine kleine Figur in Klaras Leben. Sie bezahlte Essen und Wohnung und sie hatte dafür gesorgt, dass Klara auf der Welt war. Vielen Dank. Das war alles. Ob Klara sie lieb hatte? Quallen hatten keine Gefühle für ihren Ursprung. Klara nahm ihre Zigaretten und ging auf den Balkon. Aber dort hatte die Mutter sie von der Küche aus genau im Blick. Also ging Klara hinunter auf die Straße. Zigaretten! Sie hatte seit drei Tagen nicht geraucht, aber darüber machte sie sich im Moment keine Gedanken. Sie dachte daran, dass sie seit Weihnachten kein Geld mehr hatte. Und solange sie und ihre Mutter nicht besonders gut aufeinander zu sprechen waren, würde dort nicht viel zu holen sein. Außerdem hasste Klara es, ihre Mutter um Geld anzubetteln. Das machte sie so abhängig, so zu Dank verpflichtet. Sie wollte einen eigenen Job, damit sie sich ihr Geld selbst verdienen konnte. Und so fasste sie an diesem Januarnachmittag einen Entschluss, als sie dort in Socken vor dem Haus stand und merkte, wie das Nikotin sie langsam schwindlig machte. Sie hatte schließlich seit drei Tagen nicht geraucht.

* * *

Die Tür ließ sich leicht öffnen und es ertönte das Klingeln einer Ladenglocke. Ein junger Mann fegte den Boden, der Raum war nur spärlich beleuchtet und es schien bereits geschlossen zu sein. Als Klara hereinkam, hörte der Mann auf zu fegen.

»Wir schließen jetzt«, sagte er. »Was kann ich für dich tun?«
»Ich wollte fragen, ob ihr noch jemanden wie mich gebrauchen könnt. Ich bin sehr flexibel. Ich kann zum Beispiel fegen, wischen und aufräumen. Egal, was, egal, wann«, sagte Klara.
»Du brauchst also einen Job?« Er musterte sie prüfend. »Das ließe sich schon machen. Ich kann dir zwar jetzt noch nicht zusagen, aber wenn du mir deine Nummer gibst, rufe ich dich an.«
Er lächelte ihr zu. Sie konnte sein Gesicht bei diesem Licht nicht sehr deutlich erkennen, aber sie sah, dass er lächelte. Sie schrieb ihren Namen und ihre Telefonnummer auf einen Zettel. Er gab ihr die Hand.
»Leo«, stellte er sich vor.
»Klara«, sagte sie.

Er rief zwei Tage später an und sagte, sie könne am Donnerstag mit der Arbeit beginnen. Und er fragte, ob sie jeweils an einem Wochentag und am Samstagvormittag kommen könnte. Klara war glücklich. Von nun an würde sie ihr eigenes Geld verdienen. Sofie verstand nicht, warum Klara so wild darauf war. Wo sie doch immer Geld von ihrer Mutter bekommen konnte, wenn sie welches brauchte. Die Mutter verdiente doch gut und bisher hatte Klara nie Geldprobleme gehabt. Aber Sofie hatte eben keine Ahnung. Leo sagte, dass alle im Laden sich schon auf sie freuten. Klara hatte Schmetterlinge im Bauch, als sie den kurzen Weg zum Laden ging. Die Tür ging genauso leicht auf wie beim letzten Mal und das kleine Glöckchen über der Tür klingelte munter. Leo nahm sie an die Hand und stellte sie vor.
»Das ist Klara«, sagte er.

Sie betrachtete die, die dort standen. Ein älterer Mann, der mindestens sechzig sein musste, saß auf einem Stuhl. Bei seinem dicken Bauch und dem runzligen Gesicht konnte man sogar meinen, er wäre bereits seit langem Rentner. Das Einzige, was Klara im Hinblick auf sein Alter unsicher machte, waren seine vollen, dunkelbraunen Haare. Dann stand da noch eine junge Frau im Raum, die einzige. Dafür war sie die Größte, und das, obwohl schon Klara schrecklich groß war, wenn sie ihre Plateauturnschuhe trug. Die Frau hatte kurze, struwwelige Haare von undefinierbarer Farbe. Sie waren vielleicht einmal rot gewesen und dann schwarz gefärbt worden. Klara musste an die Barbiepuppen denken, mit denen sie gespielt hatte, als sie klein war. Sie waren groß gewesen und hatten lange, dürre Beine und eine schmale Taille gehabt, genau wie diese Frau hier. Nur dass sie nicht Barbies Brustumfang hatte. Klara war vom ersten Moment an von ihr fasziniert. Es war, als könnte sie ihre Augen nicht mehr von ihr abwenden. Die Frau war so stark geschminkt, dass die Mutter sagen würde, dagegen sei Klaras Make-up dezent. Sie hieß Mai, Mai Emilie.
»Aber sag einfach Mai zu mir.«

Dann waren da noch Leo und Bendik. Bendik war offenbar ebenfalls jung, ganz in Schwarz gekleidet und hatte eine coole Frisur. Er sah gut und beinahe mystisch aus. Der alte Mann auf dem Stuhl sagte nichts. Er stellte sich nicht vor und niemand sagte etwas über ihn. Klara sollte im Hinterzimmer sitzen, die Anrufe entgegennehmen und Termine vereinbaren. Außerdem musste der Boden gefegt und alles sauber gemacht werden. Klara gefiel die Arbeit.

* * *

Nachdem der letzte Kunde gegangen war, fanden sich alle im Hinterzimmer ein. Bendik lehnte sich an die Wand, als ob er auf etwas wartete. Seine Augen hatten etwas Fernes, Mystisches, das Klara nicht verstand. Etwas, das dafür sorgte, dass sie sich einerseits nicht so recht traute ihn anzuschauen, andererseits aber einfach hinsehen musste. Schließlich ging er und Klara blieb mit Leo und Mai in dem Zimmer sitzen.

»Und, macht dir die Arbeit Spaß?«, fragte Mai.

»Ja klar, es ist cool hier«, grinste Klara.

»Willst du eine rauchen?«, fragte Leo.

Klara nickte. Sie hatte noch viele Fragen, wusste aber nicht, wie sie anfangen sollte.

»Seid ihr richtige Friseure?«, fragte sie, nachdem sie sich die Zigarette angezündet hatte.

»Ich schon«, antwortete Mai. »Leo ist noch Lehrling.«

»Aber in ein paar Wochen bin ich fertig. Dann bin ich Friseur. Richtiger Friseur.«

»Und Bendik?«, wollte Klara wissen.

»Bendik ist Friseur«, sagte Leo. »Er arbeitet hier, seit er mit der Mittelstufe fertig ist, und das ist jetzt fast zehn Jahre her.

Klara rechnete aus, dass er also ungefähr sechsundzwanzig sein musste.

»Und wer war der Mann auf dem Stuhl, der nach einer Weile gegangen ist?«

»Das war Gustav«, lachte Mai. »Er ist der Besitzer des Salons, aber er arbeitet nicht hier, er macht überhaupt nichts. Er hat keine Familie und auch keine Hobbys, ihm gehören nur dieser Laden und noch ein paar andere Geschäfte. Er schaut jeden Tag bei uns rein, weil er nichts weiter zu tun hat. Ein netter Mann.«

Mai und Leo lachten. Mai blies die perfektesten Rauchringe, die Klara je gesehen hatte. Leo stand auf.
»Ich muss los, glaube ich. Ich will heute noch was kochen.« Er lächelte schief, was wohl bedeuten sollte, dass er nicht so gut kochen konnte.
»Bendik wird der Koch beim Betriebsfest sein«, sagte er, bevor er ging.

Bendik kocht gut«, sagte Mai zu Klara. »Richtig gut, nicht so wie Leo. Dafür ist Leo viel geselliger. Bendik ist zwar nett, aber ein bisschen schüchtern.«
»Arbeitest du schon lange mit ihm zusammen?«
Mai nickte und drückte die Zigarette aus.
»Schon viele Jahre. Seit ich hier angefangen habe. Bendik ist der Geschäftsführer, weil er schon am längsten hier arbeitet. Außerdem ist er mit Gustav verwandt.«
Sie machten sich daran, den Fußboden zu putzen. Anschließend säuberten sie die Waschbecken.
»Wie alt bist du eigentlich?«, fragte Mai.
»Fünfzehn«, antwortete Klara.
»Schönes Alter«, sagte Mai. »Ich wünschte, ich wäre auch noch mal fünfzehn. Damals war ich viel hübscher.«
Sie lachte.
»Ich bin vierundzwanzig und wohne gerade zum ersten Mal allein. Ich weiß noch nicht, ob mir das gefällt. Ich weiß nur, dass es keinen Spaß macht, mit einem religiösen Fanatiker zusammenzuleben.«
»Besser als fünfzehn zu sein und mit einer Mutter zusammenzuwohnen, die denkt, du bist zwölf«, sagte Klara.
»Jesus-Freaks sind auch nicht viel besser, kann ich dir sagen. Aber ich weiß, das ist der Nachteil daran, fünfzehn zu sein. Man wird noch wie ein Kind behandelt, obwohl man

sich schon erwachsen fühlt. Und außerdem ist man noch in der Mittelstufe.«

»Ich hasse die Mittelstufe.«

»Das ging mir genauso. Und es war so toll, endlich in die Oberstufe zu kommen. Danach bin ich Friseurin geworden, das hatte ich mir schon mit zwölf vorgenommen.«

* * *

Willst du mit mir schlafen, Klara?«

Sie drehte sich zu ihm um und wusste nicht, wie sie auf eine solche Frage reagieren sollte. Mit ihm schlafen? Darüber hatte sie überhaupt noch nicht nachgedacht.

»Mit dir schlafen? Nein«, sagte sie, hörte aber selbst, wie wenig überzeugend es klang.

»Warum nicht?«

Als ob es eine ganz alltägliche Sache wäre.

»Hör zu, Klara. Mach dir keine Gedanken darüber.«

Er beugte sich vor und sah ihr tief in die Augen. Krieg.

»Vögeln ist nichts, an das man mit dem Kopf rangeht. Das Für und Wider abwägt und so weiter. Man muss es fühlen. Hast du Lust, sagst du Ja, hast du keine, sagst du Nein. Also, willst du?«

Sie konnte nicht darauf antworten. Es war so, wie er sagte. Sie konnte sich nicht im Voraus dazu entschließen, es musste impulsiv geschehen. Und es war ein Gefühl. Sie wusste nur nicht, ob sie jetzt das richtige Gefühl dafür hatte. Sie war ziemlich erschrocken. Das war es also, was er wollte. Ein bisschen Spaß haben. Klara glaubte, dass der Gedanke ihr gefiel, aber sie war sich nicht sicher. Auf einmal wusste sie nicht mehr, was sie von Jonathan halten sollte. Und gleichzeitig ging ihr die Frage nicht mehr aus dem Kopf.

»Willst du mit mir schlafen, Klara?«

An diesem Abend kam sie zu spät nach Hause. Sie hatte unterwegs vor einer Schaufensterscheibe angehalten und sich darin betrachtet. Ihre Haare waren zu lang geworden und überhaupt war nichts an ihr schön. Im Moment jedenfalls nicht, falls es überhaupt jemals so gewesen war. Die Mutter war sauer. Klara gab keine Erklärung ab, sondern ging direkt in ihr Zimmer und riss sich dort alle Kleider vom Leib. Sie stellte sich vor den Spiegel und sah sich an. Ihre Brüste waren klein und die Hüftknochen traten zu stark hervor. Ihre Haut war bleich, winterbleich, und ihre Beine waren lang. Sie verstand nicht, wie jemand diesen Körper mögen konnte, und im selben Moment begann sie ihn zu hassen.
»Klara, Klara, Klara«, murmelte sie leise. »Warum wurdest du in diesen Körper gesteckt?«
Sie schlief unruhig in dieser Nacht. Sie hatte einen Traum, konnte sich aber später nicht mehr daran erinnern.

* * *

Es vergingen einige Tage, bevor Klara Jonathan wieder sah. Sie hoffte, dass er es vielleicht vergessen hatte und sie nicht noch einmal fragen würde. Als er anfing zu sprechen, nachdem sie eine Weile nichts gesagt hatten, wurde Klara ein bisschen ängstlich.
»Ich will dich nicht drängen, Klara.«
Er wollte sie nicht drängen, aber er wollte, dass sie wollte. Und wenn nicht, könnte sie es doch ihm zuliebe tun. War sie denn nicht mehr in ihn verliebt? Doch, natürlich war sie das.

Als sie das nächste Mal im Laden war, fragte sie Mai. Oder war es Mai, die ganz von selbst mit dem Thema anfing?
»Als ich jünger war, hatte ich nie einen Freund. Alle meine Freundinnen hatten eine Beziehung nach der anderen und

ich war für sie da und habe sie getröstet, wenn sie Liebeskummer hatten oder sich ausgenutzt fühlten. Damals habe ich mir geschworen, dass mich nie jemand ausnutzen oder mir wehtun sollte. Ich war so stolz. Aber dann habe ich mich doch verliebt, obwohl es nicht meine Absicht war. Er war wohl auch ein bisschen in mich verliebt, wenn auch nicht so sehr wie ich in ihn. Er stellte mir eine Art Ultimatum, jedenfalls habe ich es so aufgefasst. Ich dachte, es wäre gut, die Chance zu nutzen, schließlich konnte ich nicht ewig damit warten, dadurch gewinnt man nicht besonders viel an Erfahrung.

Heute bin ich froh, dass ich es gemacht habe. Obwohl es mir hinterher schrecklich ging und ich mir zehnmal ausgenutzter vorkam als meine Freundinnen, denn sie hatten ja vorher nicht so strenge Prinzipien gehabt wie ich, bevor sie enttäuscht wurden. Ich dagegen, ich hatte sozusagen gleich die doppelte Niederlage erlitten. Erst habe ich nach seiner Pfeife getanzt, weil ich in ihn verliebt war, und dann habe ich kapiert, dass das alles war, was er wollte. Aber vor allem habe ich viel daraus gelernt, und das hat mir ganz schön die Augen geöffnet.«

»Und wie alt warst du damals?«, fragte Klara.

»Achtzehn, und das war viel zu spät. Hätte ich diese Erfahrung eher gemacht, hätte ich eine sehr viel bessere Jugend gehabt.«

Klara dachte lange über das nach, was Mai erzählt hatte, und fasste daraufhin ihren Entschluss. Denn sie hatte schließlich nichts zu verlieren, oder? Sie war unsicher und nervös, aber trotzdem, was hatte sie zu verlieren? Sie traute sich nicht mit Jonathan darüber zu reden. Er würde nur wieder sagen, dass es nichts war, weswegen man unsicher sein musste. Wenn es sich richtig anfühlte, tat man es. Klara wusste nicht, ob es sich richtig anfühlte. Sie hatte keine Ahnung, wie es sich anfühlen musste, wenn es sich richtig anfühlte. Deshalb tat sie, was sie tat, und hoffte, dass es ein Schritt in die richtige Richtung war. Der richtige Weg, erwachsen und selbstständig zu werden. Wer nicht wagt, der nicht gewinnt!

Sie gewann jedenfalls nicht. Sie dachte nur: Entspann dich, entspann dich, dann tut es wenigstens nicht weh. Das tat es zwar nicht, aber schön war es auch nicht. Sie fühlte nichts, nichts Besonderes, so wie sie es sich vorgestellt hatte. Sie hatte geglaubt, es wäre ein phantastisches Erlebnis, wenn sie es nur schaffte, dass es nicht wehtat. Sie lag da und dachte daran, versuchte die ganze Zeit etwas zu fühlen, allerdings ohne Erfolg. Sie dachte nicht an Jonathan. Er war einfach da und sie fühlte überhaupt nichts.
Sie lehnte sich an ihn, weil sie sich bei irgendjemandem anlehnen wollte. In ihrem Inneren schrie etwas auf und sie hätte es gern hinausgelassen. Da war etwas, das sie vermisste, aber sie wollte nicht darüber reden oder auch nur darüber nachdenken. Sie hatte nur ein unbestimmtes Gefühl. Jonathan rauchte, Klara nicht. Sie wollte, dass er sie in die Arme nahm, und dachte an die sanften Küsse im Regen und daran, wie viel mehr ihr diese Küsse gegeben hatten als das hier. Sex. Nichts und enttäuschend. Jonathan schwieg und Klara gingen diese Gedanken nicht mehr aus dem Kopf.

* * *

Am nächsten Tag ging sie zur Arbeit, es war Samstag und es regnete nicht. Jonathan brachte sie bis zur Tür. Er gab ihr einen Kuss und blieb dann stehen und sah ihr nach, als sie hineinging. Sie waren jetzt fest zusammen, und das würden sie immer sein, jedenfalls für lange Zeit, dachte er. Klara war sich nicht sicher, was sie dachte oder fühlte, denn alles wirkte so sinnlos und kalt. Sie bekam Angst bei diesem Gedanken und verwarf ihn schnell. Mai und Bendik waren mit den Scheren zugange, als Klara hereinkam. Leo war im Hinterzimmer.

»Hei, Baby«, begrüßte er sie und wirbelte mit dem Drehstuhl herum.

»Hei, Leo«, sagte Klara und wunderte sich ein bisschen, dass er sie so nannte, wie Sofie es oft tat.

»Geht's dir gut?«, fragte Leo.

Klara überlegte, ob sie die Wahrheit sagen oder lügen sollte. Schließlich war sie ehrlich.

»Nein«, antwortete sie.

»Was ist denn los?«, fragte Leo nach ein paar Umdrehungen auf dem Stuhl. Jetzt bereute sie es, die Wahrheit gesagt zu haben.

»Viel. Alles ist so durcheinander. Ich muss ein bisschen nachdenken.«

Leo nickte. Er wusste, wie er ihr helfen konnte.

»Hast du Lust zum Schneiden?«

»Was schneiden?«

»Na, Haare natürlich!«

»Aber das kann ich doch gar nicht.«

»Du kannst es doch lernen. Komm, wir übernehmen den nächsten Kunden.«

Sie lachte. Haare schneiden, zusammen mit Leo. Natürlich wollte sie das, dann wäre sie ihre Gedanken für eine Weile los.

Leo wies dem Nächsten, der hereinkam, elegant einen Platz zu. Klara, die im Hinterzimmer die kleine Türglocke gehört hatte, ging zu Leo in den Salon. Beim Anblick des neuen Kunden dort auf dem Stuhl traf sie fast der Schlag.

Ihm würde Klara die Haare schneiden. Er hatte wunderschöne Haare. Er selbst war wunderschön. Leo war bereits dabei, ihm die Haare zu waschen. Er schaute Klara an.
»Möchtest du ihm vielleicht die Haare waschen?«, fragte er.
Sie konnte nur nicken. Dann wusch sie seine Haare. Er war schön, man konnte es nicht anders sagen, unvorstellbar schön. Und Klara wusch ihm die Haare. Zweimal. Dreimal. Sie nahm viel Shampoo und knetete und knetete.
»Bist du bald fertig?«, fragte er. Klara lachte. Sie musste zum Ende kommen, auch wenn sie am liebsten überhaupt nicht mehr aufgehört hätte. Leo legte ihm den Umhang um und nahm eine Schere in die Hand.
»Soll ich es so schneiden wie immer?«, fragte er.
»Ja, sie sind schon ein bisschen lang geworden«, grinste der junge Mann auf dem Stuhl.
Klara stand da und betrachtete ihn. Sie fragte sich, ob Leo ihn wohl kannte. Sie hätte seine Haare gern geschnitten, traute sich aber nicht. Sie konnte es ja auch gar nicht.
»Das ist Klara«, sagte Leo. »Sie arbeitet hier und sie ist richtig gut.«
Klara lachte. Verdammt gut darin, Anrufe entgegenzunehmen.
»Ja«, bestätigte der Kunde. »Besonders gut kann sie Haare waschen, richtig sauber, und sie spart auch nicht am Shampoo.«
»Das ist Tim, Klara. Mein kleiner Bruder.«
»Mhmmm«, nickte Klara. »Ihr seht euch ähnlich.«

Das stimmte, obwohl Leo nicht so gut aussah wie sein Bruder. Während Leo weiter mit Tims nassen Haaren beschäftigt war, spielte dieser mit einem Piercing in seiner Zunge. Er hatte ein Zungenpiercing! Klara war hingerissen. Fasziniert

lauschte sie dem leisen Klirren. Seine Haare wurden kurz und er sah jetzt fast noch besser aus als vorher, wenn das überhaupt möglich war. Leo erzählte, was er gerade so machte.
»Bendik bringt mir das Kochen bei. Er kann es wirklich gut und ich habe schon viel gelernt.«
»Das glaube ich erst, wenn ich es sehe«, sagte Tim.
»Ach ja? Willst du dich überzeugen?«, fragte Leo.
Tim nickte.
»Morgen?«, schlug Leo vor. »Ich werde etwas Phantastisches kochen.«
»Ich möchte aber bei der Zubereitung dabei sein, wer weiß, was dir so einfällt.«
»Was soll denn das heißen?«
»Na, du könntest zum Beispiel Bendik in der Küche versteckt haben.«
»Also bitte! Wenn ich dich bei mir zum Essen einlade, lasse ich doch nicht Bendik kochen.«
Leo versuchte überzeugend zu wirken.
»Man kann ja nie wissen. Außerdem habe ich ein bisschen Angst davor, wie du mit Gewürzen umgehst«, grinste Tim.
Klara hatte bisher nur daneben gestanden und zugehört, während sie Leo die Sachen reichte, die er brauchte. Jetzt drehten sie sich beide zu ihr um.
»Und du, Klara, du glaubst doch wohl nicht auch, dass an meinem Essen etwas suspekt ist, oder?«, fragte Leo in der Hoffnung, Unterstützung zu finden.
»Natürlich nicht«, half Klara ihm. »Gut gewürzt schmeckt es doch viel besser.«
»Siehst du, Tim«, sagte Leo. »Es liegt nur daran, dass du so empfindlich bist und kein scharfes Essen verträgst, du Memme!«
»Du magst es vielleicht gut gewürzt«, wandte sich Tim an

Klara, »aber Leo würzt das Essen so stark, dass selbst ein Mexikaner daran sterben würde.«
»Das kann ich mir nicht vorstellen!«, sagte Klara.
»Ach nein? Na, dann wart's mal ab!«, sagte Tim und in seinen Augen blitzte es schelmisch.
»Ich wette, Klara mag mein Essen«, sagte Leo.
Tim stand vom Stuhl auf.
»Ich wette dagegen.«
»Wie viel?«, fragte Leo scherzhaft.
»Hundert Kronen«, antwortete Tim.
»Abgemacht! Klara, du musst morgen kommen und mein Essen probieren.«
»Und hab keine Angst, zu sagen, dass es dir nicht schmeckt.«
»Okay«, sagte Klara und hatte auf einmal ein merkwürdiges Gefühl im Bauch.
»Um fünf bei mir«, sagte Leo, während Tim zur Tür ging. Klara sah ihm nach und ein angenehmes Schaudern durchlief sie, als sie an das Geräusch dachte, das eine kleine Kugel in der Zunge bei der Berührung mit den Zähnen machte.

* * *

Ein Zungenpiercing?«
Klara nickte.
»Reg dich wieder ab, Klara«, sagte Sofie. »Und was ist mit Jonathan?«
»Scheiße«, sagte Klara. »Scheiße.«
Sie hatte überhaupt nicht mehr an Jonathan gedacht. Alles, was in der letzten Nacht passiert war, kam ihr weit weg vor. Sie hatte Sofie nichts davon erzählt, denn eigentlich gab es da nichts zu erzählen.
»Du bist komisch.«

Sofie schüttelte verständnislos den Kopf. Im Moment wurde sie nicht ganz schlau aus Klara, die auf einem anderen Stern zu leben schien und nur schwer zu deutende Signale sendete. Dabei verstand Sofie sie besser als irgendjemand sonst und umgekehrt war es genauso. Sie waren abhängig voneinander und sie würden immer die besten Freundinnen bleiben. Das wussten sie beide, auch wenn ihnen klar war, dass sie sich gegenseitig nicht immer im selben Ausmaß brauchten. Sofie hatte jetzt Simen und sie verbrachte viel Zeit mit ihm. Es interessierte Klara nicht besonders, was die beiden so machten. Sofie dagegen wollte ständig wissen, was zwischen Klara und Jonathan passierte. Und jetzt kam Klara an und erzählte was von einem Typen, der Leos Bruder war.

Und Jonathan?, musste Sofie denken. Was war eigentlich in letzter Zeit los?

Was ist eigentlich los in letzter Zeit?«

Klara schaute auf. Shampoo. Ihre Finger rochen immer noch nach Shampoo.

»Was soll denn los sein?«

Sie verstand nicht ganz, was Sofie meinte, außer dass es etwas mit Jonathan zu tun hatte.

»Du bist völlig durchgedreht. Zuerst hast du nichts anderes im Kopf als Jonathan und noch mal Jonathan. Und dann bist du plötzlich ganz hin und weg wegen eines Zungenpiercings. Okay, wegen eines Jungen mit Zungenpiercing. Du kannst ja nicht mal drei Wochen durchhalten.«

»Ich weiß«, sagte Klara. »Ich habe es schon die ganze Zeit gewusst, aber das ist es nicht. Es hat nichts mit Tim oder einem Piercing in der Zunge zu tun, sondern mit Jonathan.«

*

Sie konnte und wollte es jetzt nicht erklären. Sie ertrug Jonathan einfach nicht mehr. Es hatte was mit Respekt zu tun, den sie jetzt nicht mehr fühlte. Das war ihr erst durch das Geräusch eines Zungenpiercings klar geworden. Es hatte etwas mit dem zu tun, was in der letzten Nacht passiert war. Oder was nicht passiert war. Man konnte daraus nicht schlau werden, eher verwirrt.

Keiner würde es verstehen, niemand konnte in ihren Kopf schauen und sehen, was sie dachte oder fühlte. Zum Glück. Sie wollte aber auch nicht, dass jemand Fragen stellte. Niemand hatte das Recht, es zu wissen, nicht einmal Sofie. Selbst Jonathan nicht, obwohl er es war, der seit einigen Monaten ihr Leben bestimmt hatte ...

Klara würde noch verrückt werden. Alles, was sie tat, endete in einem Chaos. Warum konnte es nicht *einmal* etwas geben, das keine Probleme verursachte?

Ich habe mit Jonathan geschlafen und ich weiß nicht, ob ich es bereuen soll, jedenfalls war es mit Sicherheit nicht das Klügste, was ich tun konnte.«

Sofie sagte zunächst nichts. Klara sah ihr an, dass es nicht das war, was sie erwartet hatte zu hören. Aber sie sah auch, dass Sofie ganz ihrer Meinung war.

»Aber deshalb musst du nicht gleich aufgeben, weißt du. Es wird noch mehr Chancen geben. Nur weil es jetzt ein bisschen unangenehm ist, heißt das nicht, dass es immer so sein muss.«

»Was weißt du denn schon davon?«, fragte Klara sauer. Gleich darauf tat es ihr Leid.

»Glaubst du, du bist die Einzige, die ein bisschen durcheinander ist?«

»Wie meinst du das?«

»Was denkst du? Ich kam mir hinterher auch nicht besonders cool vor. Ganz im Gegenteil.«

»Du hast mit Simen geschlafen?«

Sofie nickte.

»Und du hast mir nichts davon erzählt? Ist es schon lange her?«, fragte Klara und begriff plötzlich, dass sie immer nur mit sich selbst beschäftigt war und wie wenig sie in letzter Zeit mit Sofie unternommen hatte. Vorher waren sie andauernd zusammen gewesen, die ganze Zeit. Und jetzt stand auf einmal so viel zwischen ihnen. Simen, Jonathan, Klaras Job.

»So lange sind wir ja noch gar nicht zusammen. Es ist vielleicht drei, vier Wochen her. Oder ein bisschen länger.«

»Und warum hast du nichts gesagt, wenn es dir doch nicht gut ging?«

»Ich weiß nicht. Ich wollte einfach nicht darüber reden. Ich konnte es nicht, auch nicht mit Simen. Ich kam mir so klein vor und ich weiß nicht . . . irgendwie bedeutungslos, unwürdig. Ich weiß auch nicht, warum, und ob es überhaupt etwas damit zu tun hatte, aber jetzt bin ich schrecklich froh, dass ich damals nichts Drastisches getan habe.«

Klara legte ihre Arme um Sofie. Herrgott noch mal, wie sehr sie doch in ihrer eigenen Welt lebte und nichts um sich herum mitbekam. Klara entschloss sich, dass von nun an Sofie die Einzige sein sollte, mit der sie ihre innersten Gedanken und Gefühle teilte.

»Geht mir genauso«, flüsterte Klara Sofie leise ins Ohr.

* * *

Nicht nervös. Unauffällig wie ein Schatten. Leise, leise betrat sie Leos Haus. Still und leise die Treppen hinauf. Sie schlich wie ein Schatten dicht an der grauen Wand entlang

und hatte hunderttausend Fledermäuse im Bauch. Die Türklingel. Wie sie sich wohl anhört, überlegte Klara und drückte auf den Knopf. Es klingelte. Sie war nicht nervös, obgleich in ihrem Bauch ein Krieg zu toben schien. Wer mir wohl aufmacht? war das Letzte, was sie noch denken konnte, bevor Leo in der Tür stand und von einem Ohr zum anderen lachte.
»Hallo Klara. Willkommen in meiner Grotte.«
»Danke, danke«, sagte Klara, während Leo ihr die Jacke abnahm.
Er hängte sie neben einer Jacke auf, die Klara wieder erkannte. Tim saß im Wohnzimmer, das bis unter die Decke mit Krimskrams voll gestopft war. Vorhänge an den Wänden, Teppiche auf dem Fußboden, getrocknete Blumen, abstrakte Bilder, Bilder von nackten Menschen, Fotos mit Haarfrisuren, Pflanzen, Schachteln und Regale. Mitten im Zimmer stand ein Esstisch, das Einzige hier, über dem ein Hauch von Ruhe lag. Ansonsten war der Raum voller Rauch, Staub und Sachen.
»Ich hoffe, mein Schloss gefällt dir. Ich habe extra aufgeräumt, allerdings nicht Staub gesaugt. Aber das siehst du ja selbst«, grinste Leo. »Wollt ihr ein Bier?«
»Ja, danke«, sagte Tim.
Klara nickte ebenfalls. Ein Bier vor dem Essen, aber gern.
»Ich habe etwas wirklich Spannendes gekocht, das ich von Bendik gelernt habe. Es nennt sich Bendik-Spezial, aber zum heutigen Anlass habe ich es in Leo-Spezial umgetauft. Wegen der Gewürze.«
Er lachte. Klara glaubte das Geräusch des Piercings zu hören, wenn Tim lachte, doch das war sicher Einbildung. Als sie sich an den Tisch setzten, schien die Sonne durch die kleinen Fensterscheiben herein. Klara wählte ihren Platz

so, dass sie Tim direkt gegenübersaß. Gespannt servierte Leo das Essen. Tim grinste Klara zu.
»Denk dran, du musst ehrlich sein. Es kann teuer werden, wenn du lügst.«
»Klara lügt nie, Tim«, sagte Leo. »Sie ist der ehrlichste Mensch, den man sich vorstellen kann, das weiß ich.«
»Stimmt genau«, bestätigte Klara. »Ich kann mich gar nicht mehr erinnern, wann ich das letzte Mal gelogen habe. Außerdem war das meiner Mutter gegenüber, und das ist lange her.«
»Aber du weißt es noch! Du hast doch gesagt, dass du dich nicht mehr daran erinnern kannst. Das war also gelogen?«
Tim sah sie mit weit geöffneten Augen an. Mein Gott, so schöne Augen. Lachen.
»Und warum hast du deine Mutter angelogen?«
»Ich weiß ja, dass es eigentlich blöd ist, aber sie fordert es heraus. Meistens nützt es sowieso nichts, aber es ist einfach zur Gewohnheit geworden. Ich bilde mir ein, dass sie mich nie das machen lassen würde, was ich wirklich will, deshalb lüge ich.«
»Verstehe«, sagte Tim. »So ging es uns allen einmal.«
»Ach ja?«, sagte Leo. »Mir nicht. Ich kann mich nicht erinnern, dass ich lügen musste, und auch nicht, dass du es getan hast.«
»Hab ich aber.«
»Ich glaube, Jungs haben es leichter«, unterbrach Klara die beiden. »Sie dürfen viel mehr. Ihre Eltern denken immer, dass sie besser zurechtkommen. Mädchen sind viel schwächer und geraten schneller in Gefahr.«
»Aber ich glaube, Mädchen sind verantwortungsbewusster als Jungs«, sagte Leo. »Mädchen sind selbstständiger, während Jungs abhängiger sind und trotzdem sind es die Mädchen, mit denen die Eltern strenger sind.«

»Das sage ich ja. Wir sind leichte Opfer und wir sind schwach.«
»Da stimme ich dir zu«, feixte Tim. »Mädchen sind schwach!«

Leo sprang auf. Verwirrt schaute er sie an.
»Ihr habt noch gar nichts über das Essen gesagt«, beschwerte er sich.
»Es war gut«, sagte Klara. »Und das sage ich nicht aus Höflichkeit. Es war zwar wirklich scharf, aber es hat wahnsinnig gut geschmeckt.«
»Sag, dass es ganz furchtbar scharf war«, bettelte Tim.
»Ich sollte doch nicht lügen«, sagte Klara mit einem Lächeln. »Ich lüge nie.«
»Außer bei deiner Mutter . . .«, sagte Leo. »Und da wir nicht ihre Mutter sind, lügt sie uns auch nicht an.«
»Scheiße!«, sagte Tim. »Ich kann mir das nicht erklären. Sag doch bitte, dass es viel zu scharf war!«
Klara schüttelte den Kopf und Leo klatschte triumphierend in die Hände.
»Jetzt kommt der Nachtisch. Der ist erst gut!«

Klara und Tim waren allein im Wohnzimmer.
»Wo wohnst du?«, fragte sie.
»In einer WG, zusammen mit fünf anderen. Ziemlich anstrengend, ich ziehe wahrscheinlich bald aus.«
Die Sonne schien jetzt noch stärker. Klara sah, dass Tim geblendet wurde und mit den Augen blinzelte. Sie musste an Jonathan denken. Es wirkte alles so fern. Als ob es schon lange vorbei wäre. Sie merkte gar nicht, dass Leo mit dem Dessert hereingekommen war. Leo und Tim fingen an zu lachen und Klara sah sich leicht verwirrt um.

»Gefällt es dir im Friseusalon?«, fragte Leo, als sie mit dem Nachtisch begonnen hatten.
»Ja, supergut. Besonders mag ich Mai«, sagte Klara.
»Die wilde Mai! Sie hat es ganz schön wild getrieben, musst du wissen. Sie ist sehr viel ruhiger geworden. Du hättest sie sehen müssen, als sie im Laden anfing. Mein lieber Mann, sie hätte fast die Kunden verschreckt.«
»Aber Bendik ...«
»Bendik ist eine Sache für sich. Er ist ein Einzelgänger und ich glaube, er philosophiert gern ein bisschen. Und dann seine Kochkünste. Er ist einfach außergewöhnlich. Du solltest mal eine seiner Partys erleben, einsame Spitze, sag ich dir.«
Leo lachte.
»Ich habe bisher kaum mit Bendik gesprochen«, sagte Klara. »Er ist mir unheimlich.«
»Er ist nicht gefährlich, auch wenn er so aussieht. Und wenn er einmal anfängt zu erzählen, hat er ziemlich viel Kluges zu sagen.«
Den Rest des Tages wurde Klara den Gedanken an Jonathan nicht mehr los. Und sie wurde sich immer sicherer, was sie zu tun hatte.

* * *

Klara sprang die letzten Treppenstufen hinunter. Er wartete auf der Straße. Ohne darüber nachzudenken, wich sie ihm aus, als er versuchte sie zu küssen. Er sagte nichts dazu.
»Wie geht's?«, fragte er.
»Wie es geht? Gut, glaube ich.«
Er wirkte leicht verwirrt. Merkte er etwas? Sie musste es jetzt sagen! Jetzt musste sie es sagen.
»Ich meine, bei deinem Job und so.«

Jetzt musste sie es sagen.

»Alles bestens.«

Sie fand einfach nicht die richtigen Worte. Sie balancierte auf der Mauer entlang und warf Jonathan verstohlene Blicke zu. Sie fühlte auf einmal nicht mehr diese wilde Freude darüber, ihn neben sich zu haben. Warum nicht?, fragte sie sich. Sie musste es ihm sagen, durfte nicht zu viel Zeit verstreichen lassen. Aber es kam kein Laut über ihre Lippen, es war, als wollten ihre Stimmbänder die Laute nicht hinauslassen.

»Habt ihr viel zu tun?«

»Ja, haben wir. Aber ich lerne viele neue Leute kennen. Es ist immer jemand da, mit dem man reden kann.«

Jetzt musste sie es endlich schaffen. Sie ging auf Jonathan zu und sein Geruch erinnerte sie an etwas, von dem sie wünschte, sie könnte es vergessen.

»Es ist genug, Jonathan. Ich fühle, dass es genug ist.«

»Aha? Genug?«, grinste er und verstand nicht, was sie meinte. Sie verstand es ja selbst kaum. Es war so verdammt schwierig!

Es ist Schluss, Jonathan. Es geht nicht mehr. Wir sind nicht mehr zusammen.«

Es war, als ob etwas in ihr verschwand, als ob ihre Eingeweide sich auflösten. Sie fühlte sich gar nicht mehr wie Klara. Und wie Jonathan sich fühlen musste, daran konnte sie erst denken, als sie die Tür zu ihrem Zimmer öffnete und der Duft der Räucherstäbchen ihr entgegenschlug. Wie sah es jetzt wohl in Jonathan aus? Sie legte sich aufs Bett, um wieder ein bisschen zu sich selbst zu finden und damit sich ein paar Knoten lösen konnten. Dann rief sie Sofie an.

»Ich kann nicht ohne dich leben, Sofie. Kannst du nicht herkommen?«
»Was ist denn los, Baby?«
»Es hat mit Jonathan zu tun. Können wir vielleicht ins Kino gehen?«

Obwohl Klara nicht viel von dem Film mitkriegte, verstand sie, worum es darin ging, und lachte, wenn die anderen lachten. Sie dachte nicht viel, denn in ihr war kaum etwas, mit dem man denken konnte. Hinterher saßen sie in einem Café und Sofie verstand sie. So, wie sie immer alles verstand. Am nächsten Tag war alles grau. Klara war in der Schule. Sie hatte die ganze Zeit ein Lied im Kopf.

Those were the days, my friend
We thought they'd never end ...

Heute war eine Unbekannte hinter der Fensterscheibe. Klara war nirgends zu finden, am wenigsten in sich selbst. Obwohl sie sich gleichzeitig wieder ein bisschen freier fühlte, was sie Mai zu erklären versuchte.
»Ich vermisse ihn nicht. Ich habe nur Angst, dass ich es vielleicht noch tun werde. Ich bin froh, dass ich Schluss gemacht habe, denn ich hätte auf keinen Fall so weitermachen können. Aber warum musste es unbedingt so enden?«
»Sei einfach froh, dass du es getan hast, und falls du es eines Tages bereust, kannst du dich ja dann noch ärgern ...«
Mai wurde von Bendik unterbrochen, dem düsteren Bendik. Klara würde sich nie trauen mit ihm zu reden.
»Ziemlich ruhig heute! Du hier, Klara? Ich dachte, du arbeitest montags nicht.«
»Heute schon, auch wenn ich eigentlich nichts zu tun habe.«

»Sie hat mit ihrem Freund Schluss gemacht«, erklärte Mai.
»Oje«, sagte Bendik. »Das hört sich nicht gut an. Oder vielleicht doch?«
»Vorläufig ist es in Ordnung«, sagte Klara. »Vorläufig!«
»Du solltest es nicht bereuen. Getan ist getan.«

* * *

Klara lächelte. Getan ist getan. Als Leo den Laden betrat, dachte Klara einen Moment lang, es wäre Tim. Aber nur einen Moment. Leo hatte wie immer gute Laune. Er begann eifrig von seinen neuesten Erlebnissen zu berichten. Bendik war der Einzige, der ihm zuhörte. Nicht dass es ihn sonderlich interessiert hätte, doch Leo sprach so laut, dass er nicht anders konnte, als zuzuhören. Mai und Klara blieben auf ihren Stühlen sitzen und starrten vor sich hin. Sie waren in ihre eigenen Gedanken versunken. Mai blieb allerdings nicht lange so sitzen.
»Hilfst du mir beim Saubermachen?«, fragte sie Klara.
Klara nickte. Der Fußboden, die Waschbecken, die Scheren, die Stühle. Zuerst sprühen, dann wischen und schließlich trockenreiben. Es war keine große Sache, aber es war unbestreitbar ziemlich anstrengend. Wenn es an diesem Job etwas gab, was Klara nicht mochte, dann war es das hier. Aber gemeinsam mit Mai ging es viel leichter.

Kennst du Tim?«, fragte Klara.
»Tim? Leos Bruder? Ja, den kenne ich. Jedenfalls ein bisschen. Wir grüßen uns, wenn wir uns sehen. Kennst du ihn?«
»Ich war am Sonntag bei Leo zum Essen eingeladen und er war auch dort. Er sieht übrigens gut aus.«
»Wem sagst du das?«, grinste Mai. »Supergut. Aber er ist noch so jung ...«

»Wie alt ist er denn? Doch nicht jünger als ich.«
»Nein, aber du bist ja wirklich noch sehr jung. Versteh mich nicht falsch, du bist nicht kindisch oder so. Nur jung . . .«
»Wie alt ist Tim denn nun?«
»Neunzehn? Ich glaube, er ist neunzehn. Er wohnt mit einer Freundin von mir in einer WG.«
»Neunzehn? Das nennst du sehr jung?«, sagte Klara. »Er und Leo sind sich überhaupt nicht ähnlich. Übrigens ist es noch nicht so sehr lange her, dass du selbst neunzehn warst, oder?«
»Doch, das ist lange her. Fünf Jahre. Das ist lange.«
Klara ließ eine Schere fallen, sodass diese im Fußboden stecken blieb. Sie hob sie schnell wieder auf. Mai lachte.
»Sei vorsichtig mit den Scheren, Mädchen.«
Sie machten weiter sauber. Mai räumte ein bisschen auf, während Klara daneben stand und nachdachte.
»Warum willst du eigentlich so groß sein, Mai?«, fragte sie plötzlich. Sie wusste selbst nicht, wie sie darauf kam.
»Weil es mir gefällt. Und weil man einen guten Überblick hat. Ich kann auf die Leute herabsehen. Ha, ha, ha.«
Sie lachte und lächelte mit schief gelegtem Kopf. Sie sah beinahe süß aus. Klara hatte Mai vorher noch nie süß gefunden. Mai war elegant und attraktiv und schön, aber sie war nicht süß. Doch jetzt war sie es, trotz der schwarzen Schminke und der zerzausten Haare. Klara bewunderte sie.

Leo kam zu ihnen hereingerannt.
»He, ihr beiden, es gibt was zu feiern! Endlich Schluss mit der Ausbildung und der schlechten Bezahlung! Das gibt eine Riesenparty am Wochenende. Bendik und ich sorgen für das Essen.«
»Und wann?«, fragte Klara.
»Am Freitag.«

»Natürlich kommen wir«, sagte Mai. »Also dann am Freitag?«

Leo nickte und ging wieder raus zu Bendik.

»Leo hat schon das ganze letzte Jahr die Tage gezählt«, grinste Mai.

* * *

Sie stand allein in ihrem Zimmer vor dem Spiegel. Es war früh am Morgen, die Sonne war noch nicht aufgegangen. Klara fühlte sich plötzlich an die Vergangenheit erinnert. Vielleicht durch einen bestimmten Geruch oder durch die Tageszeit. Es konnte auch daran liegen, wie ihr Spiegelbild aussah, oder an den Räucherstäbchen. Jedenfalls hatte sie ein altbekanntes Gefühl. Eines, das ihr sagte, sie sollte in die Küche gehen, sich einen Kaffee kochen und sich dann auf den Balkon setzen und eine Zigarette rauchen. Einfach ein fremdes Mädchen sein, das frühmorgens vor Sonnenaufgang auf einem Balkon saß und rauchte. Und an das dachte, was sie im Moment beschäftigte. Aber es wäre so falsch. Denn sie wollte nicht an Jonathan denken. An ihn hatte sie immer gedacht, wenn sie auf dem Balkon gesessen hatte und für die Passanten unten auf der Straße nur ein fremdes Mädchen gewesen war. Aber sie tat es trotzdem. Ging hinaus in die Kälte. Dachte an Jonathan. Jetzt fühlte sie nichts für Jonathan, auch wenn es irgendwo in ihrem Inneren ein bisschen wehtat. Schließlich war er es gewesen, um den ihre Gedanken in den letzten Monaten ständig gekreist waren, von November bis Februar. Bis alles zerstört worden war. Sie wusste genau, durch was, aber sie wollte nicht daran denken. Es tat zu sehr weh!

* * *

Mai hatte Wein im Schrank stehen. Leo war ganz aus dem Häuschen. Endlich hatte er seine Ausbildung geschafft, endlich! Klara ging vorher zu Mai. Sie wohnte nicht weit von Leo entfernt in einer kleinen Wohnung über einem Supermarkt. Die Räucherstäbchen, die Pflanzen und die vielen Seiden- und Veloursstoffe verliehen der Wohnung ein orientalisches Flair. Es gab eine kleine Küche und ein kleines Wohnzimmer mit Schlafsofa. Mai wirbelte umher, probierte Kleider an und schminkte sich, während Klara versuchte die Weinflasche zu öffnen. Der Korkenzieher war der reinste Intelligenztest, aber schließlich bekam sie heraus, wie er funktionierte.
Es war Weißwein. Mai betrat das Zimmer. Sie trug ein kurzes, grünes Samtkleid und Wildlederschuhe mit hohen Absätzen. Um den Hals hatte sie eine Menge Schmuck und um die Augen herum war sie vollkommen schwarz. Mit einer Hand zündete sie sich eine Zigarette im Mundstück an, in der anderen hielt sie das Weinglas. Klara saß auf dem Schlafsofa, das von rotem Samt bedeckt war. Sie freute sich. In ihrem Bauch kribbelte es. Er schickte kleine Signale durch ihren ganzen Körper, die Klara merken ließen, dass sie sich freute. Darauf, dass es lustig werden würde. Darauf, dass sie wahrscheinlich Tim dort traf.

Es waren viele Menschen in Leos Wohnung und Klara kannte niemanden von ihnen, im Gegensatz zu Mai. Schließlich fand Klara Leo und gratulierte ihm. Sie kam sich ein bisschen dumm vor, klein und unbedeutend. Da kam Bendik mit einem Glas Wein auf sie zu und sie unterhielt sich mit ihm, was gar nicht so leicht war.
Er fragte, ob sie viele hier kannte. Sie verneinte und musste sich die ganze Zeit beherrschen nicht nach Tim Ausschau zu

halten. Alle waren älter als sie, natürlich, und sie waren überall in Leos Wohnung verteilt. Klara wanderte zwischen ihnen herum, kam sich klein vor und hielt Ausschau nach mehr zu trinken. Der Cognac schmeckte fürchterlich und Klara fühlte einen Brechreiz in sich aufsteigen. Ihr wurde warm. Sie stand allein in der Küche und nahm sich ein Bier aus dem Schrank, obwohl sie wusste, dass sie besser nicht so viel durcheinander trinken sollte. Sie wusste auch, dass es ihr dann nur wieder hochkommen würde. Also stellte sie das Bier zurück und entschied sich noch etwas Wein zu trinken. Als sie so am Küchentisch saß, trank und sich ausgeschlossen und ganz ohne Grund traurig fühlte, kam Mai herein.
»Du musst dabei sein, wenn Leo den Champagner köpft«, sagte sie.
Klara leerte ihr Glas und ging mit ins Wohnzimmer.

AUF MICH!!!!«
Leo stand auf einem Stuhl und rief ihnen allen zu. In dem Moment, als der Korken an die Decke flog und der Schaum aus der Flasche strömte, entdeckte Klara Tim. Wie in einem Film. Er stand mit einem Bier in der Hand an die Wand gelehnt da und lächelte. Schön wie sonst was.
»Champagner, Klara?«
Leo lächelte sie an und drückte sie. Ihr wurde schwindlig. Tim kam zu ihnen herübergeschlendert und sie prosteten sich zu.
»Wie es mir geht? Gut.«
»Wegen dir bin ich jetzt um hundert Kronen ärmer«, grinste Tim.
»Kennst du viele hier?«, fragte Klara.
»Einige. Freunde aus Kindertagen und Freunde von Leo, aber viele kenne ich auch nicht.«

»Bist du oft mit Leo zusammen?«
»Oh ja. Wir waren Kumpels, als wir klein waren. Dann gab es eine Zeit, in der wir uns nicht so gut verstanden haben. Damals war Leo zu cool für seinen kleinen Bruder ... aber jetzt sind wir Freunde.«
»Und wie läuft's in deiner WG?«
»Gut, das heißt, eigentlich nicht so besonders. Manchmal streiten wir so sehr, dass ich bei anderen übernachte. Aber ich werde ausziehen.«

The Doors, *Riders on the Storm.* Sie blieb stehen und hörte sich das Lied an. *Riders on the Storm.* Das Leben Ist Ein Rätsel. Sie stand ganz still und lauschte Jim Morrisons Stimme.
»Das Leben Ist Ein Rätsel«, sagte sie.
Aber niemand hörte es, denn sie sagte es ganz leise.
Der Abend verlief so, wie solche Abende eben verlaufen. Tim gab ihr so viel zu trinken, wie sie haben wollte, und das war viel. Mai tanzte mit allen und Klara tanzte mit Tim. Leo redete am lautesten und Bendik hatte einen heftigen Flirt mit einem Mädchen in einem fast durchsichtigen Kleid. Ansonsten bekam Klara nicht viel mit, außer dass Tim atemberaubend gut aussah. Das war auch das Einzige, an das sie dachte, als sie zusammen im Gang standen, bevor Klara gehen musste.

* * *

Früh am Samstagmorgen rief Sofie an.
»Du solltest mit mir auf den Berg kommen, Baby«, zwitscherte sie.
Eine Viertelstunde später klingelte sie an der Tür. Klara öffnete mit nassen Haaren.

»Wie spät ist es?«, gähnte sie.
»Zehn nach halb zwölf. Du glaubst nicht, wie früh es heute hell geworden ist. Ich bin um neun aufgestanden und es war hell.«
»Wie schön, Baby«, murmelte Klara und schaltete die Kaffeemaschine ein.
»Wie war es denn gestern?«, fragte Sofie.
»Super«, lächelte Klara. »Es hat wahnsinnig Spaß gemacht.«
»Ja ...?«
»Viel zu trinken, Tim war da und Tim hat ein Piercing in der Zunge. Ich habe einen mit Zungenpiercing geküsst, Sofie.«
Die letzten Worte kamen als ein Quieken heraus. Sofies Augen leuchteten.
»Ja?«
Sie wollte offenbar mehr hören.
»Wow! Was sagst du dazu?«
»Gut. Sehr gut. Und wie bist du nach Hause gekommen?«
»Mai hat mich bis zur Tür gebracht.«
»Und deine Mutter ...?«
»Ich weiß nicht, ob sie was gemerkt hat. Dann hätte sie wohl etwas gesagt, nehme ich an.«
Klara schenkte ihnen Kaffee ein. Sofie zündete sich eine Zigarette an.
»Möchtest du auch eine?«, fragte sie und schob die Packung über den Tisch.
Klara griff danach.
»Marlboro Light? Seit wann rauchst du Marlboro Light?«
»Die sind von Simen.«
Klara nahm sich eine Zigarette. Sie hatte keinen Kater, jedenfalls noch nicht.

»Und was habt ihr gestern gemacht?«, fragte sie Sofie.
»Ich war bei Simen. Langsam wird es langweilig, das gebe ich zu.«
»Mann, Sofie, darauf hatte ich gewartet. Du hast also genug?«
»Ja, ich sehe ihn jeden Tag und er ist nicht so interessant, dass uns die Gesprächsthemen nie ausgehen. Wir schauen immer nur Video und Video und Video und hinterher schlafen wir zusammen.«
Klara verstand. Und zum ersten Mal war sie glücklich, dass sie nicht mehr mit Jonathan zusammen war. Denn so war der Lauf der Dinge und bei ihnen wäre es genauso geworden. Das hatte sie schon lange gewusst. Sie blieben schweigend sitzen.

Wir werden heute wohl nicht mehr auf den Berg kommen, schätze ich«, sagte Sofie und lachte.
»Und an was hast du stattdessen gedacht?«
»Ich weiß nicht, wirklich nicht. Aber ich hab keinen Bock, irgendwas Großartiges zu unternehmen.«
»Ich auch nicht«, sagte Klara. »Überhaupt nicht. Alles ist gut so, wie es ist.«
»Abgesehen von der Schule«, wandte Sofie ein. »Da könnte es besser sein.«
»Aber es ist doch nur noch ein halbes Jahr. Noch nicht mal ein halbes Jahr. Es sind nicht mehr als fünf Monate, Baby. Jetzt haben wir Februar. Das bedeutet, dass in fünf Monaten die Sommerferien anfangen.«
»In viereinhalb«, korrigierte Sofie.
»Genau. Es dauert nicht mehr lange. Sommerferien . . .«
»Was wollen wir dann machen, Klara?«
Klara lehnte sich über den Tisch. In ihren Augen brannte es.

»Verreisen.«

Sie sagte es kurz und bestimmt, denn darüber gab es keine Diskussion. Natürlich würden sie verreisen. Erst einmal weg hier, und wenn sie zurückkamen, konnten sie weitermachen oder neu anfangen. Aber darüber konnten sie später nachdenken.

Beim Essen überraschte die Mutter Klara. Das war ihr lange nicht gelungen. In der Regel war die Mutter ziemlich leicht durchschaubar und behielt nicht viel für sich. Normalerweise konnte man an ihrem Gesicht ablesen, was sie dachte. Aber jetzt überraschte sie Klara.

»Ich weiß, dass du trinkst, Klara«, sagte sie.

Ganz plötzlich und unerwartet. Was? Sie wusste es? Dann half auch kein Leugnen, es war zwecklos. Nun galt es, ein bisschen was zuzugeben, einen kleinen Teil der Wahrheit, sodass die Mutter glaubte, Klara würde alles erzählen. Sie wusste nicht ganz, wie sie es anfangen sollte.

»Ja«, begann sie ein wenig unsicher. »Aber ich trinke doch nicht viel.«

»Warum trinkst du denn überhaupt? Schmeckt es dir?«

Klara schüttelte den Kopf.

»Gefällt es dir, betrunken zu sein?«

»Ich war noch nie richtig betrunken. Ich trinke höchstens mal ein Glas Wein.«

Die Mutter sagte nichts. Klara sah, dass es ihr ein bisschen schwer fiel, die richtigen Worte zu finden. Wann sie wohl mit der Altersgrenze kommen würde?

»Du weißt, dass du noch viel zu jung dafür bist. Es gibt schließlich eine Altersgrenze von achtzehn Jahren, und das hat seinen Grund. Aber trotzdem, Klara, wenn du betrunken sein solltest und dich nicht mehr unter Kontrolle hast,

ist es mir lieber, du kommst nach Hause, als wenn du irgendwo draußen liegen bleibst oder so etwas, weil du dich nicht nach Hause traust. Es ist auf jeden Fall besser so. Aber es gefällt mir nicht.«
Das hatte Klara auch nicht angenommen. Sie blieb sitzen und dachte an Tim. Sie sah sein Gesicht, seinen Körper und seine Bewegungen vor sich. Aber verliebt war sie nicht, absolut nicht.

* * *

Klara und Sofie sahen sich *Romeo und Julia* an. Klara lauschte nur der Musik.
»Leonardo di Caprio hat schon was«, sagte Sofie. »Es gefällt mir nicht, dass er der Schwarm aller Teenager ist. Die können von mir aus alle anderen haben, aber nicht Leonardo di Caprio.«
Nach dem Film saßen sie da und träumten vor sich hin.
»Mein Gott, wie blöd das ist. Alle träumen von solchen Begegnungen wie in der Szene mit dem Aquarium. Liebe auf den ersten Blick. Das ist so verdammt pathetisch«, sagte Sofie. »Wie oft kommt so was denn vor? Einmal in einem Jahrhundert? Die meisten Lovestorys ziehen sich doch über Ewigkeiten hin. Ich hasse das!«
Sie sagte LOVESTORYS mit einem übertriebenen Augenaufschlag.
»Du hast einfach keine Lust mehr«, stellte Klara fest. »Du musst etwas an deinem Leben ändern. Deine SITUATION, meine ich.«
Sofie kicherte und Klara sah sie mit lachenden Augen an.
Die SITUATION.
Love me, love me, say that you love me.
Die Szenen mit Romeo allein mit einer Selbstgedrehten im

Mundwinkel und dazu Musik von Radiohead. Oh ja, sie liebten Leonardo di Caprio. Er hatte etwas Besonderes an sich, das sich nicht in Worte fassen ließ. Aber es war etwas sehr Schönes.

Sofie musste sich einfach etwas einfallen lassen, was ihre Situation anging.
»Hast du Simen satt?«, fragte Klara.
»Natürlich habe ich ihn satt. Er steht mir bis hier. Ich halte es kaum noch aus, mit ihm zusammen zu sein, und erfinde ständig neue Ausreden. Und er ist so bescheuert und glaubt mir jedes Mal. Aber ich mag nicht mehr, ich kann nichts dafür. Ich habe ihn so satt!«
»Dann mach doch endlich was«, sagte Klara.
Sie konnte nicht bestreiten, dass es ein Triumph für ihre Ansichten über Beziehungen war. Nicht die sicheren und langen, sondern die wilden und freien waren die richtigen. Sie verkniff sich jedoch eine Bemerkung darüber, denn sie sah, dass Sofie nachdachte. Plötzlich musste Klara daran denken, wie Sofie vorher gewesen war. Heute in diesen, morgen in jenen verliebt, hatte sie sie alle am Haken gehabt, sie aber kurz vor dem Ziel doch noch fallen lassen. So sollte es sein! Mittlerweile dachte sie an Sofie als eine Ehefrau mittleren Alters, die alles Spannende und Aufregende hinter sich gelassen hatte und der stattdessen nur noch die kleinen Freuden des Alltags geblieben waren. Mein Gott, dachte Klara, wir sind doch verdammt noch mal erst fünfzehn.

Wir sind doch verdammt noch mal erst fünfzehn, Sofie. Und du kannst es dir nicht leisten, deine Zeit mit Grübeln zu verschwenden. Du musst etwas tun und dafür musst du auch die Konsequenzen tragen. Das habe ich auch getan!«

»Du hast gut reden. Du hast ja auch ein anderes Leben. Ich habe nur Simen.«
»Du hörst dich an wie eine Fünfzigjährige und es ist einfach nur Unsinn, Unsinn, Unsinn!«, widersprach Klara. »Aber es ist in Gottes Namen einzig und allein deine Entscheidung!«

* * *

Eines Morgens brachte sie es nicht über sich, aufzustehen. Es war ein Dienstag und der Gedanke, zur ersten Stunde zu müssen, tötete allen Willen, der in ihrem Körper war. Klara blieb im Bett liegen und seufzte tief. Sie dachte über alles Mögliche nach und kuschelte sich wieder in ihre warme Decke. Fünf nach elf wachte sie auf und zündete sich eine Zigarette an. Doch das Rauchen tat ihr auf einmal nicht mehr gut. Ihre Brust und ihre Lungen, ja ihr ganzer Körper schrien vor Wut auf. Sie drückte die Zigarette wieder aus und zog sich an. Auch wenn sie weit davon entfernt war, krank zu sein, ertrug sie den Gedanken nicht, in der Schule zu sitzen, Aufmerksamkeit zu heucheln, aufzupassen und sich durch schweigsame Stunden mit massenhaft Aufgaben zu schleppen. Wenn sie in der Schule wenigstens reden dürfte, wann sie Lust hatte, dann wäre alles in Ordnung. Aber das war unmöglich, denn sie musste ihr Pensum schaffen. Das Pensum, dachte Klara.

Ich scheiße auf das Pensum«, sagte sie zu Leo. »Es interessiert mich nicht.«
Sie ließ den Drehstuhl ein paar Mal herumwirbeln.
»Du musst doch deshalb nicht so wütend sein«, sagte Leo und zündete sich eine Zigarette an. »Auch eine?«
Er hielt Klara die Packung hin, aber sie schüttelte den Kopf.
»Doch, das muss ich! Ich bin so wütend. Ich will nicht mehr

zur Schule gehen. Ich habe genug davon, Dinge lernen zu müssen, die mich nicht interessieren. Pythagoras zum Beispiel. Was habe ich davon, für den Rest meines Lebens die Winkelsumme von Dreiecken berechnen zu können?«

»Das ist doch wichtig, Klara. Und denk mal an alle, die das gerne machen.«

»Ich habe ja nichts dagegen, dass andere es lernen, aber ich weiß nicht, was ich damit soll. Und mir ist schleierhaft, was daran wichtig sein soll.«

Leo grinste in sich hinein, lehnte sich zurück und versuchte Klaras Gemecker ein Ende zu machen.

»Schluss jetzt, Baby. Geh in die Schule und denk an andere Dinge. Ich meine, ist es das wirklich wert, darüber zu jammern? Glaub mir, Klara, vier Monate eines Lebens sind verdammt wenig. Es kommt dir vielleicht lang vor, aber in Wirklichkeit ist es ganz kurz. Vielleicht tröstet dich das jetzt nicht, aber das sollte es. Hat es dir eigentlich am Wochenende gefallen?«

»Ja, super. Wahnsinnig gut ... und dir?«

»Ich habe den ganzen nächsten Tag aufgeräumt, aber das war es wert.«

»Ich habe gestern Romeo und Julia gesehen. Ich glaube nicht an so was!«

»An was?«

»Ich meine, so was passiert doch in Wirklichkeit nie.«

»Was weißt du denn davon, meine Kleine?«, fragte Leo.

Klara sah zu Boden.

»Ich glaube, dass alles mit der Zeit alltäglich wird.«

»Meinst du nicht, dass es auch für Romeo und Julia alltäglich war? Und stell dir mal vor, was aus ihnen geworden wäre, wenn sie nicht gestorben wären. Dann hätte sie auf jeden Fall der Alltag eingeholt. Außerdem wirkt alles viel schöner,

wenn es auf die richtige Art erzählt wird. Im Film sowieso, mit den richtigen Einstellungen und der passenden Musik.«
Leo grinste.
»Ich kann mir Romeo und Julia einfach nicht im alltäglichen Leben vor 400 Jahren vorstellen. Dafür sind sie viel zu engelsgleich. Sie sind Märtyrer, die nur leben, um zu sterben. Deshalb ist die Geschichte auch so schön, weißt du.«
Mai rief aus dem Salon.
»Tim ist hier, Leo!«

Tim steckte den Kopf zur Tür herein und lächelte.
»Hallo!«, sagte er. »Wie geht's?«
»Gut. Und dir?«, fragte Leo zurück.
»Na ja, deshalb bin ich hier, verstehst du. Ich bin nämlich obdachlos.«
Leo lachte.
»Haben sie dich rausgeworfen?«
»Man könnte es so nennen, jedenfalls bin ich ausgezogen.«
»Wann denn?«
»Samstag«, sagte er. »Wir hatten Streit und es gab viele Probleme. Ich bin leider ein bisschen zu weit gegangen, deshalb kann ich nicht dort wohnen bleiben. Jetzt wollte ich fragen, ob ich vielleicht vorübergehend bei dir wohnen könnte?«
»Kommst du jetzt angekrochen, Tim? Du hättest zu Hause bleiben und nicht in eine WG ziehen sollen. Ich habe gleich gesagt, dass das nichts für dich ist!«
»Okay«, sagte Tim leicht irritiert. »Aber das hilft mir jetzt auch nicht weiter. Und wieder zu Hause einziehen kann ich wohl kaum, das wirst du doch einsehen.«
»Du kannst ruhig bei mir wohnen. Das ist kein Problem! Es wird zwar etwas eng werden, aber hey, was tut man nicht alles für seinen kleinen Bruder?«

Tim setzte sich. Klara hatte ihn die ganze Zeit über verstohlen beobachtet. In ihrem Kopf wirbelten die Gedanken durcheinander, ohne dass sie sie steuern konnte. Sie dachte an Romeo und Julia und stellte sich Tim als Romeo und sich selbst als Julia vor. Als ihr bewusst wurde, was sie da dachte, wurde sie ein bisschen verlegen.

Als sie an diesem Nachmittag nach Hause kam, stellte sie sich ans Fenster und atmete die Stadtluft ein, um innerlich wieder zur Ruhe zu kommen. So, wie sie es sich schon seit langem wünschte. All diese Knoten sollten sich auflösen und auch die vielen verdrehten Gefühle, ihre merkwürdigen Gedanken und impulsiven Handlungen. Doch was sie sich am allermeisten wünschte, war, dass jemand zu ihr käme, wenn sie es am wenigsten erwartete, dass jemand sie lieb hatte und sich um sie kümmerte. Und dabei dachte sie nicht an die Mutter, die meinte alles über ihre Tochter zu wissen und dabei nicht einmal die Hälfte wusste.

Klara war ein Grashalm im Park, der darauf wartete, gepflückt und in ein Glas Wasser gestellt zu werden. Doch wer pflückt schon Grashalme im Park? Wen interessiert es, welche Farbe das Gras hat, wenn der Februar in den März übergeht? Der Übergang vom Winter zum Frühjahr. Und der Übergang von Klaras jetzigem Leben zu der Freiheit, die sie haben wollte.

* * *

Am nächsten Tag ging sie wieder zur Schule. Dass der Boden vollständig mit Schnee bedeckt war, machte nichts besser! Klara begann, alles zu hassen, weil alles so schrecklich hassenswert war. Kalte Tränen gefroren auf ihren Wangen und sie dachte an die Tage im Leben, an denen man weder Jacke noch Strumpfhose tragen musste. Sie ging die Straße entlang, schaute zu Boden und weinte. Sie dachte an alles, was gewesen war, all die Menschen, die sie kennen gelernt hatte und die sie nie wieder treffen würde. Und sie dachte an alle Dinge, die sie nicht tun konnte, weil alles so furchtbar festgefahren war. Nicht zuletzt wegen des verdammten Schnees, der alles zudeckte, sodass alles zu einem einzigen Weiß wurde. Sie sehnte den Frühling, den Sommer herbei, die Tage, an denen das Leben unbeschwert war und Summertime überall. Tage, an denen sie die Balkontür öffnen, Janis Joplin für die ganze Stadt spielen und im Park liegen konnte, ohne irgendetwas zu tun. Und an den Abenden könnte sie unter großen, blühenden Bäumen sitzen, ohne zu frieren.

Sie wurde noch deprimierter, wenn sie sich das vorstellte. Ganz gerädert von ihrer Sentimentalität, kam Klara in der Schule an. Sie hatte keine Entschuldigung für ihr Fehlen am Vortag dabei. Dieses verdammte Kontrollsystem! Diese Scheiß-Überwachung! Man hatte überhaupt keine Freiheit! Was für ein Leben! In was für eine Welt war sie nur hineingeboren?

Ich habe verdammt noch mal niemanden darum gebeten, geboren zu werden, presste sie zwischen den Zähnen hervor, bevor sie das Klassenzimmer betrat. Sie trocknete sich die Tränen und atmete tief durch.

»Vier Monate sind kurz, musst du wissen. Es kommt dir vielleicht lang vor, aber in Wirklichkeit ist es ganz kurz.«

Danke, Leo. Vielen Dank.

Hei, Baby«, lächelte Sofie.
Wunderbare Sofie. Klara fühlte, wie die Tränen erneut in ihr aufstiegen, wollte aber hier nicht losheulen. So eine war sie nicht. Was zum Teufel gab es denn auch zu flennen? Konzentration! Die liebe Sofie lächelte mit dem ganzen Gesicht und man konnte ihre Grübchen sehen.
»Hei, Sofie«, sagte Klara und ihre Stimme hörte sich an, als käme sie vom Boden einer Blechbüchse.
»Was ist denn mit dir los?« Sofies Lächeln verschwand.
»Ich glaube, ich hasse dieses Leben«, seufzte Klara und ging langsam zu ihrem Pult.

Du kannst wirklich nicht klagen! Es geht dir gut! Du hast einen Job, du hast Freunde, du hast einfach alles! Was ist eigentlich los mit dir?
Sie konnte sich nicht konzentrieren, sosehr sie es auch versuchte. Sie wollte nur nach Hause, Musik hören und unter ihre Decke kriechen, um zu lesen und den Schnee in diesem Land zu vergessen. Vergessen, dass sie hier festgebunden war. Klara wollte nicht weinen, denn das war schwach, und Klara hasste es, schwach zu sein. Sie wollte stark, frei und schön sein. Stark, frei und schön.

* * *

Ich weiß nicht recht, wo ich anfangen soll«, sagte Sofie. »Aber ich werde dir alles erklären.«
Sie zündete sich eine Zigarette an, nahm einen langen Zug und versuchte sich an ein paar Rauchringen. Sie fummelte noch ein wenig mit dem Feuerzeug herum, bis sie die Flamme schließlich ausblies. Sie saßen in einer dunklen Ecke des Cafés und versuchten sich so unsichtbar wie möglich zu machen. Sie wollten nicht auffallen, denn es war nach acht

und die Altersgrenze lag bei zwanzig Jahren. Sofie drückte die Zigarette im Aschenbecher aus, während sie tief Luft holte. Klara wusste genau, was jetzt kommen würde.
»Du weißt ja, wie ich bin, nicht? Ich verliebe mich andauernd und ich drehe mich auf der Straße nach jedem Jungen um, der mir gefällt. Jedes Mal, wenn im Bus neben mir ein Platz frei ist, hoffe ich, dass sich ein gut aussehender Typ dort hinsetzt. Und wenn dann wirklich einer kommt, hoffe ich, dass er ein Gespräch mit mir anfängt. Ich habe mit unendlich vielen Jungs geflirtet und mit fast genauso vielen rumgemacht. Aber sobald es etwas mehr wurde, habe ich immer aufgehört, weil ich davor Angst hatte. Denn dann kann ich plötzlich nicht mehr hoffen, dass sich im Bus ein gut aussehender Junge neben mich setzt. So bin ich immer gewesen, nicht wahr, außer was Simen betraf. Das war irgendwie etwas Besonderes. Oder vielleicht war es auch nichts weiter, als dass ich richtig in ihn verliebt war. Aber das kann ich nicht auf die Dauer sein, verstehst du. Ich weiß, dass du mich verstehst, du bist die Einzige, die das tut. Sicher weil du genauso bist. Nur noch zehnmal schlimmer . . .«
Sofie lachte. Lächelte ihr schönes Lächeln und fuhr sich mit der Zunge über die Zähne.
»Freiheit . . .«, sagte Klara. »Das ewige Klischee.«
Sie zündete sich eine Zigarette an. Konnte es nicht lassen.
»Wir schaffen es einfach nicht, mit dem Rauchen aufzuhören«, sagte sie.
»Nein«, grinste Sofie. »Warum sollten wir?«
»Weil es das einzig Vernünftige ist, was wir tun können.«
»Wozu sollten wir vernünftig sein?«
»Na, um ein längeres und gesünderes Leben zu haben.«
»Ich möchte lieber jung und schön sterben als alt und häss-

lich«, sagte Sofie mit Nachdruck und sprach Klara damit aus der Seele.
Schön, wild und frei.
»Oft bleibe ich stehen, sehe hinauf in den Himmel und wünsche mir ganz fest, dass jemand kommt und mich aus diesem Leben rettet. Kann mich bitte jemand aus diesem Leben retten? Leider kommt niemand und rettet mich. Aber wenn jemand an die Tür klopfen und fragen würde, ob ich auf eine Weltumsegelung oder nach New York oder sonst wohin mitkomme, würde ich es, ohne zu zögern, tun!«, sagte Klara.

Klara drückte sich die Zeigefinger in die Wangen und lächelte.
»Smile«, sagte sie.
Sofie tat es ihr nach. Bei ihr war es nicht so lustig, denn sie hatte ja echte Grübchen. Sie saßen eine Weile da und kicherten.
»Glaubst du, wir können uns ein Bier holen, Baby? Ich meine, sie haben uns noch nicht einmal angeschaut oder nach unseren Ausweisen gefragt.«
»Nein, bisher haben wir uns auch unauffällig verhalten. Aber du kannst es ja versuchen. Es ist nicht so, dass ich keine Lust auf ein Bier hätte . . .«
Sofie stand auf und ging zur Theke. Kurz darauf kam sie lächelnd mit zwei großen Gläsern zurück.
»Sie wollte nicht mal meinen Ausweis sehen«, grinste sie.
Trotzdem trauten sie sich nicht noch viel länger dort zu bleiben. Es war nicht das Coolste, hinausgeworfen zu werden. Außerdem war es schon spät und sie mussten beide nach Hause. Sofie zu ihrem Reihenhaus und ihrer netten Familie, die ihr ein Gefühl von Sicherheit und dabei auch einen Hauch Freiheit gab.
Klara dagegen musste zurück zu ihrer gestressten Mutter,

ihrer Wohnung und der kranken Sehnsucht nach jemandem, der sie rettete. Irgendjemand, am liebsten ein Junge. Am liebsten ein gut aussehender!!!

Es verging nicht mehr als ein Tag, bis sie einen gut aussehenden Jungen traf. Er rettete sie sogar ein bisschen, rettete sie für ein paar Stunden. Er hieß Tim, hatte ein Zungenpiercing und fragte Klara, ob sie Lust hatte, mit ins Café zu kommen, als sie sich in der Stadt trafen. Ganz zufällig, als sie aus dem Kosmetikladen geschlendert kam, hatte sie ihn entdeckt. Sie winkte und er kam über die Straße.

Hallo, Klara.«
»Hallo Tim.«
»Kommst du mit ins Café?«
»Klar.«

Also gingen sie ins Café. Sie tranken Cappuccino mit viel Schaum.
»Ich habe lange mit niemandem mehr gewettet«, sagte Tim, »seit ich die blutige Niederlage gegen Leo erlitten habe. Ich habe wirklich geglaubt, alle würden sein Essen ungenießbar finden.«
»Ich nicht«, lächelte Klara und dachte daran, sich mit den Fingern Grübchen in die Wangen zu drücken. Aber sie ließ es sein.
»Nein, aber so bist du. Ich meine, du bist fünfzehn und trinkst Kaffee. Das habe ich in dem Alter nicht getan.«
»Dann wette ich, dass ich stärkeren Kaffee trinken kann als du«, grinste Klara.
»Okay«, sagte Tim. »Ich hole uns Espresso, dann werden wir ja sehen.«

Er ging den Espresso holen und Klara sagte nichts davon, dass sie schon oft Espresso getrunken hatte.
Ohne Probleme nahm Klara den ersten Schluck. Tim hatte mehr Schwierigkeiten. Er schnupperte kurz an seinem Getränk, bevor er vorsichtig daran nippte. Er sah Klara an und lächelte. Klara lächelte zurück. Der Espresso war stark, man konnte es nicht anders sagen, aber Klara bekam ihn hinunter und sie war nicht weit davon entfernt, den Geschmack zu mögen. Jetzt konnte sie dasitzen und Tim beobachten, während er heldenhaft versuchte seinen Espresso zu trinken.
»So schwer kann es doch gar nicht sein«, sagte Klara.
»Natürlich nicht«, entgegnete er, »du hast gut reden. Du hast wahrscheinlich schon stärkere Sachen getrunken, als du noch in der Wiege lagst.«
»Wie ist es denn so, bei Leo zu wohnen?«, fragte sie.
»Es ist klasse, denn Leo ist fast nie zu Hause, und das ist gut. Es kommt vor, dass er für mich kocht, und das finde ich auch gut. Er hat zwar nicht viel Platz, aber er ist schließlich mein Bruder und hilft mir in Notsituationen. Das ist nett. Ich habe eigentlich ein ganz angenehmes Leben.«
»Das ist schön«, sagte Klara.
»Und wie geht es bei dir zu Hause?«
»Nicht so toll. Ich streite öfter mit meiner gestressten Mutter.«
»Hast du keinen Vater?«
»Doch, aber ich weiß nicht, wer er ist. Er lebt jedenfalls, denn er überweist meiner Mutter jeden Monat Geld. Ich würde gern wissen, wer er ist, und ich hätte gern Kontakt zu ihm. Jedenfalls ab und zu. Das würde sicherlich mein Verhältnis zu meiner Mutter verbessern.
»Hat sie dir nie von ihm erzählt?«

»Nein, und ich war auch nie daran interessiert. Ich glaube, er will es so, dass ich nichts weiß. Er hat bestimmt Familie oder so. Eigentlich ist es nicht er, den ich haben will. Ich meine, ich habe doch überhaupt kein Verhältnis zu diesem Mann. Von mir aus kann er sein, wer er will. Es könnte zum Beispiel der Mann sein, der da drüben sitzt, oder auch der Bürgermeister.«

»Der Bürgermeister ist in der Kristelig Folkeparti«, sagte Tim säuerlich.

»Ja, davon mal abgesehen!«, lachte Klara. »Übrigens kann auch jemand Dreck am Stecken haben, wenn er in der Kristelig Folkeparti ist. Das spielt dabei wohl kaum eine Rolle! Der springende Punkt ist, dass ich eine Vaterfigur vermisse. Das muss nicht unbedingt mein biologischer Vater sein.«

»Meine Eltern leben auch getrennt. Sie haben sich scheiden lassen, als ich sechzehn war. Ziemlich spät, aber es war nötig. Meine Mutter war, ha, ha, ha, ziemlich ... sonderbar. Sie hat viel nachgedacht und war oft nachts wach. Sie hat gern gesungen, um ihre Gedanken loszuwerden. Sie war nicht verrückt oder neurotisch, sie hatte nur viel zu viel in ihrem Kopf. Trotzdem habe ich bei ihr gewohnt, nachdem sie sich getrennt hatten. Sie war auch ein Grund dafür, dass ich relativ früh ausgezogen bin. Es konnte nicht allzu lange funktionieren.«

»Und wo war Leo?«

»Leo ist gleich ausgezogen, als sie sich scheiden ließen. Er hatte es schon lange vor und war glücklich, als er endlich die Erlaubnis bekam. Ihn hat es wenig gekümmert, dass unsere Eltern sich getrennt haben. Zuerst hat er mit Mai zusammengewohnt, bis sie dann einen Typen kennen gelernt hat und mit ihm zusammengezogen ist. Von da an hatte Leo die Wohnung für sich.«

»Ach«, sagte Klara. »Ich wusste gar nicht, dass Leo und Mai mal zusammengewohnt haben.«
»Doch«, sagte Tim. »Durch Mai ist Leo auch zu seiner Ausbildung gekommen. Vorher hat er nur rumgehangen und konnte sich zu nichts aufraffen. Mai hatte gerade mit Bendik zusammen im Friseursalon angefangen und plötzlich wollte Leo auch Friseur werden.«
»Und jetzt hat er es geschafft. Endlich! Und ich glaube, es macht ihm Spaß.«
»Ja, das glaube ich auch«, sagte Tim. »Und ich finde es gut, dass er mir die Haare schneiden kann.«
»Na ja, im Moment gibt es da aber nicht viel zu schneiden«, grinste Klara.
»Nein, im Moment nicht«, gab Tim zu und fuhr sich über den Kopf. Der Kopf, den Klara einmal gewaschen hatte und den sie am liebsten immer wieder berühren würde. Mein Gott, wie schön er war. Aus irgendeinem merkwürdigen Grund musste sie plötzlich an Jonathan denken. Allerdings nur für einige Sekunden, denn dann dachte sie daran, wie es gewesen war, Tim mit dem Piercing in der Zunge zu küssen. Es gab wirklich nichts Faszinierenderes als ein Zungenpiercing.

Draußen war Schneeregen. Klara sah es positiv, denn wenn es wärmer wurde, verschwand der Schnee und dann war bald Frühling. Jetzt war schon März und der Boden war noch immer von diesem ekelhaften Weiß bedeckt, das Klara zutiefst verabscheute.
»Ich hasse Schnee, Winter und Skifahren«, sagte sie. »Mehr als alles andere.«
»Fährst du kein Snowboard?«, fragte Tim.
»Ich habe noch nicht mal einen Skilift benutzt«, sagte sie.

Er grinste.
»Du bist noch nie mit dem Skilift gefahren?«, fragte er.
»Nein«, antwortete sie. »Das stört mich auch nicht. Es ist sowieso fast Frühling. Und dann kommt der Sommer und ich kann endlich in den Urlaub fahren. Mit der Mittelstufe bin ich dann auch fertig und kann mit der Oberstufe anfangen.«
»Echt! Und welchen Zweig nimmst du?«
»Ich hatte an Zeichnen, Form und Farbe gedacht«, antwortete Klara.
»Möchtest du Künstlerin werden?«
»Nein, ich weiß überhaupt nicht, was ich mal werden will«, sagte sie. »Hab keinen Schimmer.«
»Das ist auch alles nicht so einfach«, sagte Tim. »Ich weiß auch nicht, was ich machen will. Deshalb trödle ich herum und tue so, als würde ich etwas Sinnvolles machen, aber das stimmt nicht.«
»Was machst du denn?«
»Ich bin in der letzten Klasse vor dem Abitur. Aber frag mich nicht, was ich nächstes Jahr mache. Es wird sowieso nichts Besonderes. Und dir hat es also das Reisen angetan?«
»Reisen ist wie leben. Das ganze Leben ist eine Reise.«
»Wie tiefsinnig«, sagte er.
»Reisen zu können bedeutet Freiheit.«
»Du bist ja eine richtige kleine Zigeunerin. Du denkst nicht vielleicht, dass dein Vater Zigeuner sein könnte?«
»Doch, daran habe ich wirklich schon gedacht. Sehr wahrscheinlich ist er es. Glaubst du nicht?«
»Kann schon sein, aber es sieht nicht gerade so aus, als hättest du sein Aussehen geerbt. Ich finde, wir sollten die Theorie mit dem Bürgermeister noch nicht verwerfen. Was das Reisen angeht, stimme ich dir übrigens zu. Aber du

musst verdammt reich sein, um die ganze Zeit reisen zu können.«
»Ich glaube, eigentlich ist es gar nicht das Reisen, um das es mir geht. Vielleicht ist es einfach das Gefühl von Freiheit, das ich brauche. Und dass dauernd etwas Neues passiert. Danach sehne ich mich am meisten. Ich kann mich nicht damit abfinden, dass alles ruhig und alltäglich und dauerhaft sein soll. Ich brauche ständig Veränderungen. So muss das Leben sein.«
»Das kann es auch zu Hause sein. Die Frage ist, wie man sein Leben leben möchte.«
»Aber im Moment habe ich nicht die große Auswahl. Ich bin fünfzehn, gehe auf die Mittelstufe und darf nicht das tun, was ich möchte, weil ich abhängig von meiner Mutter bin.«
»Du hast noch so wahnsinnig viele Jahre vor dir, hast du daran schon mal gedacht? Dein Leben hat doch noch gar nicht begonnen. Das fängt jetzt gerade erst an.«
Tim sah ihr geradewegs in die Augen und sie schaute trotzig zurück. Nur weil sie den Mut haben wollte, ihn anzusehen. Sie versuchte seinem Blick standzuhalten, was ihr allerdings aus irgendeinem Grund nicht gelang. Sie wandte den Kopf ab und sah hinaus in den Schneematsch. Dort bemerkte sie etwas, was ihre Aufmerksamkeit so sehr fesselte, dass sie völlig vergaß, worüber sie gerade gesprochen hatten. Dort unten auf der Straße stand Jonathan und er war nicht etwa allein. Eng umschlungen mit einer, die Klara nicht erkennen konnte, stand er da. Jetzt waren also alle Türen zu und es führte kein Weg zurück. Hatte er schon immer so gut ausgesehen? Klara konnte sich nicht erinnern. Sie saß nur da und starrte ihn an, denn er erinnerte sie an etwas, das sie schon ganz vergessen hatte. Jonathan! Es

tat plötzlich sehr weh. Das Mädchen, das er geküsst hatte, drehte sich um und winkte jemandem zu. Ihre Gefühle hatten nichts damit zu tun, dass Jonathan eine Freundin hatte, die nicht Klara war. Es tat einfach weh, ihn zu sehen. An ihrer Entscheidung hatte sich deshalb nichts geändert, und sie bereute auch nichts, aber trotz allem war es schmerzhaft.

Was ist denn, Klara?«, fragte Tim.

»Ich frage mich, warum es so sehr wehtut, Jonathan wieder zu sehen.«

»Wer ist Jonathan?«

Hatte sie ihm nie von Jonathan erzählt?

»Ich war mit ihm zusammen«, erklärte sie. »Aber das ist lange her. Bestimmt schon über einen Monat.«

»Hat er Schluss gemacht?«

»Nein, ich. Ich wollte ihn, aber ich wollte nicht fest mit ihm zusammen sein. Er war gerade da draußen und ich vermisse wohl die Dinge, die wir zusammen gemacht haben. Aber ich möchte jetzt nicht weiter daran denken«, sagte sie und schaute nicht mehr aus dem Fenster.

»Was für Musik magst du eigentlich?«

»Das ist ganz unterschiedlich«, sagte er. »Und was hörst du so?«

»Ich steh auf Janis Joplin. Und Bjørk und Billie Holiday.«

»Ich habe mal die *Possibly-maybe*-Single zu Weihnachten bekommen. Sie gefällt mir.«

»Ich mag Filmmusik. Ich gehe nämlich oft ins Kino.«

»Und was für Filme guckst du so?«

»Ziemlich viele«, grinste sie. »*Pulp Fiction* finde ich cool, oder *Trainspotting*. Und ich mochte *Schwarze Engel* und *Gilbert Grape*. *Eggs* fand ich auch sehr gut.«

»Ich schaue mir meistens Videos an, aber es ist schon was Besonderes, Filme im Kino zu sehen. Eggs war ziemlich ausgefallen, aber gut. Das war so ein Film, den man im Kino sehen muss. Meistens sind norwegische Filme ja eher schlecht, aber ich muss sagen, der *Postbote* war einfach genial.«

Da hörte Klara ein leises Klirren. Das Piercing! Sie spürte ein Kribbeln von den Haarwurzeln bis in die Zehenspitzen. Das war es wohl, worum es ging. Die Signale zu verstehen. Obwohl sie sich nicht mehr so gut an den eigentlichen Kuss erinnern konnte, wusste sie noch genau, wie phantastisch es gewesen war, ihn zu küssen. Allein der Gedanke daran tat gut. Jedenfalls gut genug.

»Ein Piercing in der Zunge ist unglaublich sexy«, sagte sie nur.

»Ich weiß.«

Er streckte die Zunge heraus.

»Ich bin sexy«, sagte er.

»Ich weiß«, sagte Klara. »Und wie.«

Sie sah ihn an und lachte.

Tim fuhr sich erneut mit den Fingern durch seine kurzen Haare. Er war wirklich der schönste und bestaussehende Typ, den Klara sich vorstellen konnte.

»Du könntest mich entführen. Mich kidnappen und mich nach New York oder auf eine Weltreise mitnehmen. Das würde mir überhaupt nichts ausmachen. Ganz im Gegenteil, eigentlich ist es mein größter Traum, dass jemand etwas total Verrücktes und Spannendes mit mir unternimmt. Ganz spontan.«

Er lachte.

»Ich werde mir etwas einfallen lassen«, versprach er. »Dich entführen? Kann ich dich nicht lieber verführen? Das kann ich nämlich viel besser. Außerdem ist es leichter. Ich habe

noch nie jemanden entführt. Das muss aber nichts heißen, ich kann es ja versuchen. Einmal ist immer das erste Mal.«
»Es muss ja nicht weit sein, nur weg von meiner Familie. Das heißt, von meiner Mutter. Und von der Schule und dem ganzen Leben hier. Es darf auch nur so weit weg sein, dass ich meinen Job behalten kann.«
»Du stellst ja ganz schöne Ansprüche. Ich werde sehen, was ich tun kann.«
»Sonst kannst du mich auch verführen.«

* * *

Als Klara klein war, hatte sie nie nach ihrem Vater gefragt. Er hatte sie einfach nicht interessiert. Der Mutter war es nur recht gewesen, denn das war nicht gerade ein Thema, über das sie gern sprach. Klara hatte nie wissen wollen, wo die kleinen Kinder herkamen oder warum all ihre Freunde nicht nur eine Mutter hatten, sondern auch einen Vater. Doch Klara fand, dass sie lange genug gewartet hatte. Ihr war in der letzten Zeit immer mehr bewusst geworden, wie sehr sie sich von ihrer Mutter unterschied und dass sich in ihr auch noch Gene von jemand anderem bemerkbar machten. Lange saß sie schweigend da und überlegte, wie sie es anfangen sollte, denn das hier war ein Tabu-Thema. Sie stocherte in ihrem Essen herum und nahm ein paar Bissen in den Mund, die sie jedoch kaum herunterbekam.
»Mama«, sagte sie leise.
Die Mutter murmelte eine Antwort. Offensichtlich wollte sie jetzt nicht mit Klara sprechen.
»Mama, warum hast du mir nie etwas von meinem Vater erzählt?«
Die Mutter schaute abrupt auf. Sie hatte einen ängstlichen Gesichtsausdruck, der fragte: Weiß das Mädchen etwas?

»Ich möchte deinen Vater am liebsten vergessen.«
»Aber ich nicht. Nicht, bevor ich weiß, wer er ist. Warum habe ich ihn nie kennen gelernt? Er muss doch am Leben sein, wenn er Geld für mich bezahlt. Ich finde, ich sollte etwas über ihn erfahren.«
»Du weißt schon, wer er ist, Klara. Du weißt nur nicht, dass er dein Vater ist. Bist du sicher, dass du es wissen möchtest?«
»Jepp. Es spielt keine Rolle für mich, ob er ein Scheißkerl ist. Ich meine, ich habe doch sowieso keine Beziehung zu ihm.«
Die Mutter sah sie direkt an und holte tief, tief, tief Luft. Es war, als würde das Meer seufzen. Jetzt wurde das größte Geheimnis der Mutter hervorgezerrt. Sie schaute aus dem Fenster, um Klara nicht ansehen zu müssen.
»Sein Vater ist Italiener, seine Mutter Norwegerin. Er sieht absolut norwegisch aus, also ist es auch nicht weiter verwunderlich, dass du nicht italienisch aussiehst. Giovanni heißt er. Er war Lehrer an deiner Schule, hat aber dort aufgehört, als du an die Schule kamst.«
Klara hatte keine Probleme mit dieser Information. Sie wusste nicht, wer er war. Italiener? Hatte sie südländisches Blut? Das hätte sie niemals vermutet.
»Er war es übrigens, der wollte, dass du Klara heißt. Das war das Einzige, was er in der ganzen Angelegenheit zu sagen hatte. Klara war ein alter Name aus seiner Familie. Er wollte dich Klara Giovanni nennen, aber das war dann wirklich zu viel des Guten.«
Während sie sprach, schaute sie aus dem Fenster, aus Angst, Klaras Blick zu begegnen.
»Aber wieso durfte ich ihn nie kennen lernen?«, fragte Klara.

»Das hat viele Gründe. Er ist verheiratet, hat Kinder. Das sind Dinge, die du nicht verstehst, Klara. Er ging mit seiner Familie nach Rom, als du geboren wurdest, daher bist du als Kleinkind nie mit ihm in Kontakt gekommen. Er kam zurück nach Hause, als du sieben warst, und seitdem habe ich nicht mehr mit ihm gesprochen. Er konnte nicht, Klara. Er konnte nicht dein Vater sein.«

»Ja, ja«, sagte Klara. »Ist mir auch egal. Das ist nicht mein Problem.«

Sie drehte sich in der Tür um und sah ihre Mutter an, die das Gesicht hinter den Händen verborgen hatte.

»Klara Giovanni«, murmelte sie vor sich hin.

Das hätte sie sein sollen.

Damit fällt der Bürgermeister also aus, lächelte sie und dachte an Tim.

* * *

Ich werde mich nicht mehr mit gut aussehenden Jungs unterhalten. Ab heute rede ich nur noch mit den hässlichen.«

»Warum denn das?«, fragte Ulrik.

»Ich benehme mich immer so blöd, wenn ich mit jemandem rede, der gut aussieht. Total bescheuert. Ich kann dir nicht erklären, wie, aber es ist so.«

Mathestunde. Klara drehte sich ständig zu Ulrik um. Viel anderes gab es nicht zu tun. Ulrik zuckte mit den Schultern.

»Ja«, sagte er, »es ist besser, sich gegen alle Verlockungen abzuschirmen, als zu lernen mit solchen Situationen umzugehen.«

Klara seufzte resigniert, sah auf ihren Stundenplan und stellte fest, dass sie auch die nächsten beiden Stunden in diesem Raum sitzen und in einem Tempo Französisch lernen würde, dem selbst eine Schnecke folgen konnte. Sie dachte an heißen Cappuccino mit viel Schaum, an alle CDs, die sie jetzt hören könnte und an alles, über das sie nachdenken musste. Deshalb stand sie auf und wankte nach vorn zum Lehrertisch.

»Ich bin krank«, sagte sie. »Ich glaube, ich muss nach Hause gehen.«

Der Lehrer nickte und sie packte ihre Tasche.

»Haust du ab?«, fragte Ulrik.

Sie nickte.

»Ich gehe nach Hause und höre all meine alten CDs, die ich schon fast vergessen hatte.«

»Na dann«, sagte er. »Das ist bestimmt interessanter und spannender als zwei Stunden Französisch.«

»Willst du mitkommen?«, fragte sie.

»Ja!«

Sie wartete vor der Schule auf ihn. Er kam heraus, als es klingelte, und sie machten sich schweigend auf den Weg. Sie holte all ihre CDs ins Wohnzimmer. Ulrik amüsierte sich über ihre Maj-Britt-Andersen-CDs und Klara drehte Sinead O'Connor auf volle Lautstärke. The Doors. Mariah Carey, Ulrik lachte noch mehr. Cranberries, *Absolute Music 9.* Klara wurde von einer starken Sentimentalität ergriffen. Sie hielt eine Tasse Kaffee in den Händen und dachte nach. Bjørk, *Debut.* Eine schöne Filmmusik zu einem Film, den Klara nie vergessen würde. *Murmurs of America,* wo war der nur abgeblieben? *Nothing compares to you.* Klara konnte an nichts anderes denken als an Jonathan. Nicht weil sie ihn vermisste, was zwar auch der Fall war, sondern weil sie dieses Lied einmal zusammen im Radio gehört hatten. Jonathan hatte gemeint, dass es zu sehr nach den Achtzigern klang, aber Klara gefiel es. Portishead, Billie Holiday. Klara legte sich auf den Fußboden und schaute zur Decke hinauf. Ulrik erzählte etwas, aber sie hörte nicht zu. Sie dachte an alles, was sie bisher in ihrem Leben getan hatte. Und sie dachte an Jonathan. Ulrik ging. Auf dem Tisch hatte er einen Zettel liegen lassen. Darauf standen in seiner schiefen Handschrift eine Uhrzeit und ein Radiosender. Schau an, Ulrik hörte Radio? Klara fragte sich, was er sich wohl anhören wollte. Sie hatte keine Zeitung, in der sie nachschauen konnte. Dann blieb ihr wohl nichts anderes übrig als zu der Uhrzeit, die auf dem Zettel stand, das Radio einzuschalten. Klara zog sich an und ging hinaus.

Sofie saß im Park. Es wurde schon langsam dunkel, deshalb war es nicht mehr allzu warm. Klara setzte sich neben sie und so saßen sie eine Weile schweigend da. Klara scharrte mit den Füßen im Kies, während Sofie sich zurücklehnte und tief durchatmete.

»Ich habe Simen getroffen«, sagte sie.

»Ja? Und, wie war's?«

»Ich weiß nicht. So, als würden wir uns kaum kennen. Schon komisch! Als ob wir uns nie unterhalten hätten, als wir noch zusammen waren. Ich weiß gar nichts mehr. Ich meine, ich bin damit beschäftigt, herauszufinden, wie es ohne Simen ist. Und während ich noch darüber nachdenke, ist er mir schon vollkommen fremd geworden. Das verstehe ich nicht.«

»Das Leben ist hart! Viel zu anstrengend! Neulich habe ich Jonathan gesehen, und ich glaube ... nein, weißt du, ehrlich gesagt weiß ich es nicht ... ob ich ihn vermisse, ob ich es nur vermisse, mit jemandem zusammen zu sein, oder ob

ich nichts davon vermisse. Vielleicht liegt es daran, dass er eine neue Freundin hat. Eine, die nicht ich ist.«
»Sie heißt Katarina!«, sagte Sofie. »Ach, ich weiß auch nicht. Ich glaube, ich verstehe überhaupt nichts von all diesen Dingen. Ich kriege zwar mit, was gerade passiert, aber ich habe keine Erklärung dafür.«

* * *

In dieser Nacht malte Klara. Sie schlief nicht besonders gut, und als sie um zwei Uhr aufwachte und nicht wieder einschlafen konnte, begann sie zu malen. Sie zeichnete Menschen, wie immer. Sie traten aus dem Wasser, das ihre Füße umspülte. Das Meer war ihrer aller Mutter, die sie nackt und rein gebar, ohne etwas zu verbergen. Sie gebar sie offen und ehrlich. Sie segnete sie mit den Tropfen des Lebens und gab ihnen Orte, an denen sie bleiben konnten. Ein Zuhause und Nahrung und alles, was sie brauchten. Alles Weitere fanden die Menschen von allein. Sie fanden selbst heraus, was sie im Leben zu tun hatten. Sie folgten ihren inneren Stimmen. Das konnte ihre Mutter, das Meer, ihnen nicht abnehmen, auch wenn sie ansonsten allmächtig war.

* * *

Ulrik steckte ihr in der ersten Stunde einen Zettel zu.
»Hast du gestern Radio gehört?«
Klara verstand nicht ganz. War der Zettel mit dem Radiosender und der Uhrzeit für sie gewesen? Hatte Ulrik etwas davon erwähnt, während sie dagelegen und geträumt hatte? Sie drehte den Zettel um.
»Nein«, schrieb sie. »Hätte ich das tun sollen?«
Sie warf den Zettel zurück auf Ulriks Pult.
»Du bist wohl taub, was?«, schrieb er zurück.

Der Lehrer warf Klara einen unmissverständlichen Blick zu. Sie ließ den Zettel in ihrer Schultasche verschwinden und fing Ulrik in der Pause ab.
»Was meintest du denn?«, fragte sie.
Langsam wurde sie neugierig.
»Hast du mir nicht zugehört? Ich habe doch gesagt, du sollst um acht das Radio einschalten. Ich habe es dir sogar auf einen Zettel geschrieben. Du bist ja wirklich clever«, sagte er und das Letzte klang ziemlich sarkastisch.
»Tut mir Leid«, entschuldigte sich Klara, die jetzt noch neugieriger war. »Warum war es denn so wichtig, Ulrik?«
»Weil es jemanden gibt, der einen Musikwunsch und einen Gruß für dich eingeschickt hatte.«
»Was? Wer denn?«
»Wenn du gestern Radio gehört hättest, wüsstest du es.«
»Aber du kannst mir doch wenigstens sagen, welches Lied es war, dann ...«
»Nothing compares to you!«
»Es war nicht zufällig von dir, oder?«, lächelte Klara.
Natürlich war es Ulrik gewesen!
»Nein«, sagte er kurz. »Es war nicht von mir. Es war von Jonathan.«

Aha. Von Jonathan, schau an. Als wäre das Durcheinander in ihrem Kopf noch nicht groß genug. Was wollte er eigentlich damit sagen? Er mochte das Lied ja noch nicht mal. Wollte er ihr dadurch mitteilen, dass sie einzigartig war?
Denn wenn es etwas anderes gewesen wäre, hätte er sie ja anrufen und mit ihr sprechen können, oder? Was um Himmels willen meinte er nur? Musste er solche Spuren auslegen, die unmöglich zu verstehen waren? Ihr Kopf war vol-

ler Gedanken, die sie nicht richtig verarbeiten konnte. Und gleichzeitig verschwand die Sehnsucht, die sie die ganze Zeit gefühlt hatte.

Bei der Vorstellung, dass sie Jonathan zurückhaben konnte, wenn sie nur wollte, verschwand das letzte bisschen von ihm, das noch in ihr übrig gewesen war. Alles kalt und leer. Solange sie ihn durch ein Fenster anschauen konnte, solange sie die Musik hören konnte, die sie zusammen gehört hatten, so lange spürte sie, dass sie ihn vermisste. Jetzt hatte sie plötzlich das Gefühl, als liefe sie auf einem alten Pfad, der so ausgetreten war, dass die Schuhe bei jedem Schritt im Morast versanken. Die Zeit, in der sie Sehnsucht nach ihm gehabt hatte, war vorbei. Die Zeit, in der sie ihn vergöttert und gedacht hatte, dass sie immer noch ein kleines bisschen zusammen waren, war vorbei. Die Zeit, als sie an das zurückdenken konnte, was sie miteinander verbunden hatte, war vorbei. Und sie wollte diesen Weg unter keinen Umständen noch einmal gehen. Nie und nimmer!

Nie und nimmer«, sagte sie zu Sofie. »Auf gar keinen Fall.«

»Vermisst du ihn denn überhaupt nicht?«

»Nein!«, sagte sie und winkte Sofie zu.

Sofie verschwand um die Ecke und Klara betrat den Friseursalon. Leo drehte sich zu ihr um und lächelte breit.

»Hei, Klara, mein Lieblingsbaby. Genauso hübsch wie immer.«

»Hallo Leo«, begrüßte sie ihn und zog ihre Jacke aus.

»Leonardo di Caprio wird auch Leo genannt. Und ich bin ihm doch gar nicht so unähnlich, stimmt's?«

»Doch, das bist du«, sagte Klara.

»Aber ich sehe fast genauso gut aus.«

»Besser«, grinste sie und ging ins Hinterzimmer.

Dort saß Mai und drehte sich auf dem Stuhl herum.
»Klara. Lange nicht gesehen. Möchtest du mitkommen auf eine Weltreise?«
»Na klar«, sagte Klara und setzte sich auf den zweiten Drehstuhl.
»Du bist doch so verrückt danach, zu verreisen. Das mit der Weltreise ist vielleicht ein bisschen ehrgeizig. Aber wir könnten eine Woche nach Oslo fahren oder in eine andere Stadt. Was hältst du davon?«
»Die Auswahl an Städten ist in Norwegen ja ziemlich begrenzt.«
»Was? Ich kann dir haufenweise welche aufzählen. Oslo, Trondheim, Stavanger, Kristiansand.«
Klara nickte.
»Ich habe gehört, du hast ein bisschen mit Tim geflirtet in letzter Zeit«, sagte Mai neckend.
Klara sah sie erstaunt an.
»Ach was, geflirtet!«
»Bist du ein bisschen verknallt in ihn oder ...?«
»Klar, mächtig«, sagte Klara und versuchte ganz unbeteiligt zu klingen.
»Ich weiß, wie das ist«, sagte Mai.
»Aha, aber warst du auch irgendwann mal verliebt, Mai?«
»Kein Stück«, sagte sie. »Immer nur verknallt.«
»Das ist gut«, sagte Klara.
»Ja. Ich habe auch nicht vor noch mal mit jemandem zusammenzuwohnen. Das habe ich schon mit zu vielen getan. Es war alles dabei, von einem Bisexuellen bis zum Jesus-Freak. Ich habe vorher nicht gewusst, dass er bi war, der Bisexuelle. Deshalb war dann wohl Schluss. Nicht dass ich Vorurteile habe, aber er hat sich in einen gemeinsamen Freund von uns verliebt.«

Mai grinste.
»Mir ist klar geworden, dass ich die Einzige bin, mit der ich es für den Rest meines Lebens aushalten kann.«
»Hast du wirklich so wahnsinnig viele Typen gehabt?«
»Aber hallo. Und zusammengewohnt habe ich mit noch mehr. Auch mit Chaos-Leo, aber nur für eine Weile. Dann zog ich zu einem ekligen Fünfunddreißigjährigen. Ich brauchte ziemlich lange, um zu merken, was für ein Ekel er war. Ich kann dir sagen, ich war die größte Aufreißerin aller Zeiten. Ein Wunder, dass ich kein AIDS habe!«
Sie lachte und streckte sich in ihrem Stuhl.
»Huren-Mai«, grinste sie in sich hinein. »Nein, so schlimm war ich gar nicht. Ich hatte nur einfach viel zu lange mit Jungs, Beziehungen und diesen Dingen gewartet, und als ich dann damit anfing, hatte ich so verdammt viel nachzuholen. Aber jetzt bin ich ruhiger geworden, und zwar ganz beträchtlich.«
Leo kam herein. Er stellte sich hinter Klaras Stuhl und drehte sie sanft und gleichmäßig im Kreis herum.
»Das kann man wohl sagen«, murmelte er.
Die Türglocke klingelte und Mai stand auf.
»Mein Kunde«, sagte sie und ging hinaus.
Leo und Klara blieben zurück. Ein Kunde rief an und Klara machte einen Termin mit ihm aus. Leo sah sie an.
»Du musst uns mal wieder besuchen«, sagte er.
Klara sah das Namensschild vor sich: Leo Høst. Ob jetzt auch Tim Høst darauf stand? Høst, also Herbst. Wenn sie sich eine Jahreszeit aussuchen müsste, die ihr Nachname sein sollte, würde sie Frühling wählen. Oder Sommer. Klara Sommer. Klara Giovanni. Sie dachte oft an diesen Namen.
»Ich heiße Klara Giovanni«, sagte sie zu Leo.
»Hey, das wusste ich ja noch gar nicht.«

»Ich auch nicht, jedenfalls bis vor ein paar Tagen. Mein Vater heißt Giovanni. Er ist Halbitaliener. Ich habe ihn noch nie gesehen und wusste bis neulich nicht mal, wie er heißt. Es ist alles ziemlich verwirrend. Meine Mutter wollte auch nicht so viel darüber reden.«

»Das kann ich mir vorstellen«, sagte Leo. »Hast du nicht gewusst, wer dein Vater ist?«

Sie schüttelte den Kopf, sagte nichts. Sie konnte nicht sprechen. Es war zu anstrengend. Sie musste so viel nachdenken und war eigentlich nur müde und hatte genug davon. Zu wissen, nicht zu wissen, zu träumen, nicht zu träumen. Sie war erschöpft. Leo schien zu verstehen, denn er sagte nichts weiter zu diesem Thema.

»Ach Klara-Baby, das Leben ist nicht leicht. Aber wie gesagt, du musst wirklich mal wieder bei Tim und mir vorbeischauen.«

Auf dem Heimweg trödelte Klara unschlüssig herum. Sie wusste nicht genau, was sie mit diesem Abend anfangen sollte. Sprechen wollte sie mit niemandem, das war viel zu anstrengend. Sie wollte allerdings auch nicht allein sein und nachdenken, denn dann würden sich wieder so viele unliebsame Gedanken einschleichen. Klara hatte ein bisschen Geld, genug für einen Kinobesuch, Zigaretten oder um mit Sofie in ein Café zu gehen und ihr einen Cappuccino zu spendieren. Doch wenn sie etwas mit Sofie unternahm, musste sie sowohl nachdenken als auch sprechen. Wenn sie das Geld für Zigaretten ausgab, würde sie das auch nicht ablenken.

Kino! Klara war noch nie allein im Kino gewesen, aber man soll ja alles mal ausprobieren. Also ging sie ins Kino. Sie sah *A Life Less Ordinary* und bewunderte Ewan MacGregor. In *Trainspotting* hatte er besser ausgesehen, mit kurzen

Haaren. But anyway, er sah so oder so gut aus. Es war ein wenig einsam so ganz allein im Kino. Klara vermisste jemandem, mit dem sie tuscheln und sich hinterher unterhalten konnte. Sie kam sich ein bisschen verloren vor in dem großen Kinosaal und dachte daran, nach dem Film bei Sofie vorbeizuschauen. Klara verließ das Kino schnellen Schrittes, holte ihre Telefonkarte hervor und rief zu Hause an. Die Mutter nahm ab.

»Nein, Klara. Wir bekommen Besuch.«

»Besuch? Von wem denn?«

»Ich möchte, dass du jemanden kennen lernst.«

Dass Klara jemanden kennen lernte! Aha! Geheimnisse! Konnte die Mutter ihr nicht am Telefon sagen, wer es war? Klara war ziemlich ärgerlich. Sie wollte zu Sofie, wollte in Sofies Zimmer sitzen, Musik hören und herumalbern. So war es bei Sofie. Alles ganz easy. Wenn sie Hunger bekamen, gingen sie in die Küche und schnüffelten im Schrank herum. Fanden sie keine Süßigkeiten, machten sie sich selbst welche. Wenn Klara Geld hatte, kaufte sie manchmal Karamellbonbons. Echte harte Karamellbonbons. So mussten Süßigkeiten sein, nicht zu weich, sodass man alles auf einmal aufaß, aber auch nicht zu hart, sodass man zu sehr kauen und lutschen musste. Karamellbonbons waren gut. Klara und Sofie konnten Süßigkeiten für dreißig Kronen kaufen und sie in weniger als einer halben Stunde aufessen.

Sie wollte jetzt zu Sofie. Sie wollte auf Sofies Sofa sitzen, über Gott und die Welt reden, albern sein und lachen. Das mochte sie am allerliebsten. Aber sie bewegte sich folgsam die Treppe zu ihrer Wohnung, zur Wohnung ihrer Mutter hinauf. Zu ihrer Mutter und ihrem Besuch. Als ob Klara jetzt den Nerv hatte, sich mit spannenden Vierzigjährigen zu unterhalten. Vierzigjährige, die sie nach der Schule, der

Schule und noch mal der Schule ausfragten, vielleicht auch nach ihrem Job und was sie im Kino gesehen hatte. Unter den Bekannten ihrer Mutter war fast niemand, mit dem man vernünftig reden konnte. Die meisten waren schlimmer als ihre Großmutter. Viel schlimmer. Klara öffnete die Tür und zog sich die Schuhe aus. Es war scheußlich, sich die Plateauschuhe auszuziehen. Es war jedes Mal schrecklich, wieder direkten Bodenkontakt zu haben. Sie hörte keine Stimmen. Ziemlich ruhiger Besuch. Sie hängte ihre Jacke auf und tappte zögernd ins Wohnzimmer. Die Mutter saß mit dem Gesicht zur Tür und sprang hastig auf, als sie hereinkam. Und dort saß noch jemand, mit dem Rücken zu Klara. Ein Mann. Die Mutter musste den erstaunten Ausdruck in Klaras Augen gesehen haben, als der Mann sich erhob. Jedenfalls begann sie hastig zu sprechen. Klara verstand überhaupt nichts, bis ihre Mutter zu reden aufhörte. Aha, Nikolai Giovanni. Klara Giovanni.

Das ist Nikolai Giovanni, Klara. Er möchte sich gerne mit dir unterhalten«, sagte die Mutter und sah aus, als wäre sie am liebsten woanders. Sie verließ das Wohnzimmer und Klara war mit Nikolai Giovanni allein. Noch vor ein paar Tagen hatte sie geglaubt, dass sie ihren Vater ganz selbstverständlich als ihren Vater betrachten würde, auch wenn sie ihn vorher noch nie gesehen hatte. Aber warum sollte dieser Mann hier plötzlich ihr Vater sein, wo sie doch all die Jahre vorher auch keinen gehabt hatte? Er war groß und sah nicht besonders südländisch aus, nur seine Augen waren dunkel. Das war also der Mann, der gewollt hatte, dass sie Klara hieß. Klara Giovanni. Und er, Nikolai Giovanni, saß da und schien nicht recht zu wissen, was er mit seinen Händen machen sollte.

»Vielleicht möchtest du dich setzen, Klara.«
Er sagte ihren Namen zögernd, so als wäre es ein ungewohnter Name, über dessen Aussprache er sich nicht sicher war, oder als wäre es ein verbotener Name. Sie hatte plötzlich das Gefühl, den Mann schon einmal gesehen zu haben. Natürlich, auf den alten Klassenfotos im Schulkorridor. Nur dass er dort beträchtlich jünger aussah. Klara setzte sich.
»Also, ich bin Nikolai. Nikolai Giovanni. Ich weiß, dass du erst vor kurzem von mir erfahren hast.«
»Ach was«, sagte Klara. »Ich weiß es doch schon seit einer Woche, mindestens.«
Er wusste offenbar nicht, was er darauf sagen sollte. Klara konnte einfach nicht höflich gegenüber diesem Mann sein.
»Seit einer Woche, so«, murmelte er.
Klara nickte. Sie bekam schreckliche Lust, sich eine Zigarette anzuzünden. Nur um ihn zu provozieren. Er wollte sicher noch mehr sagen, hatte aber Schwierigkeiten, die richtigen Worte zu finden. Auf einmal konnte Klara sich vorstellen, wie er sich fühlen musste. Ungefähr so wie sie, als sie mit Jonathan Schluss machen wollte. Vielleicht sollte sie ihm ein wenig helfen? Nein, das war sein Job.
»Ich bin also dein Vater«, sprach er weiter.
»Das hab ich schon mitgekriegt«, sagte Klara.
»Ich habe einige Jahre lang mit meiner Frau und meinen Kindern in Italien gelebt.«
»Aha.«
»Ich habe zwei Jungs. Der eine ist siebzehn und der andere zwölf.«
»Ich bin fünfzehn«, sagte Klara.
»Ich weiß. Es ist jetzt etwas über fünfzehn Jahre her, seit deine Mutter und ich ...«

». . . gefickt haben«, unterbrach Klara ihn.
Sie konnte sich nicht beherrschen. Er schaute sie an, als sei er enttäuscht. Das verunsicherte Klara.
»Sorry«, murmelte sie.
»Du brauchst dich nicht zu entschuldigen«, sagte er.
Er wirkte jetzt sicherer. Herrgott noch mal, er war schließlich Lehrer.
»Vor etwas mehr als fünfzehn Jahren haben deine Mutter und ich gefickt.«

*

Langsam machte der Mann sie neugierig. Was war er wohl für ein Typ und wie viel würde er ihr erzählen wollen? Sie blieb sitzen, ohne etwas zu sagen, und wartete darauf, dass er sie unterhielt.
»Nur dass wir nicht geplant hatten, ein Kind in die Welt zu setzen.«
»Nee, schon klar«, sagte Klara.
Gedankenlose junge Menschen! Er hatte Frau und Kind. Wie klischeehaft!
»Also hast du es einfach verdrängt, ja?«, fragte sie.
»Verdrängt, was heißt verdrängt. Ich bin nach Rom gegangen.«
»Und das nennst du nicht verdrängen?«
»Ich weiß nicht, wie ich heute denken würde, und auch nicht, wie deine Mutter es heute sieht, aber damals waren wir der Ansicht, dass ein Kind entweder einen ganzen Vater haben sollte oder gar keinen. Es ist nicht schön für ein Kind, wenn es weiß, dass es einen Vater hat, der so weit weg wohnt, dass er sowieso kein richtiger Vater sein kann.«
»Was weißt du schon davon? Glaubst du, es ist besser, erst mit fünfzehn zu erfahren, wer der Vater ist?«

»Ich weiß es nicht und ich weiß wie gesagt nicht, wie ich mich heute verhalten würde.«

»Aber du bist doch wieder zurückgekommen«, sagte Klara ein bisschen enttäuscht.

»Wäre es gut für dich gewesen, als Siebenjährige deinen Vater kennen zu lernen, als es schon zu spät war, eine Vater-Tochter-Beziehung aufzubauen?«

»Ich weiß nicht«, sagte Klara.

Sie wusste gar nichts mehr. War das hier ihr Vater? Oder doch nur ein ganz gewöhnlicher Mann, den sie nicht kannte?

»Ich habe an deiner Schule gearbeitet. Als du dort angefangen hast, habe ich gekündigt.«

»Ja, ich weiß. Hattest du Angst?«

»Ja, wahrscheinlich.«

»Hat Mama dich gebeten zu kommen?«

»Nein, ich wollte dich treffen.«

»Und warum?«

»Weil ich wissen wollte, wie meine einzige Tochter aussieht.«

»Ich bin nicht deine Tochter. Deine Tochter könnte jedes x-beliebige Mädchen sein, hast du dir das mal klar gemacht? Es könnte genauso gut ein Fake sein!«

So langsam irritierte er sie ein wenig.

»Aber es war doch Mama, die Kontakt zu dir aufgenommen hat, oder?«

»Ja, das stimmt. Und als ich hörte, dass sie dir jetzt sowieso schon von mir erzählt hat, konnte ich es nicht mehr erwarten, dich zu sehen.«

»Hast du irgendwann mal an mich gedacht?«

»Natürlich habe ich das. Jedes Mal, wenn ich den Namen

Klara höre, und das ist nicht gerade selten, denke ich: So heißt meine Tochter. Ich habe oft an dich gedacht und ich habe oft bereut, dass ich dich nicht aufwachsen sehen konnte. Und jetzt habe ich ein bisschen Angst vor dir.«

»Angst vor mir?«

Klara war verwirrt. Er hatte Angst vor ihr?

»Ja, ich meine, du bist ja schon eine junge Frau mit einem ganz eigenen Leben, über das sicherlich noch nicht einmal deine Mutter so viel weiß, obwohl sie immer mit dir zusammengelebt hat. Was soll ich da erwarten?«

Von diesem Mann musste sie ihren Kopf geerbt haben, ganz gleich, wie sehr sie ihrer Mutter vom Aussehen her ähnelte.

»Das kann man sagen, ja. Aber sie glaubt trotzdem, dass sie alles weiß.«

»Das ist immer so. Ich bin bestimmt auch nicht besser, wenn es um meine Söhne geht.«

»Wie alt sind sie noch mal?«

»Gabriel ist siebzehn und Didrik zwölf«, sagte er und goss sich noch eine Tasse Kaffee ein.

Klara hielt ihm die Tasse der Mutter hin und er schenkte auch ihr ein.

»Und sie leben in Rom?«

»Nein, sie wohnen hier bei mir in Bergen. Aber wir werden wieder nach Italien gehen. Deshalb ist es auch so wichtig, dass ich jetzt mit dir sprechen kann, denn es dauert nicht mehr lange, bis wir umziehen.«

Es gab noch so vieles, was Klara gern wissen wollte, sich aber nicht zu fragen traute. Da war so viel, was sie nicht in Worte fassen, nicht richtig formulieren konnte. Sie hatte Angst, er könnte sie missverstehen. Wo war eigentlich ihre Mutter abgeblieben?

»Wo ist denn Mama hingegangen?«
»Ich glaube, sie wollte zu einer Freundin oder so.«
Klara wollte ihn nach seinen Söhnen fragen, wusste aber nicht, wie sie anfangen sollte.
»Sehen deine Söhne aus wie Italiener?«
»Nein«, antwortete er. »Aber sie sprechen ganz gut italienisch. Jedenfalls Gabriel, er hat ja schließlich einen großen Teil seines Lebens dort verbracht.«
»Ist ihre Mutter auch aus Italien?«
»Nein, sie ist so norwegisch, wie es nur geht. Sie hatte die ganze Zeit Heimweh. Sonst wären wir wohl in Italien geblieben.«
»Wegen mir?«, fragte Klara.
Er sah sie an, lächelte ein wenig und sah dann hinunter in seine Kaffeetasse.
»Ja, das will ich nicht abstreiten.«

Klara wurde nicht schlau aus diesem Mann. Er war noch verwirrender als Ulrik.
»Aber du hast viel an mich gedacht?«
»Du musst dir das so vorstellen: Ich weiß, ich habe hier in Bergen eine Tochter, die ich noch nie gesehen habe. Niemand sonst weiß etwas davon und es soll auch niemand erfahren. Das haben deine Mutter und ich so abgesprochen. Dann bin ich in Italien und muss immer an diese unbekannte Tochter denken. Ein wenig tut mir die Abmachung mit deiner Mutter auch Leid, denn ich weiß, dass ich meine Tochter nicht sehen darf. Aber nach sieben Jahren ziehe ich schließlich wieder nach Norwegen und arbeite hier als Lehrer. Als ich nach Hause komme, nehme ich Kontakt zu deiner Mutter auf, doch sie sagt mir, dass ich weder sie noch ihre Tochter treffen darf. Es sei viel Zeit vergangen,

sagt sie, und meine Tochter habe noch nie von mir gehört. Es würde alles kaputtmachen, was die Mutter meiner Tochter in diesen sieben Jahren aufgebaut hat. Also zahle ich Alimente und eines Tages erfahre ich, dass meine Tochter an meiner Schule anfangen wird.

Ich kündige sofort, denn es wäre zu hart für mich, sie jeden Tag zu sehen und zu wissen, dass sie keine Ahnung hat, wer ich bin. Außerdem können solche Dinge leicht herauskommen.

Ein paar Jahre später bekomme ich einen Anruf von der Mutter meiner Tochter. Ich bin gerade im Begriff, nach Italien zurückzugehen, und frage, ob ich meine Tochter vorher sehen darf, als ich höre, dass sie inzwischen von mir weiß.

Sie sagt Ja und jetzt sitze ich hier. Du glaubst gar nicht, wie aufgeregt ich war. Du bist nicht ganz so, wie ich es mir vorgestellt hatte. Aber du erinnerst mich irgendwie an meine Mutter.«

Klara saß ganz ruhig da. Sollte sie etwas sagen? Sie hatte nicht so viel zu erzählen.

»Ich könnte dich nicht vielleicht in Italien besuchen?«

»Möchtest du das denn?«

»Ich möchte alles, was mich von hier wegbringt.«

»Ich wollte dich tatsächlich schon fragen, ob du Lust hättest. Jetzt, wo deine Mutter dir von mir erzählt hat, sollte ich meiner Familie auch von dir erzählen können.«

»Wissen sie nichts von mir?«

Er schüttelte fast unmerklich den Kopf, als wollte er es entschuldigen. Klara schlürfte den letzten Kaffeerest in sich hinein. Nikolai Giovanni erkundigte sich nach einigen Lehrern und Klara erzählte von der Schule, ihrem Job und dem Kinofilm. Als die Mutter die Wohnungstür auf-

schloss, stand Klara auf und ging in die Küche. Sie hörte, wie ihre Mutter zu Nikolai hineinging.
Sie unterhielten sich leise, Klara konnte ihre Stimmen hören, verstand aber nicht, was sie sagten. Sie beugte sich über den Küchentisch und starrte hinaus in die Dunkelheit. Sie verstand überhaupt nichts mehr. Sie war noch immer im Kinosaal und sah, wie Ewan MacGregor mit dem zerzausten Haar Cameron Diaz an einen Stuhl fesselte. Vielleicht hatte sie auch gerade an Tim und ihren Besuch bei ihm und Leo gedacht. Vielleicht hatte sie gerade überlegt, ob sie etwas Neues zum Anziehen brauchte und ob sie sich am Wochenende Videos ausleihen und mit Sofie zusammen *Trainspotting* sehen sollte. Oder vielleicht hatte sie soeben ihre neuen Räucherstäbchen ausprobiert und festgestellt, dass ihre Füße nach einem ganzen Tag in Plateauschuhen schmerzten. Vielleicht hatte sie auch gerade ihren Rock glatt gestrichen, der vom Kinositz ganz zerknittert war.
Sie hatte nicht vor ein paar Minuten zum ersten Mal in ihrem Leben mit ihrem Vater gesprochen und sie war nicht zu ihm und ihren Halbbrüdern nach Italien eingeladen worden.

* * *

Sofie saß auf der Treppe vor ihrem Haus und aß Liebesperlen.
»Möchtest du auch welche?«, bot sie Klara an.
Es war ein wunderschöner Tag. Klara nahm ein paar Liebesperlen. Die Luft war so warm wie schon seit Ewigkeiten nicht mehr. Seit dem letzten Herbst. Es schien Frühling zu werden und dafür war es wirklich keinen Tag zu früh an diesem Freitag Ende März. Die Sonne schien, und obwohl es windig war, war es nicht kalt.

»Heute kann man ein bisschen Liebe gebrauchen«, sagte Sofie.
»Das stimmt. Es ist Frühling«, sagte Klara.
Sofie sprang auf und breitete die Arme aus.
»Ich könnte fliegen, wenn ich wollte. Aber ich möchte lieber mit dir hier unten auf dem Boden bleiben, Baby.«
»Ja, genau. Weil ich ja so bodenständig bin.«
Sie grinsten und lutschten ihre Liebesperlen wie zwei kleine Mädchen in der dritten Klasse. Sie machten sich in der warmen Märzsonne auf den Weg zur Schule. Morgen war Samstag, übermorgen Sonntag und bis zu den Sommerferien waren es dann auch nur noch ein paar Tage. Nicht viel mehr als fünfzig jedenfalls.

Ich habe übrigens gestern meinen Vater kennen gelernt.«
Sofie blieb stehen. Ihre Miene war völlig ernst, doch ihre Augen lachten. Langsam kamen ihre Grübchen zum Vorschein, erst auf der einen Seite, dann auf der anderen. Sofies Grübchen waren faszinierend. Wenn sie beide zu sehen waren, lachte das ganze Gesicht.
»Wow«, sagte Sofie. »Nicht schlecht. Wie war er denn?«
»Er war verdammt aufrichtig. Ich glaube nicht, dass ich es geschafft hätte, so ehrlich zu sein. An seiner Stelle, meine ich. Er hat einfach geredet und geredet und war supernett. Ich mochte ihn, aber ich konnte ihn nicht so richtig als meinen Vater sehen. Es kam mir alles ein bisschen unwirklich vor.«
»Was ja auch kein Wunder ist«, sagte Sofie.
»Mama hatte ihn angerufen und ihm erzählt, dass ich von ihm weiß. Da wollte er mich sehen. Er hat gesagt, dass er total nervös war.«

Klara zeigte Sofie die Fotos im Schulkorridor, auf denen er abgebildet war.
»Er sieht überhaupt nicht so aus, als ob er aus dem Süden kommt«, sagte Sofie.
Klara hatte ihr noch nicht erzählt, dass sie ihn besuchen würde.
»Er zieht bald nach Rom.«
»Hey, dann musst du ihn dort besuchen. Herrlich, eine Familie in Rom zu haben, die man besuchen kann!«
»Das mache ich auch. Im Sommer.«
Sofie sah Klara mit großen Augen an.
»Jetzt sag nicht, das wäre nicht super gelaufen!«

Nein, das sagte Klara nicht. Trotzdem war es schwierig, mit der Mutter zu reden. Klara konnte ihr ansehen, dass sie nicht darüber sprechen wollte. Über ihre Zeitung gebeugt, saß sie da und wusste, dass sie nicht darum herumkommen würde.
»Konntet ihr euch gestern ein bisschen unterhalten?«, fragte sie schließlich.
Klara nickte.
»Jepp.«
»Und, was hältst du davon?«
»Davon? Meinst du von ihm? Ich finde ihn nett.«
»Ausgezeichnet! Er ist ja auch ein feiner Kerl, so offen und ehrlich.«
»Warum durfte ich ihn nicht eher kennen lernen?«
»Weil er nach Italien gezogen ist.«
»Aber er ist doch zurückgekommen.«
»Ich dachte, es wäre am besten so. Es war seine Entscheidung, dass er nicht von Anfang an Kontakt zu dir haben wollte. Nach sieben Jahren war es dafür einfach zu spät.«

Die Mutter schaute Klara direkt an. Klara hatte eine Riesenangst vor diesem Blick ihrer Mutter. Direkt in ihre Augen hinein. Irgendwo hatte sie einmal gehört, dass die Augen nur eine Glasfläche waren, durch die man hindurchsehen konnte, wenn man es nur richtig anstellte. Auch wenn das vielleicht Unsinn war, die Mutter wusste jedenfalls, wie sie direkt in Klara hineinschauen und alles sehen konnte, was dort verborgen lag.
Konnte sie diese Fähigkeit haben, weil sie ihre Mutter war? Jedenfalls bekam Klara Angst und wollte am liebsten nichts mehr hören. Sie wollte nichts über die Gefühle und Schwächen ihrer Mutter wissen, nein. Die Mutter war ihre Mutter und sie sollte niemals so gewesen sein wie Klara. Sie sollte keine Schwächen haben und Klara wollte sie nicht als einen Menschen sehen, der Fehler machte und sie bereute. Die Mutter sollte stark und entschlossen sein, damit Klara wütend auf sie sein konnte, sie hassen konnte und gleichzeitig wissen, dass es keinen Zweck hatte, davor wegzulaufen oder zu leugnen, dass sie ihre Mutter war. Die Mutter sollte niemand sein, für den Klara Sympathie empfand. Denn wie sollte sie dann noch wütend auf sie sein können?

* * *

Klara stand vor dem Spiegel und schminkte sich. Schwarzer Lidstrich, schwarze Wimpern. Sie bürstete ihre Haare und wachste sie anschließend. Sie waren jetzt wieder kürzer, Mai hatte sie geschnitten. Klara zupfte ihr Kleid zurecht, schlüpfte in ihre Schuhe, zog die Leggins zurecht und ging zu ihrer Mutter.
»Ich geh dann jetzt«, sagte sie.
Die Mutter sah sie an. Klara wusste, dass sie gleich einen

Kommentar abgeben würde. Irgendetwas völlig Unwichtiges, von dem sie wusste, dass Klara sich darüber aufregte.
»Ja, gut. Tschüss dann«, murmelte sie.
»Tschüss«, erwiderte Klara.
»Und es wird nichts getrunken«, sagte die Mutter.
»Natürlich nicht.«
»Ich bin wach, wenn du nach Hause kommst.«
»Ja, ist gut.«
»Wozu brauchst du so hohe Absätze, Klara? Du bist doch schon groß genug.«
»Das stimmt doch gar nicht.«
»Du bist größer als Sofie.«
»Okay, vielleicht zwei Zentimeter.«
»Wie groß bist du?«
»Eins einundsiebzig.«
»Und was willst du dann mit diesen hohen Schuhen?«
»Models tragen auch hohe Schuhe, Mama, und die sind über eins fünfundsiebzig.«
»Nun gut, wenn du unbedingt alle überragen willst, bitte.«
Klara hatte keine Lust, zu antworten. Solche Lappalien. Klara liebte ihre Plateauschuhe. Was zum Teufel hatte die Mutter damit zu tun? Klara lächelte sie nur an, lieb wie ein Engel.
»Du brauchst aber nicht aufzubleiben und auf mich zu warten, es wird ziemlich spät werden.«
»Das glaube ich nicht. Wenn du das vorhast, möchte ich, dass du um elf zu Hause bist.«
»Ja, klar«, sagte Klara. »Bis dahin sind es noch zweieinhalb Stunden.«
»Dann bleibst du eben ganz zu Hause.«
»Ich bin um eins zurück«, sagte Klara und wusste, dass sie das nie schaffen würde.

Leo machte Spaß und nannte es Betriebsfest. Mai sagte, es sei eine nachträgliche Weihnachtsfeier. Klara hatte beim Schmücken geholfen und alle Einladungen zur Post gebracht. Es waren sehr viele gewesen. Klara kannte fast niemanden, nur ein paar, mit denen sie sich auf Leos Party unterhalten hatte. Da war Wilhelm, ein Student. Er studierte irgendwas mit Medien und Klara hatte mit ihm über Mode geredet. Dann war da noch Lydia. Klara mochte diesen Namen. Lydia hatte lange, dunkelbraune Haare. Bei der Party hatte sie ein Kleid angehabt, das vom Hofe Ludwig des Vierzehnten, des Sonnenkönigs, stammen könnte. Mit ihr hatte sich Klara auch ein bisschen unterhalten. Sie war sehr nett, lächelte viel und hatte den schönsten Namen, den Klara je gehört hatte. Heute trug sie ein enges, moosgrünes Kleid mit Schlitz. Sie stand an die Wand gelehnt und hielt eine Zigarette im Mundstück in der Hand. Klara begrüßte sie, ging in das Lokal hinein und fand Mai. Sie, Leo und Bendik hatten all ihre Freunde zu der Party eingeladen. Nicht weil es einen besonderen Anlass gab, sondern einfach um zu feiern. Tim musste wohl auch irgendwo in der Nähe sein. Damit rechnete Klara. Wenigstens hatte sie Mai gefunden, die wie immer hohe Schuhe und ein kurzes Kleid trug und sexy aussah. Sie redete mit jemandem, den Klara nicht kannte. Sie kam sich unbestreitbar ein wenig verloren vor und wäre Tim nicht gewesen, wäre sie sicher nie hergekommen.

Klara«, sagte Mai. »Hier hast du einen Willkommensdrink.«

Klara bekam ein leckeres Getränk mit Fruchtstückchen darin. Danach ging sie zum Kühlschrank und nahm sich ein Bier. Sie suchte erneut mit den Augen nach Tim, sah sich im Lokal um, ohne jemanden zu entdecken, der nach Tim aus-

sah. Außer Leo, er sah Tim ein bisschen ähnlich. Aber er war nicht Tim. Tim war nicht da.
»Ich kenne niemanden hier«, sagte sie nach einer Weile zu Mai.
»Ein paar kennst du schon, oder?«
Klara schüttelte den Kopf.
»Suchst du Tim?«
»Ja. Ist er nicht hier?«
»Er kommt schon noch, du wirst sehen.«

Klara tanzte. Sie tanzte mit jemandem, den sie nicht kannte und von dem sie nicht einmal wusste, wie er aussah, denn er war von hinten gekommen und hatte Klara in seinen wilden Tanz hineingerissen. Klara war das egal. Er wirbelte sie herum und sie protestierte nicht. Nicht jetzt, nicht heute. Als er sie küsste, roch sie sein billiges Rasierwasser, aber sie dachte nicht weiter darüber nach, jetzt noch nicht. Er strich mit seinen Händen über ihren Rücken, an ihrem Bauch entlang, zwischen ihre Beine. Klara dachte an gar nichts. Klara spürte seine Hände und spürte dennoch nichts. Er zog sie an sich, hart und schnell. Klara ließ es zu, sie schien keine Kraft in sich zu haben. Weit weg, ganz hinten im Lokal, sah sie plötzlich Tim. Sie riss sich los und rannte auf ihn zu.
»Du musst mich retten«, sagte sie. »Ich kenne niemanden hier. Außerdem sind sie so alt. Und eklig. Tim, wie gut, dass du gekommen bist.«
Er drückte sie an sich, hielt sie fest und strich ihr übers Haar. Er legte das Kinn auf ihren Kopf und führte sie durch das Lokal.
»Es gibt immer noch einen Unterschied zwischen entführen und verführen«, sagte er. »Was würdest du heute Abend vorziehen?«

»Ich wäre mit beidem einverstanden.«
»Dann sagen wir doch entführen.«
Klara kicherte und Tim zog sie hinter sich her nach draußen, hinein in ein Taxi. Klara bekam nicht ganz mit, wohin sie fuhren. Aber sie fuhren, und das reichte ihr. Mein Gott, wie gut er aussah. Wie schön er war. Sie bildete sich ein, dass er mit dem Piercing klirrte, und in ihrem Bauch begann es zu kribbeln. Das Kribbeln breitete sich wie im Sturm in ihrem ganzen Körper aus. Die Signale, Klara. Achte auf die Signale, Baby.

Love me, Love me, say that you Love me!

Himmel, wie gern sie ihn jetzt küssen und berühren würde. Sie konnte nicht richtig denken. Auch nicht, als Tim sie die Treppe zu Leos Wohnung hinaufführte, wo er jetzt wohnte. Da stand tatsächlich Tim & Leo Høst auf dem Schild. Das bekam Klara gerade noch mit, bevor Tim die Tür hinter ihnen schloss. Danach füllte Musik ihren Kopf. Sie saß auf dem Sofa und ließ sich von Tim einschenken. Sie registrierte zwar, dass irgendwo Musik lief, hätte aber nicht sagen können, was es war.

Es passierte nichts, außer dass Klara und Tim zusammen auf dem Sofa lagen und kicherten. Irgendwann kam Leo nach Hause und setzte sich zu ihnen.
»Hey, hier seid ihr also.«
»Ja, hier sind wir.«

Als Klara merkte, dass der Rausch nachließ, wurde sie furchtbar müde. Aber sie schlief nicht ein. Die Uhr an der Wand zeigte nämlich halb drei und Klara wurde bewusst,

dass sie etwas wirklich Dummes getan hatte. Was zum Teufel sollte sie sich jetzt nur einfallen lassen? Sie war so müde, dass sie keinen Muskel mehr rühren konnte. Tim bestellte ein Taxi und brachte sie mit Leo zusammen die Treppen hinunter.
»Sollen wir mitkommen?«, fragten sie.
Klara war unschlüssig.
»Wir können gern mit deiner Mutter reden.«
»Ich schaffe das schon«, sagte sie und dann fuhr das Taxi sie auf lautlosen Schwingen nach Hause.

Das sanfte Schaukeln des Autos wiegte Klara beinahe in den Schlaf. Sie konnte an nichts denken, nicht einmal daran, was sie ihrer Mutter sagen sollte. Zum ersten Mal verspürte Klara echte Angst. Im ganzen Haus roch es nach Angst. Die Mutter saß mit einer Kaffeetasse vor sich auf dem Sofa und starrte Klara an, als diese schwankend das Wohnzimmer betrat.
»Um eins hast du gesagt, Klara. Um eins. Ist dir eigentlich klar, dass ich seit halb zwei hier sitze und mir die größten Sorgen mache? Was hast du dir dabei gedacht?«
»Ich habe nicht nachgedacht«, stotterte Klara. »Ich habe an gar nichts gedacht.«
»Das war das letzte Mal, Klara. Das letzte Mal! Du kannst jetzt ins Bett gehen, wir werden morgen darüber reden.«
Klara konnte nicht einschlafen. Die Mutter hatte wirklich Angst gehabt. Das erschreckte Klara und machte ihr gleichzeitig bewusst, wie furchtbar egoistisch sie war. Während sie bei Tim gesessen und sich köstlich amüsiert hatte, war die Mutter ruhelos in der Wohnung umhergelaufen und hatte Angst gehabt. Diese Vorstellung ging Klara nicht mehr aus dem Kopf und ihr grauste vor dem nächsten Tag.

*

Es wird lange dauern, bis ich dir wieder vertrauen kann, sehr lange. Ich konnte noch nicht einmal jemanden anrufen, um zu erfahren, ob du noch am Leben bist. Ich habe eine Verantwortung für dich, Klara. Alle haben eine Verantwortung für die, mit denen sie zusammenleben. Und wenn du mein Vertrauen willst, musst du verdammt noch mal zeigen, dass du es verdienst.«

»Es tut mir sehr Leid, Mama. Das wollte ich nicht. Ich wäre nie so spät gekommen, wenn ich gewusst hätte, wie viel Uhr es war.«

»Dann musst du dafür sorgen, dass du immer weißt, wie spät es ist. Und wenn es daran liegt, dass du trinkst, dann lass es sein. Du bist noch nicht alt genug, um dein eigenes Leben zu führen, und noch dazu vollkommen unreif.«

Darauf konnte Klara nichts erwidern. Hätte sie sich ungerecht behandelt gefühlt, hätte sie protestiert, aber sie wurde nicht ungerecht behandelt. Sie konnte einfach nichts sagen, sosehr ihre Mutter es auch von ihr erwartete.

»Ich muss wissen, ob du das verstanden hast.«

»Ja, das habe ich. Es wird nicht wieder vorkommen.«

»Nein, das hoffe ich von ganzem Herzen, sowohl für dich als auch für mich. Jedenfalls wird es lange dauern, bis ich dir so etwas noch mal erlaube. Und du wirst auf keinen Fall wieder bis ein Uhr wegbleiben dürfen. Ich kann mich ja überhaupt nicht auf dein Wort verlassen. Eine Abmachung ist für dich nur dazu da, um gebrochen zu werden. So etwas kann ich einfach nicht tolerieren.«

* * *

Dann kam der erste April. Klara entschloss sich diesmal niemanden in den April zu schicken. Es war ein sonniger Tag. Als hätte Gott entschieden, dass diesen Monat nur die Sonne scheinen und alles gut sein sollte. Dabei hätte man am Vortag noch denken können, es sei der erste Februar. Aber Klara hatte im Moment kein Zeitgefühl. Sie bekam nur mit, dass die Zeit entweder zu schnell oder zu langsam verging. Wann sie allerdings zu schnell und wann zu langsam lief, war unmöglich zu entscheiden. Sie sollte vielleicht noch einmal mit Nikolai Giovanni reden, bevor er abreiste, und mit Tim müsste sie wohl auch sprechen. Mittlerweile hatte sie dieses merkwürdige Gefühl schon, wenn sie nur an ihn dachte. Dieses Kribbeln, die Signale. Das war es, was Jonathan gemeint hatte. Jetzt verstand sie es. Damals hatte sie nicht gewusst, wie es sein musste, aber jetzt wusste sie es. Jetzt wusste sie es!

Klara wollte an diesem Tag nicht nur niemanden hereinlegen, sondern selbst auch nicht hereingelegt werden. Doch als Sofie mit aller Macht versuchte Klara irgendwelche Geschichten weiszumachen, beschloss sie Sofie auch ein bisschen auf den Arm zu nehmen.

»Ich fahre gleich nach Ostern nach Italien«, sagte sie.

»Nach Italien, gleich nach Ostern?«

Klara nickte. Sie war froh, dass Sofie neben ihr ging, denn so musste sie ihr nicht in die Augen sehen. Lügen war noch nie ihre Stärke gewesen.

»Ja, Nikolai Giovanni unterrichtet mich für den Rest des Halbjahres und dann werde ich die Prüfungen von dort aus machen.«

Sofie sagte für eine Weile nichts mehr.

»Und wann kommst du wieder zurück?«

»Vielleicht komme ich gar nicht zurück.«

»Was hast du gesagt, wann du fährst?«

»In vierzehn Tagen. Das heißt am vierzehnten April, denn heute ist ja der erste.«

Klara lachte hysterisch und Sofie sah sie gekränkt an.
»Es ist nicht gerade cool, mit so ernsten Sachen Witze zu machen«, sagte sie beleidigt.
»Aber wäre das nicht toll gewesen?«
»Nein«, sagte Sofie und schüttelte den Kopf.

Es war ein richtig schöner Tag. Herrliches Wetter, Sonne auf dem Balkon. Klara hätte gut und gerne den ganzen Tag dort sitzen können. Endlich war der Frühling da. Frühling. Sie konnte den ganzen Tag auf dem Balkon sitzen, laut, laut, laut Janis Joplin hören und sich freuen, dass es bis zum Sommer nicht mehr lang war. So sollte es sein und so war es auch. Lang ersehnt und wunderschön kam er, dieser Frühling, in dem Klara fünfzehn Jahre alt war, auf dem Balkon saß und Janis Joplin hörte. Himmel, sie war so glücklich über all die Möglichkeiten, die sie hatte, und dass nichts vorhersagbar war.

Ich glaube, jeder benimmt sich ein bisschen anders, wenn er sich zu jemandem hingezogen fühlt«, sagte Klara und schaute Sofie an.
Sofie zuckte mit den Schultern.
»Kann sein«, sagte sie.
»Doch, wirklich. Weil man mehr auf sich achtet, wenn man von anderen beachtet werden will.«
»Sieh an, sieh an«, feixte Sofie. »Darüber hast du wohl lange nachgedacht.«
»Ja. Wenn man sich für jemanden interessiert, will man ihn doch auf sich aufmerksam machen.«
»Das hast du wirklich gut erkannt«, sagte Sofie.
Es konnte sein, dass sie es ernst meinte, aber sehr überzeugend hörte sich das nicht gerade an.

»Hast du noch nie darüber nachgedacht?«, fragte Klara weiter.
»Doch, natürlich. Das ist doch vollkommen normal, Baby.«
»Aber ich benehme mich so blöd. Total blöd. Doof und blond und albern. Und nicht nur ein bisschen albern, sondern ganz furchtbar albern. Ich kann einfach nicht mit gut aussehenden Jungs reden. Es ist leichter, wenn sie mit mir reden, verstehst du?«
Dasselbe hatte sie zu Ulrik gesagt und er hatte es auch nicht verstanden. Aber er war ein Junge und ihm ging es vielleicht anders.
»Es ist ein Unterschied, ob du verliebt bist oder nur für jemanden schwärmst«, sagte Sofie.
»Das weiß ich.«
»So, so.«
»Man kann die, für die man schwärmt, gar nicht zählen. Da kommen doch jeden Tag neue dazu. Jedenfalls fast jeden Tag. Im Moment bin ich zum Beispiel ganz schön in Tim verknallt.«
»Das habe ich gemerkt, Baby«, grinste Sofie. »Und zwar schon vor langer Zeit.«

* * *

Klara zählte schon seit fünf Wochen die Tage bis zu den Osterferien. Heute, am ersten April, waren es nur noch zwei Tage bis dahin und Klara würde Ostern nicht zu Hause sein. Es war nämlich beschlossen worden, dass sie mit der Mutter und deren Freundin Judith zum Skilaufen in die Berge fahren würde. Das war schon seit langem abgemacht, und wenn es Klara nicht passte, war das ihr Problem. So sah es aus.

»Ich werde sterben da oben auf diesem beschissenen Berg«, beklagte sie sich.
»Unsinn«, sagte die Mutter gleichgültig. »Iselin ist doch auch da.«
Schöner Trost. Iselin war ein Jahr jünger als Klara, allerdings nur auf dem Kalender. Iselin machten Dinge Spaß, die Klara in der siebten Klasse gemocht hatte.

Bereits vor ihrer Ankunft in der Hütte, in der sie wohnen würden, bereute Klara, dass sie nicht gleich aus dem Zug gesprungen war, als er in Bergen abfuhr. Die Hütte gehörte Iselins Familie. Dunkel, mit wenigen Lampen und niedrigen Zimmerdecken. Immerhin gab es einen Fernseher, einen Reise-Farbfernseher, nicht groß, aber groß genug, um Klaras Ferien zu retten. Das Zimmer mit Iselin teilen zu müssen war auch nicht das Tollste, was sie sich vorstellen konnte. Sie hatten ein enges, schmales Zimmer mit einem Etagenbett. Klara schwang sich sofort auf das obere Bett und ließ die Beine baumeln.
»Du hast Löcher in deinen Socken«, kicherte Iselin unsicher vom unteren Bett aus.
»Na, so was«, sagte Klara blasiert.

Das Skilaufen machte ihr auch keinen Spaß. Am liebsten saß sie drinnen vor dem Fernseher und schaute sich die Serien auf TV2 an. Manchmal ging sie abends oder während die Mutter und Judith kochten, ein Stück durch den tiefen Schnee, lehnte sich gegen einen Baum oder einen Stein und zündete sich eine Zigarette an. Komischerweise fühlte sie sich dabei mehr mit der Natur im Einklang, als wenn sie sich auf rutschigen Skiern über die Hügel kämpfen musste.

Als sie wieder ins Haus kam, war das Essen fertig. Draußen war es jetzt fast dunkel und Iselin wollte Karten spielen. Klara hatte dazu keine Lust. Sie hatte zu gar nichts Lust. Sie wollte nach Hause.

*

Nach drei Tagen im Gebirge fragte die Mutter Klara, ob sie nach Hause fahren wollte.

»Wirklich? Meinst du das ernst, Mama?«

»Ja, es war nicht meine Absicht, dich hier vor Langeweile eingehen zu lassen, und das tust du anscheinend. Aber du musst dich hier nicht länger quälen, das fehlte gerade noch.«

Klara wurde von Judith zur Bahnstation gefahren und in den Zug nach Bergen gesetzt.

Sie schrieb in einen rosa Spiralblock: »Ich schwöre bei meiner Seele, dass ich mich nie wieder verlieben werde.«

Das waren schöne Worte, aber Klara wusste natürlich, dass sie sich wieder verlieben würde. Sie wollte kein Gelübde ablegen, das sie doch nicht halten konnte, sondern einfach das schreiben, was sie am liebsten denken würde. Schwache Klara, könnte sie sich später sagen. Du hast dich für stark gehalten, doch das warst du nicht. Sie schrieb den Satz, um ihn in einigen Jahren wieder zu finden und sich kontrolliert zu fühlen.

An diesem Abend machte sie sich vor dem Schlafengehen keine Wärmflasche. Es war auch so warm genug, zum ersten Mal seit vielen Monaten. Als sie sich schön unter die Bettdecke gekuschelt hatte, bemerkte sie plötzlich einen Geruch, den sie kannte, der sich in ihren Kopf eingebrannt hatte. Jonathan? Es war Jonathans Geruch, den sie schon

fast vergessen hatte. Sie richtete sich im Bett auf und plötzlich war der Geruch fort.
Klaras Augen füllten sich mit Tränen. Jonathan! Sie versuchte sich an den Geruch zu erinnern, doch er kam nicht zurück. Das hier war schlimmer, als durch Musik sentimental zu werden, es war die schmerzlichste Erinnerung von allen. Der Geruch. Er stahl sich in ihren Kopf und wühlte die vergangenen Zeiten wieder auf. Schöner Jonathan. So schön auf seine eigene Art. Er besaß so viel Ausstrahlung und Wärme.
Eigentlich mochte Klara solche Gedanken nicht. Höchstens, wenn sie so an Jonathan dachte, wie sie es getan hatte, bevor sie zusammen gewesen waren. Und das war lange her. So vieles war seitdem passiert. Aber jetzt, in dieser Nacht, dachte sie, dass Jonathan immer noch zu dem Schönsten gehörte, was sie kannte, und das würde immer so bleiben.

Endlich schlief sie ein. Doch dann kamen die Wellen. Es war so schlimm wie seit Weihnachten nicht mehr. Klara bekam Angst, richtige Angst. Sie verspürte Einsamkeit und eine Art Sehnsucht. Eine große, eine qualvolle Sehnsucht.
Klara erwachte mit einem Schlag. Draußen war es dunkel und sie hatte keine Ahnung, wie spät es war. Wahrscheinlich war es mitten in der Nacht, aber sie war hellwach. Es war vollkommen still. Sie war allein im Haus und würde es noch viele Tage sein. Klara hätte sich so gern wieder hingelegt und weitergeschlafen, aber irgendetwas hinderte sie daran. Es hatte etwas mit ihren Träumen zu tun, das sagte ihr ein Gefühl im Magen, aber sie wusste nicht, was es war. Eine Art Übelkeit. Und ein Weinen, das nicht als Weinen herauskam, sondern nur als ein paar Schluchzer.

INSOMNIA: *lat.*, Schlaflosigkeit.

So stand es im Lexikon. Sie konnte nicht schlafen, lauschte der Stille. Insomnia, Schlaflosigkeit. Latein. Sie konnte kein Latein. Das Einzige, was sie wusste, war, dass Insomnia Schlaflosigkeit bedeutete. Daran litt sie in dieser Nacht. In ihrem Inneren hämmerte es. Der Traum. Hatte sie überhaupt geträumt? Oder war es nur so ein Gefühl? Korridore. Sie hatte ein Gefühl von Korridoren. Sie musste den Weg hinausfinden! Sie hatte keine Wärmflasche, an die sie sich klammern konnte. Klara schaute aus dem Fenster und war müde, konnte aber nicht schlafen. Heute Nacht konnte sie nicht mehr schlafen. Sie wagte es nicht, denn sie hatte Angst vor diesem Traum, der vielleicht gar kein Traum war, sondern nur ein Gefühl.

Sie schlüpfte in ihre Pantoffeln, öffnete den Schrank mit dem Kaffee und warf einen Blick auf die Uhr. Halb zwei. Sie rechnete schnell aus, dass sie nur anderthalb Stunden geschlafen hatte. Und das, obwohl sie von der Reise so erschöpft gewesen war.

Klara kochte Kaffee, ganz für sich allein. Heute Nacht würde sie nicht mehr schlafen. Dafür war sie viel zu unruhig und außerdem hatte sie Angst, dass der Traum zurückkehren würde. Sie konnte sich nicht erinnern, was sie geträumt hatte, aber das bedrohliche Gefühl war geblieben. Sie trank schwarzen Kaffee, mit Kaffeesatz, ohne Milch. Sie wollte mit Sofie reden. Sofie könnte zu ihr kommen und sie könnten zusammen Kaffee trinken, um sich wach zu halten, so wie sie es schon einmal gemacht hatten. Klara erinnerte sich noch gut, es war im Schullandheim in der achten

Klasse gewesen. Sie hatten den Kaffee mit massenhaft Milch und Zucker getrunken, um den Geschmack auszuhalten, aber es hatte geholfen. So hatten sie es geschafft, fast die ganze Nacht wach zu bleiben.

Sie erinnerte sich wieder an den Geruch, bevor sie einschlief, und ihr wurde klar, dass er der Grund war für ihr merkwürdiges Gefühl oder ihren Traum oder was es auch immer gewesen sein mochte. Sie hätte jetzt eine Zigarette vertragen können, aber sie hatte keine. So war das! Jemanden zum Reden hätte sie auch gern gehabt, aber da war niemand. Klara schlief am Küchentisch ein.

Sie wurde vom Klingeln des Telefons geweckt. Ihr Nacken fühlte sich ganz steif an.
»Klara«, meldete sie sich müde.
»Hallo, Klara. Hier ist Nikolai.«

Er wollte, dass sie seine Söhne kennen lernte. Klara sagte, dass sie sich freuen würde. Doch nachdem sie Zeit und Treffpunkt vereinbart hatten und Klara den Hörer aufgelegt hatte, bereute sie ihre Entscheidung. Aber das nützte wenig. Sie durchwühlte ihren Schrank nach ein paar sauberen Sachen. Sie fand einen Rock, den sie zu Weihnachten bekommen hatte, Strumpfhose, Leggins, Hemd, Pullover, Schminke. Meine Güte, sah sie müde aus. Ihr Nacken tat so sehr weh, dass sie kaum die Schultern bewegen konnte, und es war eine Qual, sich anzuziehen. Sie wollte Nikolai und seine Söhne nicht treffen. Nicht heute und auch an keinem anderen Tag. Nicht seine Söhne. Ihre Halbbrüder. Aber sie hatte keine Wahl. Sie war beinahe dazu verpflichtet und sie musste damit zurechtkommen. Klara nahm den richtigen

Bus und stieg an der richtigen Haltestelle aus. Und dort standen sie tatsächlich und warteten auf sie.

Sie wirkten schrecklich wohlerzogen, Nikolais zwei Söhne. Sie stellten sich vor und gaben ihr die Hand. Didrik und Gabriel. Wohlerzogen und nett und fleißig in der Schule und sie waren genauso langweilig, wie sie aussahen.
Ihr Zuhause blitzte vor Sauberkeit und Ordnung. Ihre Mutter war nicht da. Hübsch und sauber, wenn auch nicht allzu stilvoll. Es war ein Zweifamilienhaus, wobei sie in dem Teil mit der besseren Aussicht wohnten. Klara konnte sehen, dass die meisten Möbel wohl von IKEA waren.
Gabriel und Didrik saßen brav auf ihren Stühlen, nippten an ihrer Brause und achteten darauf, sich nicht zu viele Kekse zu nehmen. Vielleicht achteten sie noch nicht einmal darauf, sondern machten es ganz automatisch so. Klara konnte sich die beiden gut als Teppich oder Tapete vorstellen, passend zu den Möbeln, so langweilig waren sie. Didrik, der Jüngere von ihnen, ging noch in die Grundschule. Er war ein bisschen gesprächiger als sein Bruder. Gabriel war stumm und errötete leicht, sobald Klara ihm eine Frage stellte. Er war natürlich ein guter Schüler und erledigte fleißig seine Hausaufgaben. Das sagte er zwar nicht, aber Klara sah es ihm an. Auch in ihrer Freizeit machten sie nichts Nennenswertes. Didrik spielte ein bisschen Fußball und Gabriel spielte Klavier. Es schien, als wären Nikolais Söhne die uninteressantesten Menschen, die Klara jemals kennen gelernt hatte. Jedenfalls kam ihr das so vor, solange Nikolai dabei war. Nach einer Weile musste er ein paar Telefonate führen und Didrik und Gabriel begleiteten Klara zum Bus. Es würde noch etwas dauern, bis der nächste kam, also setzten sie sich auf eine Bank und warteten. Klara

wollte einerseits am liebsten, dass sie gingen und sie allein ließen. Andererseits wollte sie die beiden aber auch kennen lernen und wissen, wie sie wirklich waren. Sie zündete sich eine Zigarette an und zu ihrer Überraschung fragte Gabriel, ob er mal ziehen dürfe. Sie redeten nicht viel, aber Klara erzählte ein bisschen von ihren Ferien, wie furchtbar isoliert sie sich dort draußen gefühlt hatte und wie herrlich es gewesen war, wieder nach Hause zu dürfen und dort allein zu sein.

»Wo wohnst du denn?«, fragte Didrik.

»In der Stadt«, antwortete Klara und nannte ihre Adresse.

»Wir können dich ja mal besuchen«, schlug Gabriel vor.

»Ja, aber«, sagte Klara, »zieht ihr denn nicht um?«

»Erst wenn das Schuljahr zu Ende ist. Nur Papa fährt jetzt schon.«

»Ach so. Gut, dann besucht mich doch einfach mal, ich bin bis Ostermontag allein. Ihr könnt kommen, wann ihr wollt, nur nicht vor elf Uhr morgens.«

Klara stieg in den Bus und winkte ihren Halbbrüdern zu. Brav und ordentlich waren sie, aber ganz bestimmt steckte nichts Böses in ihnen. Und da Klara sie sowieso im Sommer in Italien besuchen würde, konnte sie sie auch jetzt schon ein bisschen besser kennen lernen.

Klara bekam viel Besuch. Jeden Vormittag kam jemand bei ihr vorbei. Klara liebte es, Besuch zu haben, wenn sie allein zu Hause war. Genauso sehr, wie sie es hasste, wenn ihre Mutter da war. Sofie übernachtete bei ihr, denn nach ihren unheimlichen Träumen traute Klara sich nicht mehr allein zu schlafen. Einmal rief sie Leo an, um zu fragen, wie es so ging. Tim sei mit dem Snowboard unterwegs, sagte er, und er selbst habe *Titanic* gesehen.

»Ich mochte den Film nicht«, sagte er. »Dieser pathetische Liebeskram hat die ganze Dramatik kaputtgemacht. Hast du den Film auch gesehen?«
»Nein«, sagte Klara. »Ich würde ihn mir gern anschauen, aber er ist so schrecklich teuer.«
»Was glaubst du, warum?«, sagte Leo. »Die Kinos wissen, dass sie gut daran verdienen können, und treiben die Preise nach oben. Die Leute sind ganz verrückt danach, *Titanic* zu sehen. Geh nicht in den Film, Klara. Lass es sein. Die Kinos machen wahnsinnig Gewinn damit, dass dieser Film ein solcher Erfolg ist, glaub mir, Klara.«
»Aber Leonardo di Caprio sieht so gut aus«, sagte Klara.
»Dann leih dir *Romeo & Julia* auf Video aus. Sieh dir *A Life Less Ordinary* oder *Jackie Brown* an, aber nicht *Titanic.*«

Sofie hatte ein Rezept für einen Gewürzkuchen entdeckt und den aßen sie jetzt. Als Sofie sich hinterher im Flur die Schuhe anzog, klingelte es an der Tür. Klara machte auf und vor ihr stand Gabriel.
»Es war gar nicht so einfach, dieses Haus zu finden«, sagte er.
Er konnte gerade noch Sofie Hallo sagen, die gleich darauf die Treppen hinunterstürzte, weil sie anscheinend eine Verabredung vergessen hatte. Gabriel ging ins Wohnzimmer. Klara fand, dass er heute weniger brav wirkte. Vielleicht lag das an seinen Haaren, die nicht mehr so glatt waren. Seine Redeweise und seine Bewegungen waren allerdings noch genauso korrekt. Trotzdem wurde er immer noch rot, wenn Klara ihn direkt ansah.
»Du hast keinen Freund, oder?«, fragte er.
Klara schüttelte den Kopf.
»Warum nicht?«

»Ich flirte lieber und habe meinen Spaß. Feste Beziehungen sind mir einfach zu bindend und zu verpflichtend«, sagte Klara.
»Du bist seltsam«, sagte Gabriel. »Ich habe noch nie gehört, dass ein Mädchen so etwas sagt. Ich bin mehr der romantische Typ, der gerne mit jemandem zusammen ist. Im Moment habe ich keine Freundin, leider.«
»Ich finde, ein Flirt ist viel spannender als eine Beziehung. Es ist langweilig, mit jemandem zusammen zu sein. Langeweile ist das Schlimmste für mich. Aber ich bin dauernd in irgendwen verliebt. Immer in einen anderen.«
»In wen bist du denn zur Zeit verliebt?«
»In Leonardo di Caprio!«
Sie sah sich um.
»In Tim«, sagte sie leise, sehr leise.
»Wer ist Tim?«, fragte Gabriel.
Seine Ohren waren riesige Muscheln, bereit jedes Wort von ihr aufzufangen.
»Der Bruder von einem Arbeitskollegen.«
Klara schaute aus dem Fenster.
»Und in wen bist du verliebt?«
Er sah sie verwirrt an.
»In wen ich verliebt bin? In niemanden. Was meinst du? Filmstars und so?«
»Ich meine alle.«
»Ich verliebe mich nicht so leicht!«
»Natürlich nicht.«
Er wurde beinahe hitzig. Klara verstand gar nicht, warum. Hatte sie ihn etwa beleidigt? Dann musste er aber sehr empfindlich sein. Vielleicht war er das ja.
»Wo ist eigentlich dein Bruder?«, wechselte Klara das Thema.

Es gab nicht so viel, worüber sie sich unterhalten konnten.
»Er ist bei einem Freund und weiß nicht, dass ich hier bin. Sonst hätte er bestimmt mitkommen wollen. Niemand weiß, dass ich hier bin.«
»Warum denn nicht?«, fragte Klara.
»Ich bin abgehauen und ich wusste nicht, wo ich hinsollte. Kann ich heute Nacht bei dir schlafen?«
Klara wurde dieser Junge immer rätselhafter. War er noch ganz dicht?
»Klar kannst du hier schlafen. Aber werden sie dich nicht suchen?«
Er schüttelte den Kopf.
»Nein, jedenfalls nicht hier.«
»Und wieso bist du abgehauen?«
»Das hat viele Gründe. Wegen allem.«
»Hattet ihr Streit?«
»Ja, hatten wir.«

Sie sahen sich den Osterkrimi an. Klara wurde einfach nicht schlau aus diesem Menschen. Warum war er hier? Er hatte ihr nicht mehr erzählen wollen. Sie hatte ihm das Bett ihrer Mutter bezogen und er ging lange vor Klara schlafen. Bevor sie ins Bett ging, schaute sie noch kurz zu ihm hinein. Er lag komplett angezogen auf dem Bett und sah schlafend mindestens genauso brav aus wie immer, auf dem Rücken liegend, die Arme seitlich am Körper ausgestreckt. Klara schloss die Tür und ging in ihr Zimmer. Dort roch es nach Rauch, sodass sie das Fenster öffnete, um etwas Luft hereinzulassen.
Als sie aufwachte, war das Fenster geschlossen. Sie tappte ins Wohnzimmer hinüber und fand alles so vor wie gestern. Dann ging sie zum Zimmer ihrer Mutter, es war leer.

Wo war denn Gabriel geblieben? Auf dem Küchentisch lagen etwas Geld und ein Zettel. *Du bist so schön, wenn du schläfst,* hatte er geschrieben. *Wenn du etwas brauchst, ruf mich an.*
Du lieber Himmel, sie hatte einen Bruder bekommen, der nicht ganz sauber tickte. War er in ihrem Zimmer gewesen, während sie schlief? Sie ging zurück in ihr Zimmer und sah alle Schubladen durch. Kein Zweifel, dass er sie geöffnet hatte. Es fehlte zwar nichts, aber die Sachen lagen anders da als sonst. Klara wusste nicht mehr, was sie denken sollte.

Er hat in meine Schubladen geschaut, er war in meinem Zimmer, als ich geschlafen habe, Sofie. Ich weiß wirklich nicht, was ich davon halten soll.«
Sofie sah aus, als wüsste sie das auch nicht.
»Ich weiß nicht«, sagte sie. »Ich habe ihn ja nur ganz kurz gesehen. Aber er scheint sehr merkwürdig zu sein. Erst war er ganz brav, dann war er nicht mehr so brav und sogar ein bisschen rebellisch und schließlich spielt er völlig verrückt . . .«
»Mir gefällt das nicht. Es gefällt mir ganz und gar nicht!«

* * *

Die Mutter kam eines Morgens früh nach Hause und weckte Klara.
Sie machten Frühstück und die Mutter wollte wissen, was Klara so gemacht hatte. Klara wusste nicht, ob sie Gabriel erwähnen sollte, doch dann entschied sie sich dagegen. Sicherheitshalber. Vielleicht würde die Mutter ihr sonst verbieten noch einmal so lange allein zu bleiben. Sie frühstückten und die Mutter erzählte, wie nett es Ostern gewe-

sen war und was für einen wahnsinnigen Spaß sie gehabt hatten. Klara sagte, zu Hause sei es auch nett gewesen. Die Mutter hoffte ihr jetzt wieder vertrauen zu können, nachdem sie so gut zurechtgekommen war.
Es war also alles in bester Ordnung und Klara konnte sich nicht dazu durchringen, von Gabriel zu erzählen. Ihr schauderte ein wenig bei dem Gedanken an ihn und daran, dass er ihr beim Schlafen zugesehen hatte. Lieber Himmel, wie lange er wohl in ihrem Zimmer gewesen war? Und warum?
Ein Zittern durchlief Klara von den Haarwurzeln bis in die Zehenspitzen und sie fröstelte. Sie stand vom Tisch auf und sah noch einmal ihre Schubladen durch, um zu kontrollieren, ob wirklich nichts fehlte. Sie hoffte, es würde etwas fehlen. Dann wüsste sie wenigstens, dass er deshalb in ihrem Zimmer gewesen war. Um etwas wegzunehmen. Doch es fehlte nichts. Das Fotoalbum war aufgeschlagen, er hatte es sich bestimmt angesehen. Es waren Fotos vom Schullandheim und von Sofie darin, Fotos von Wanderungen, von Klara als Kind, von Ulrik und Ferienorten, an denen sie gewesen war. Und Gabriel hatte sich diese Bilder angeschaut. Ihr war wirklich kalt.

Später an diesem Tag, es dämmerte bereits und das Wetter war trocken und warm, half Klara einer Fliege hinaus in die Freiheit. Vorher hatte sie nur zugesehen, wie die Fliege immer wieder verzweifelt gegen die Glasscheibe geprallt war. Dann hatte sie das Fenster geöffnet und die arme Fliege hinausgelassen, die sofort aus ihrem Blickfeld verschwand. Klara rechnete nicht damit, sie in ihrem Leben noch einmal wieder zu sehen. Und wenn es eine Eintagsfliege war, die große Teile ihres Lebens damit zugebracht hatte, gegen

Klaras Fenster zu prallen? Es tat ihr ein wenig Leid, dass sie sie nicht sofort freigelassen hatte.

* * *

In Sofies Zimmer hing ein Poster mit einem schönen Vampir, das Simen ihr einmal geschenkt hatte. Unter seinen Lippen konnte man ein Paar langer Eckzähne erkennen. Das Bild war in kräftigen Farben gehalten, mit viel Rot und Schwarz, und das Ganze hatte etwas Prickelndes. Klara saß da und schaute den Vampir an. Sofie war noch nicht nach Hause gekommen. Wo sie wohl steckte? Es war der letzte Ferientag und Klara hielt es nicht aus, mit der Mutter zusammen zu Hause zu sein. Das war sie schon am Vortag gewesen, und das reichte. Nachdem sie lange Zeit dagesessen und den Vampir betrachtet hatte, kam Sofie ins Zimmer geschlendert.

»Hei, Baby«, sagte sie munter.

»Wo warst du denn?«

»Ich habe mich mit Jonathan getroffen. Wir waren draußen.«

»Und warum hast du dich mit ihm getroffen?«

»Er hat mich angerufen.«

»Echt?« Klara war erstaunt. »Das ist ja ein Ding! Und was wollte er?«

»Er ist wohl immer noch ein bisschen verliebt in dich, Klara.«

Klara bekam Angst. Sie konnte es nicht ausstehen, wenn jemand in sie verliebt war. Denn sie wusste, wie es war, wenn man verliebt war und die Gefühle nicht erwidert wurden. Außerdem musste sie jetzt, wo sie davon wusste, die Initiative ergreifen und etwas unternehmen. Sie konnte diese kleinen Hinweise nicht ignorieren und so tun, als ob nichts

wäre. Es gefiel ihr überhaupt nicht. Wenn er in sie verliebt war, konnte er es doch für sich behalten, oder nicht?
»Erzähl mir das nicht«, sagte sie. »Ich will es nicht hören.«

Sofie war nett und sagte nichts mehr. Klara war erleichtert. Sie wollte nicht so viel an Jonathan denken. Das hatte sie in der Vergangenheit schon genug getan. Seit November war sie dauernd in Gedanken versunken und Jonathan kam oft darin vor. Ob es nun aus Sehnsucht war, vor Freude, vor Wut oder weil sie ihn vermisste. Sehnsucht, Freude, Wut, Trauer. Jonathan.

Hast du eigentlich mal wieder mit deinem tollen Bruder gesprochen?«, fragte Sofie.
Als ob es besser war, über Gabriel zu reden! Klara fröstelte, wenn sie an ihn dachte. Ekelhaft.
»Nein, und ich hoffe, er traut sich auch nicht noch mal mit mir zu reden. Das wäre eine grenzenlose Freude für mich.«
»Wenn du dir da mal nicht zu viel erhoffst«, sagte Sofie. »Er ist immerhin dein Bruder.«
»Halbbruder. Das ist ein großer Unterschied.«
»Mhmmm«, seufzte Sofie. »Du bist ja wirklich gut drauf heute.«
»Ich habe auch kaum einen Grund, gute Laune zu haben. Zuerst habe ich einen verrückten Bruder, der in meinen Sachen herumwühlt und mich beim Schlafen beobachtet. Und dann fängt Jonathan an sich zu beklagen, dass ich ihn vergessen habe. Ich will nicht mehr an ihn denken.«
»Ach nein. Das zu wissen ist nicht besonders schön für ihn.«
»Hast du es ihm gesagt?«
»Er hatte gehofft, du würdest ihn vielleicht anrufen, nachdem der Gruß im Radio gesendet wurde. Aber ich glaube

nicht, dass er jetzt noch besonders viel Hoffnung hat. Jedenfalls hat er nicht so gewirkt.«
»Gut«, seufzte Klara und dachte plötzlich an den Traum, den sie Ostern gehabt hatte.
Aber sie erzählte Sofie nichts davon. Nicht jetzt. Sie wollte nicht daran erinnert werden.
»Hat er noch mehr gesagt?«
»Ja, natürlich hat er noch mehr gesagt«, sagte Sofie.
»Aha.«
»Willst du es hören?«, fragte Sofie.
»Was glaubst du?«
»Zuerst hat er eine Weile davon geredet, dass er dich vermisst und so weiter. Dann hat er von dieser Katarina erzählt und noch mehr von dir. Und ein bisschen von Simen. Am Ende hat er gefragt, ob wir ihn nächstes Wochenende besuchen wollen.«
»Nein danke«, sagte Klara. »Definitiv nicht!«
Sofie sah sie leicht resigniert an.
»Hast du vor ihn für den Rest deines Lebens zu ignorieren?«
»Ja, jedenfalls so lange er in mich verliebt ist.«
»Das ist echt bescheuert! Du kannst ruhig am Freitag mit zu ihm kommen.«
»Nein, ich will nicht.«
»Er wird dich nicht gleich anmachen, Klara. Das brauchst du nicht zu denken. Es wird bestimmt lustig.«
»Da bin ich mir nicht so sicher!«
»Ach komm, sei doch nicht so stur!«

Es war keine Sturheit, sie wollte nur Jonathan nicht treffen. Nicht jetzt, nicht irgendwann. Nie! Es war lange her, seit sie den ganzen Tag an ihn gedacht und gehofft hatte ihn im

Bus zu treffen. Oder zufällig in der Stadt. Jetzt hatte sie keine romantischen, hoffnungsvollen Gedanken mehr für ihn. Er gehörte zu den Dingen, die früher gewesen waren. Bevor es begonnen hatte, Frühling zu werden. Lange vorher!

* * *

Sie konnte sich nicht erklären, warum sie mitging, und sie wusste nicht, warum sie dort blieb. Jedenfalls ging sie mit Sofie zusammen hin und sie ging leichten Schrittes wieder nach Hause. Es war seltsam, Jonathan wieder zu sehen. Sie sagte Hallo und fragte, wie es ihm ging.

Mehr Worte wechselten sie nicht. Klara war sich nicht sicher, ob es sich zufällig so ergab oder ob sie den Raum verließ, wenn er hereinkam, und mit anderen ein Gespräch anfing, wenn er sich in ihre Nähe setzte. Es war keine große Party, aber es waren genügend Gäste da, sodass sie sich nicht mit denselben Leuten unterhalten musste wie er. Am meisten redete sie mit Sofie. Und mit Frida. Es war schon ewig her, seit sie sich zuletzt mit Frida unterhalten hatte.

* * *

Vielleicht blieben sie, weil Jonathan ihnen etwas zu trinken servierte. Vielleicht. Klara trank nicht viel, jedenfalls nicht so viel, dass sie sich hinterher an nichts erinnern konnte. Was sie verunsicherte, waren ihre Motive, die Frage danach, warum sie hergekommen war, obwohl sie sich so dagegen gesträubt hatte, und warum sie nicht sofort wieder nach Hause gehen konnte.

Jedenfalls unterhielt sie sich mit Frida, und das freute sie. Sie hatten ja seit Weihnachten kaum noch miteinander gesprochen, seit Klara Frida und ihre Freunde als langweilig bezeichnet hatte. Frida mochte Jonathan doch nicht und Ulrik auch nicht. Was machte sie dann eigentlich hier?

Ulrik war natürlich auch da und Klara erzählte ihm von Gabriel.
Er lachte laut.
»Ein kleiner Irrer? Abgefahren! Schläft auf der Bettdecke und behält seine Sachen an. Ein Prachtstück! Du hast also einen verrückten Bruder bekommen!«
Klara lachte mit ihm und doch fühlte sie sich immer noch unbehaglich, wenn sie daran dachte. Mehr als unbehaglich. Er hatte einige Türen aufgebrochen, zu denen niemand Zutritt hatte. Er hatte sich unerlaubt zu ihr hineingeschlichen, ohne ihre Zustimmung. Sie hatte ihn aus reiner Fürsorglichkeit bei sich übernachten lassen und nicht etwa, weil sie meinte ihn so schrecklich gut zu kennen. Bildete er sich das ein? Sie hatte ihm wirklich geglaubt, dass er von zu Hause abgehauen war.

Ein paar Tage später tauchte er im Friseursalon auf. Leo rief nach ihr und da stand er. Gabriel. Er trug ein Hemd und eine Hose mit Bügelfalten. Dabei war es so ein warmer Tag. Klara hatte ein Kleid an und machte sich langsam Sorgen darüber, was sie tun sollte, wenn es zu warm für Leggins wurde. Und Gabriel stand da in Hemd und langer Hose. Klara lief noch eine Weile geschäftig umher, bevor sie Pause machte. Sie setzten sich nach draußen in die Sonne. Klara wollte eigentlich nicht, aber er sagte, dass er mit ihr reden müsse, und sie hoffte wohl auf eine Erklärung.
»Wie geht es dir?«, fragte er.
»Mir geht's gut.«
»Du hast nicht angerufen!«

»Hätte ich das tun sollen?«
»Ich hatte es doch auf den Zettel geschrieben.«
»Ich habe aber nicht angerufen.«
»Und warum nicht?«
»Wundert dich das?«
»Ich habe geschrieben, dass du einfach anrufen kannst, wenn du etwas brauchst.«
»Ich brauchte nichts.«
»Bist du dir da so sicher?«
»Ja.«
Klara sah hinauf in den Himmel. Die Sonne schien ihr in die Augen. Sie versuchte ganz ruhig zu bleiben, obwohl sie innerlich vor Wut kochte.
»Kapierst du nicht, warum ich nicht angerufen habe?«
»Ich verstehe nicht, dass du nichts gebraucht hast.«
»Du warst in meinem Zimmer, als ich geschlafen habe, und hast in meinen Sachen gewühlt!«
»Tut mir Leid, ich wollte nichts durcheinander bringen. Ich wollte mir die Sachen nur ansehen.«
»Du warst in meinem Zimmer, während ich geschlafen habe.«
»Du bist schön, wenn du schläfst, weißt du das?«
»Ja, danke, du hast es auf den Zettel geschrieben.«
»Ja, das habe ich.«
»Warum warst du plötzlich verschwunden?«
»Ich musste nach Hause.«
»Warst du gar nicht abgehauen?«
»Nein.«
»Warum bist du dann zu mir gekommen?«
»Das hatte seine Gründe, Klara.«
Er sagte ihren Namen deutlich und sanft, sehr sanft, während er sie anstarrte. Er warf seine Haartolle zurück und

glotzte sie an. Klara mochte ihn nicht. Sie konnte ihn nicht ausstehen. Er war unberechenbar. Sie konnte ihm nicht vertrauen und wusste nicht, was in seinem Kopf vorging. Sie stand auf, und bevor sie richtig merkte,was passiert war, hielt er sie fest und küsste sie. Grob drückte er sie an sich. Klara konnte sein Parfüm riechen. Es war Ekel erregend. Sie riss sich los und schrie ihn fast an.

»Fass mich nicht an!«

Er sah sie an, als ob er nicht wüsste, wovon sie redete. Dann drehte er sich um und ging. Klara atmete tief ein und verbarg den Kopf in den Händen. Sie hätte viel darum gegeben, für ein paar Wochen in einen tiefen Schlaf zu fallen.

* * *

Es war wohl wenig verwunderlich, dass Klara sich nicht konzentrieren konnte. Ihre Beine taten weh und die Schuhe drückten. Die Sonne schien ins Klassenzimmer. Klara wäre jetzt gern draußen gewesen. Und die ganze Zeit war sie mit ihren Gedanken woanders, nur nicht bei den Aufgaben. Sie kam sich vor, als wäre sie vergewaltigt worden, und bei dem Gedanken an Gabriel wurde ihr schlecht. Sie hoffte, dass es nicht mehr lange dauerte, bis er nach Italien zog. Und sie hoffte, dass die Sommerferien endlich anfingen. Sie schrieb ein paar englische Worte in ihr Heft und las sich zum neunzehnten Mal die Aufgaben durch. Ihr schwirrte der Kopf. Jonathan, Gabriel, die Sommerferien. Die Prüfungen. Sie schaffte es nicht, sich zu konzentrieren.

Sofie saß draußen vor der Schule und wartete auf sie.

»Endlich bist du fertig. Ich dachte schon, du willst den ganzen Tag da drin bleiben. Und, wie war's?«

»Ich konnte mich nicht konzentrieren«, sagte Klara.

»Das wundert mich nicht.«
»Ich denke zu viel. Ich wünschte, es wäre möglich, ein paar Teile des Gehirns zwischendurch auszuschalten.«
»Du könntest es mal mit Meditieren versuchen, Baby!«
»Ja, klar.«
»Viel Glück«, grinste Sofie. »Was wollen wir jetzt machen?«

Sie gingen in den Park. Auf dem Weg dorthin kauften sie sich teure Pflaumen und Zigaretten. Im Park legten sie sich ins Gras und taten nichts.
»Wir hätten einen CD-Player mitnehmen sollen«, sagte Sofie.
Klara nickte.
»Dann hätten wir *Hair* auf voller Lautstärke hören können. Das wär doch super gewesen, oder?«, sagte sie.
»Ich liebe den Frühling und den Sommer.«
»Jetzt müsste man verliebt sein. Das ist doch genau die richtige Zeit dafür.«
»Ja, wie wär's mit Gabriel?«, lachte Sofie.
»Klar doch, gute Idee.«
»Er ist widerlich«, sagte Sofie.
»Was du nicht sagst! Ich habe eine panische Angst vor ihm. Er ist so unheimlich und gleichzeitig so brav und langweilig. Er ist mir unheimlich, weil ich überhaupt nicht weiß, was er will. Worauf ist er nur aus?«
»Das ist doch nicht zu übersehen, Baby. Wirklich nicht, nein! Und es ist kein Wunder, dass du Angst vor ihm hast. Er ist doch vollkommen unberechenbar. Ich meine, erst küsst er dich auf offener Straße und dann vergewaltigt er dich fast!«
Klara musste grinsen. Gabriel war das Gesprächsthema des Monats.
»Na ja, jedenfalls hätte nicht viel gefehlt.«

Sie lagen im Gras, mitten im Park, und dachten nicht mehr an die Außenwelt. Sie ließen Gabriel davonschwimmen und Jonathan vom Licht verschlucken. Der Himmel breitete eine Decke über allem aus. Sie ließen die Prüfungen davonfahren und die Familie einschlafen, den Winter verhungern und den Frühling erwachen. Sie lagen im Park, es war kein Hauch von Winter mehr zu spüren, und das war alles, was zählte. Es war ein Tag voller Freiheit und Träume und sie genossen ihn.

»Stell dir vor, die Erde wäre nur eine Zelle in einem menschlichen Körper«, sagte Sofie.

Klara lief es kalt den Rücken hinunter.

»Sag doch so was nicht, Sofie. Dann fühle ich mich so bedeutungslos.«

»Aber nehmen wir mal an, alles ist nur Zufall. Dass wir heute hier sitzen, dass wir geboren wurden, dass wir in dieser Stadt leben, genau jetzt. Dass alles, was passiert, zufällig ist.«

»Zufälle lassen sich nicht erklären, sie geschehen einfach. Glaubst du an das Schicksal?«

»Nein, du?«

»Ich weiß nicht. Es erschreckt mich, wenn ich mir vorstelle, dass alles vielleicht schon im Voraus festgelegt ist. Da glaube ich lieber an Zufälle. Ich möchte nicht an das Schicksal glauben, obwohl ich manchmal befürchte, dass es existiert«, sagte Klara.

»Ich glaube nur an Zufälle. Ich denke, dass alles zufällig ist. Das Leben könnte ebenso gut ganz anders sein. Aber das ist es nicht und man kann nie wissen, wie es ohne diese Zufälle geworden wäre.«

»Ich glaube auch nicht an einen Traumprinzen«, sagte Klara.

»Ich glaube, man muss sich durchprobieren, in allen Bereichen. Man muss Erfahrungen sammeln.«
»Und der Sinn des Lebens besteht darin, möglichst viel Spaß zu haben.«
»Aber um Spaß zu haben, muss man auch hart arbeiten.«
»Das macht die schönen Dinge ja gerade schön. All das Niederdrückende und Deprimierende und so. Ich glaube, jeder Tag hat seinen eigenen Höhepunkt. Einen Moment, in dem es einem richtig gut geht. Und wenn man einmal keinen Spaß hat, dann muss man es sich eben lustig machen! Findest du nicht?«
Sofie nickte.
»Mensch, jetzt haben wir sogar den Sinn des Lebens herausgefunden. Und es hat gar nicht mal so lange gedauert.«
»Wir sind so tüchtig ...«
Sie lachten. Langsam wurde es kälter und sie gingen nach Hause.

* * *

Klara lernte nicht für Mathe. Sie sah sich keine einzige Zahl an und schlug noch nicht einmal das Buch auf. Sie konnte kein Mathe, sie konnte einfach nicht logisch denken, hatte keine Veranlagung dafür. Sie beneidete diejenigen, die sich entweder hinsetzen und pauken konnten oder eine natürliche Begabung für das Fach hatten. So musste es sein. Doch sie war viel zu unruhig. Die Sonne schien und in ihren Beinen kribbelte es. Die Abende waren jetzt hell und mild, sodass es viel verlockender war, auf dem Balkon zu sitzen oder etwas mit Sofie oder Frida zu unternehmen. Manchmal rief Frida sie an und sie unterhielten sich stundenlang darüber, wie frustrierend die Schule war, wie toll sie den Frühling fanden und darüber, was sonst noch alles passierte. Sie redeten einfach über alles und nichts, ohne dabei viel von sich preiszugeben. Das gefiel Klara und sie mochte Frida. Ihre Freundschaft hatte etwas Freies und Unabhängiges. Niemand verstand, dass sie wieder Freundinnen geworden waren, wo sie doch seit den Weihnachtsferien nicht mehr miteinander geredet hatten.

Doch für gewöhnlich war Klara mit Sofie zusammen. Manchmal war sie auch allein und dann lernte sie nicht etwa Mathe, sondern saß in ihrem Zimmer in einer Rauchwolke und las. Oder sie wanderte ziellos durch die Straßen. Aber oft war sie nicht allein, denn dann kamen die Erinnerungen wieder und sie wurde sentimental. Sie erinnerte sich zum Beispiel an etwas, von dem sie geglaubt hatte, es vergessen zu haben. Es war etwas, das in einem Lokal passiert war, bevor Tim sie entführt hatte, ein Tanz, Gegrabsche und Wehrlosigkeit. Da war dieser Geruch, den sie nicht vergessen konnte. Ein billiges Rasierwasser, das sicher viele benutzten, an denen sie zufällig vorbeiging. Klara hasste den Geruch und diese Erinnerungen. Deshalb war sie nur ungern allein. Das war aber nicht nur so, weil sie Abwechslung oder Unterhaltung brauchte oder vor ihren Ängsten und schmerzhaften Erinnerungen gerettet werden musste. Sie mochte einfach den Umgang mit Menschen, mochte es, mit ihnen zu reden. Ohne andere Menschen, farbenfrohe Menschen, würde sie verrückt werden. Und sie konnte sich vorstellen, dass sie ohne Sofie schon gestorben wäre.

Mit der Matheklausur lief es genauso schlecht, wie Klara geahnt hatte. Aber sie hatte schließlich überhaupt nicht gelernt. Was konnte sie da schon erwarten?
Ein paar Tage nach den Prüfungen sollte Schulball sein und

Klara würde wieder mit Ulrik hingehen. Sie freute sich. Zum ersten Mal seit ewigen Zeiten würden sich viele aus der Schule schon vor dem Fest treffen. Sie hatte lange nichts mit Leuten aus der Schule unternommen. In der Regel drückte sie sich vor Massenveranstaltungen, aber ein Schulball war etwas anderes. Zufällig würde die Mutter an dem Wochenende verreist sein, sodass Klara die Wohnung ganz für sich hatte. Sie würden sich mit den anderen bei Ulrik treffen, aber vorher wollten Sofie und Frida zu Klara nach Hause kommen, sich anziehen und fröhlich sein.

Seit vielen Tagen war das Wetter jetzt schön. Klara setzte sich auf den Balkon, nachdem die Mutter gegangen war. Sie kochte Kaffee, zündete sich eine Zigarette an und wusste, dass sie bis Sonntag allein sein würde. Und heute war erst Donnerstag, es war der letzte Apriltag, und sie hatte tausend Schmetterlinge im Bauch. Es dauerte nicht lange, bis Sofie und Frida kamen. Sie probierten Kleider an, hörten laut Musik, tranken Kaffee und stellten sich vor, wie lustig es werden würde. Die Nachmittagssonne wärmte immer noch. Der Frühling war wirklich in vollem Gang, das merkte man an den Gerüchen.

* * *

Sie hatte sich ein lila Kleid gekauft. Ein Sommerkleid. Und es sollte Schulball sein. Sofie, Frida und Klara konnten bis spät in der Nacht aufbleiben, denn die Mutter würde nicht vor Sonntag zurück sein. Das Wetter war schön, der ganze Tag war schön und es ging ihnen gut. Klara saß in der Sonne, während Sofie und Frida sich anzogen. Sie dachte an all die Möglichkeiten, die das Leben bereithielt. Dass sich alles von einem Tag auf den anderen verändern konnte. Dass jeder Tag kleine Höhepunkte hatte und nichts jemals stillstand. Und dass nicht viel fehlte, bis ihr Flügel wuchsen und sie fliegen konnte. Klara stellte sich vor, wie sie von diesem Balkon schwebte, in die Höhe stieg und vor allem, was sie hier hielt, davonflog. Das Schuljahr würde bald zu Ende sein, in weniger als zwei Monaten. Sie dachte an das, was Leo an einem Tag im März zu ihr gesagt hatte.

»Glaub mir, Klara, vier Monate eines Lebens sind verdammt wenig. Es kommt dir vielleicht lang vor, aber in Wirklichkeit ist es ganz kurz.«

Klara glaubte es ihm, genauso wie sie sicher war, dass die Welt sich ständig veränderte und es dort draußen unendlich viele Möglichkeiten gab.

Es war viel los bei Ulrik. Es war immer noch warm und Klara und Sofie saßen in der Sonne und tranken kaltes Bier. Kaltes Bier, laute Musik und viele Menschen. Sie kannte sie alle ein bisschen, aber nicht besser, als dass sie sie auf der Straße grüßte. Jetzt tanzten und lachten und redeten sie miteinander.

Die Lehrer in der Schule lächelten nur. Ihnen blieb auch nichts anderes übrig. Hier war die Musik ebenfalls laut und alle tanzten, ob sie es nun konnten oder nicht. Sie waren nicht viele und man konnte ein Gefühl der Zusammengehörigkeit spüren. Fast so, als stünden sie alle am Rand eines Sprungbretts und klammerten sich nun an alle Bekanntschaften, die sie in der kurzen verbleibenden Zeit noch schließen konnten. Danach würden sie fallen, tiefer und tiefer, in eine Welt, in die noch keiner von ihnen seinen Fuß gesetzt hatte. All die Wahlen, die man treffen musste, alle Wege, die man gehen konnte. Jeder Einzelne hatte so viele

Möglichkeiten und niemand konnte wissen, wie es werden würde. Aus diesem Grund freuten sie sich über die Zeit, die ihnen noch zusammen blieb. Alle dachten, dass es nicht schaden konnte, jetzt noch ein paar nähere Bekanntschaften zu schließen. Niemand hatte Zeit, sich hinzusetzen und etwas zu essen. Hinter der Schule ging es zu wie immer auf Partys. Mit Fummeleien in den Büschen, ein paar linkischen Geständnissen und Entschuldigungen sowie neuen Entdeckungen. Der Alkohol hatte überall deutliche Spuren hinterlassen. Drinnen in der Aula tanzte, scherzte und lachte Klara mal mit diesem, mal mit jenem. Ihr Denken hatte ausgesetzt und sie verspürte ein unbestimmtes Glücksgefühl. Alles machte einfach nur Spaß und sie war frei von Verpflichtungen. Klara liebte dieses Gefühl und sie konnte sich nichts Schöneres vorstellen. Die Welt drehte sich und Klara drehte sich auf ihr. Die Deckenleuchten über ihr waren ausgeschaltet und unter ihr bewegten sich die Konturen tanzender Gestalten. Sie lachte. Sie lachte den ganzen Abend. Es war so schön und sie liebte sie alle, liebte die ganze Welt und die Zukunft. Wenn sie fliegen könnte, hätte sie schon längst abgehoben und würde glücklich oben unter dem Dach schweben, so glücklich, wie nur ein Vogel es sein konnte!

*

Sie wachte mitten in der Nacht auf, weil es schrecklich warm war. Sofie lag neben ihr im Doppelbett der Mutter. Sie waren nach dem Schulball noch lange aufgeblieben und hatten Wein getrunken, aller Müdigkeit zum Trotz. Dabei hasste Klara eigentlich Rotwein. Das erste Glas ging noch, aber danach wurde ihr schlecht. Für Frida war es zu viel gewesen. Sie war total betrunken durchs Haus gerannt und hatte sich nicht hinlegen wollen. Am Ende hatten Klara und Sofie sie einfach ins Bett gesteckt. Jetzt lag sie nicht mehr auf ihrer Matratze und Klara ging in die Küche, um nach ihr zu sehen. Aber dort war sie nicht. Stattdessen stand sie im Bad, mit einer völlig wahnwitzigen Farbe in den Haaren. Es war eine von den Friseurfarben, die Klara von Leo bekommen hatte. Irgendein Grün. Zusätzlich hatte Frida versucht sich selbst die Haare zu schneiden. Das Ganze sah nicht besonders gut aus, eigentlich sogar ganz furchtbar, und als Frida Klara bemerkte, brach sie in ein lautes Kreischen aus. Mädchengekreische. Es endete damit, dass sie beide von Lachkrämpfen geschüttelt auf dem Badezimmerfußboden saßen und damit Sofie aufweckten. Sie blieben dort sitzen, bis die Sonne durch das kleine Badezimmerfenster hereinschien. Sie waren übermüdet und Frida überlegte angestrengt, wie sie ihr Missgeschick erklären sollte. Sie bereute zutiefst, was sie getan hatte. Sie hatte geglaubt, es würde cool aussehen, immerhin war es Profi-Friseurfarbe. Klara seufzte und zuckte mit den Schultern. Sie traute sich jedenfalls nicht irgendetwas mit den Haaren zu machen. Aber vielleicht konnte Leo helfen?

Frida lieh sich eine Mütze von Klara, unter der ihr viel zu warm wurde, und jammerte den ganzen Weg zu Leos Wohnung. Tim machte ihnen auf. Er schaute erst Klara an, dann Frida, und wieder Klara, die Frida die Mütze vom Kopf zog. Da grinste er.

»Leo«, rief er. »Ich glaube, hier braucht jemand dringend deine Hilfe.«

Leo kam in den Flur geschlurft. Offenbar war er gerade aufgestanden, aber so müde er auch war, das Lachen konnte er sich nicht verkneifen.

»Wie ich sehe, hattet ihr viel Spaß«, prustete er und ließ sie herein.
»Du könntest uns nicht vielleicht helfen?«, bat Klara artig.
»Ja, wartet mal, da lässt sich bestimmt noch was machen.« Er schaute Fridas zottelige, abgefressene Haare an und grinste.
»Ich muss nur vorher schnell was essen. Habt ihr diese Nacht auch nicht anständig geschlafen?«
»Allerdings nicht«, sagte Klara und setzte sich an den Küchentisch. Tim konnte gar nicht mehr aufhören zu lachen. Es war ansteckend und schließlich saßen sie alle da und lachten. Sie versuchten dabei zu essen, doch das war gar nicht so einfach.

Leo platzierte Frida auf einem Küchenstuhl.
»Ich habe nur eine gewöhnliche Papierschere hier. Aber es wird schon gehen.«
Klara und Tim beobachteten das Ganze kichernd, während Fridas Locken langsam verschwanden und Leo ihre Haare dunkel färbte, mit einem rötlichen Schimmer. Es war mal was anderes als Fridas mattes Durchschnittsmittelbraun. Zwar nichts Sensationelles, aber ohne Frage besser als die hässlichen, eklig grünen Zotteln.
Als Leo sein Werk vollendet hatte, war Klara auf Tims Sofa eingenickt und Tim war ebenfalls nicht weit davon entfernt, einzuschlafen. Klara hatte eine schwere, aber lustige Nacht gehabt. Heute war der Erste Mai, ein Feiertag, und sie schlief dort in Tims und Leos Wohnung ein, müde und erschöpft. Frida machte sich auf den Heimweg, Leo wollte am Erster-Mai-Umzug teilnehmen und Klara und Tim lagen ein paar Stunden zusammen auf dem Sofa und schliefen. Klara kam es vor wie die ewige Ruhe, frei von allem

Kummer und allen Sorgen. Ihr war, als würde sie schweben, als würde sie fliegen. Auch wenn sie nicht wusste, wie es war, zu fliegen. Aber es musste sich genauso anfühlen, wie hier nach einer langen, fröhlichen Nacht neben Tim zu liegen und zu schlafen.

Sie wurden von lauter Musik geweckt. Klara hörte Leo lachen. Sie hatten den ganzen Erster-Mai-Umzug verschlafen.

»Was machst du denn da, verdammt noch mal?«, knurrte Tim.

»Ich versuche euch zu wecken«, grinste Leo und Tim legte sich wieder hin, schlief aber nicht mehr ein. Leo ging hinaus, und Klara fühlte sich ausgeruht und überhaupt nicht mehr müde.

»Na, wie geht's?«, fragte Tim.

»Gut«, sagte sie. »Sehr gut. Solange nur Frühling ist. Es gibt nichts, was ich so sehr mag wie den Frühling. Es ist herrlich!«

Schon das Aufwachen allein war unbeschreiblich schön. Sie war geflogen, davongeflogen aus ihrer tristen, grauen Welt in eine schöne Welt, in der das Leben ein Spiel war. Dort brauchte sie nur auf einem Sofa zu schlafen und aufzuwachen und schon war der Sommer so nah, dass sie es noch gar nicht glauben konnte. Und jetzt hatte sie Hunger. Tim kümmerte sich darum. Klara saß einfach ausgeruht und wach auf dem Sofa und beobachtete ihn. Sie verfolgte jede seiner Bewegungen und wusste, dass er es merkte. Sie beobachtete ihn still. Ein paar Mal warf er den Kopf zurück. Er streckte den Arm aus und zog ihn wieder zurück. Ohne zu blinzeln, ohne zu atmen, schaute Klara ihm zu.

Als wäre dies nicht die Wirklichkeit. Sie nahm alles überdeutlich wahr, so als hätte sie nie zuvor gesehen, als würde sie zum ersten Mal ihre Augen öffnen. In einer fremden Sprache und mit einer anderen Stimme sandte Tim Signale aus, die nur sie empfangen konnte. Ganz heimlich, ganz still nahm sie seine Bewegungen in sich auf und sie wusste, sie würde sie nie vergessen. Sie würde Tim nie vergessen. Sie drehte sich zum Fenster und sah, wie die Nachmittagssonne sich weiter von ihrem himmlischen Palast entfernte. Ja, Klara wusste, dass sie geflogen war!

* * *

Ich habe neulich etwas gehört«, sagte Sofie.

»Was denn?«

»Etwas Seltsames. Dass es von dem Moment an, in dem man geboren wird, irgendwo draußen in der Welt jemanden gibt, der für einen bestimmt ist. Ein Mensch, der besser zu einem passt als irgendein anderer. Es fragt sich nur, ob man diese Person jemals findet.«

»Glaubst du daran?«, fragte Klara.

»Ich weiß nicht. Wenn ich diesem Menschen zufällig begegne, werde ich es glauben. Sonst ist es mir egal. Ich kann doch nicht auf der ganzen Welt herumreisen, um diese eine Person zu finden.«

»Das ist wieder diese Sache mit dem Schicksal. Ich möchte nicht daran glauben. Die Vorstellung, dass alles vorbestimmt sein soll, ist erschreckend. Außerdem glaube ich, dass man immer denkt den Richtigen gefunden zu haben. Meinst du nicht?«

»Ja, kann sein. An das Schicksal kann ich jedenfalls nicht richtig glauben.«

»Ich kann mir gar nicht vorstellen, dass man wirklich glauben kann, alles sei vorbestimmt. Das ist doch beängstigend! Wenn man gar keinen Einfluss auf sein eigenes Leben hat, kann man ja fast aufhören zu leben.«

Sofie nickte.

»Ja, das finde ich auch. Was ist jetzt eigentlich aus Fridas Haaren geworden?«

»Es ist alles gut gegangen. Dank Leo sehen ihre Haare wieder ganz vernünftig aus.«

Klara lächelte. Sofie ließ sich in ihrem Sessel zurücksinken. Klara war so müde, obwohl sie ausgeruht war. Es war auch keine richtige Müdigkeit, eher Erschöpfung. Ja, sie war erschöpft. Selbst das Sprechen strengte sie zu sehr an. Sie könnte sich jetzt hinlegen und tagelang schlafen. Stattdessen ging sie zum Fenster und begann zu singen. So laut sie konnte sang sie alle Lieder, die ihr einfielen. Sie öffnete die Fenster und sang, während die Sonne unterging. Bis sie keine Stimme mehr hatte.

Break it, another little piece of my heart, baby! Those were the days, my friend! Kiss me honey, honey, kiss me.

Sie sang für alle dort draußen in der Stadt, für alle, die ihr Leben und ihre Welt nicht kannten. Klara wollte sie an ihrem Leben teilhaben lassen und dafür ein kleiner Teil im Leben der anderen Menschen sein. Sie wollte all ihre Probleme und Widersprüchlichkeiten aus sich herauslassen, bis sie keine Kraft mehr in den Lungen hatte. Das brauchte sie jetzt. Sie brauchte es, für den Rest der Welt zu singen, und die Welt brauchte jemanden, der für sie sang. Schmerzvoll! Und sie gab ihnen alles, ihre ganze Kraft, alles, was sie in sich trug. Sie gab ihnen ihr Leben und ihre Welt und füllte die Welt der anderen mit ihrer Kraft und ihrer Energie. Dadurch wollte sie ihre eigenen Schwierigkeiten und ihren Zorn abschütteln. Der letzte Rest des Winters verschwand aus ihr, als sie sich dort aus dem Fenster lehnte und sang. Unten standen viele, die pfiffen, ihr zuriefen, mitsangen und winkten. Sie waren es, für die Klara sang. Aber sie sang auch für die, die vorbeigingen und keine Miene verzogen. Sie sang für sie alle!

* * *

Später stand sie vor dem Spiegel und betrachtete sich. Sie starrte sich tief in die Augen und fuhr sich dabei mit den Händen über die weiche Haut an ihrem Bauch. Ein Gefühl der Ruhe breitete sich in ihr aus. Wirkliche Ruhe. Es war nicht dieser Schwindel erregende Schwebezustand, sondern ein sanfter Nebel, der sie in einen tiefen Schlaf einhüllte. Sie atmete tief, ganz tief, und dachte an das Meer.

»Während ich mich langsam dem Meer zuwende«, murmelte sie. »Ich wende mich langsam dem Meer zu.«

Kraftlos kroch sie unter ihre weiche Bettdecke und schlief ein. So vollkommen hatte sie sich nicht mehr gefühlt, seit sie Tims Haare gewaschen hatte.

Klara fuhr nicht zu ihrer Großmutter, obwohl sie es der Mutter versprochen hatte. Sie brachte es nicht über sich. Nachdem sie lange geschlafen hatte, ging sie ins Bad und duschte, bis kein warmes Wasser mehr da war. Ihre Gedanken waren leicht und ihr fiel ein, was Sofie gestern zu ihr gesagt hatte, bevor sie angefangen hatte zu singen. Das mit dem Schicksal, dass es irgendwo dort draußen jemanden gab, der für einen bestimmt war. Sie dachte an den Schulball und daran, mit wie vielen sie dort getanzt und geredet hatte. Dann dachte sie daran, wie es gewesen war, neben Tim zu schlafen und neben ihm aufzuwachen. Klara kam zu dem Schluss, dass es ein sehr gutes Wochenende gewesen war.

Später am Tag kam die Mutter nach Hause. Klara hatte geputzt und aufgeräumt und alle Spuren beseitigt, die darauf hindeuten konnten, dass Alkohol im Haus gewesen war. Fridas abgeschnittene Haare warf sie aus dem Fenster.
Die Mutter lächelte und Klara lief herum und summte und sang vor sich hin.

Ich habe mit Nikolai gesprochen«, sagte die Mutter.
Klara sah sie an.
»Aha.«
»Ja, er hat aus Rom angerufen und wollte wissen, wie es dir geht.«
»Mir geht's gut«, sagte Klara.
»Er hat gesagt, sein Sohn hätte dich Ostern hier besucht«, sagte die Mutter und ihre Stimme klang fragend.
Es war wie ein Schlag in den Bauch. Aber es hatte niemand geschlagen. Sie dachte an Gabriels Besuch und daran, dass er in ihrem Zimmer gewesen war, während sie schlief.
»Ja, Gabriel war hier«, murmelte Klara.
»Welcher von ihnen ist Gabriel?«
»Der ältere«, sagte Klara.
Die Mutter nickte.
»Du hast nichts davon gesagt«, sagte sie.
»Nein.«
»Kennst du ihn gut?«
Sie schüttelte den Kopf.
»Warum hast du nichts davon erzählt, dass du dich mit ihnen getroffen hast?«
Klara fühlte sich in die Ecke gedrängt. Sie stand auf unsicherem Boden. Die Mutter würde es aus ihr herausquetschen und sie nicht wieder allein zu Hause lassen.
»Ich mag ihn nicht!«, sagte Klara.

Sie hoffte, die Mutter würde aufhören Fragen zu stellen. Klara hatte unzählige Male an das ekelhafte Gefühl gedacht, das sie gehabt hatte, als Gabriel sie mit seinen feuchten Händen angefasst, seine Lippen auf ihre gepresst und sie festgehalten hatte. Sie konnte nicht länger auf ihrem Stuhl sitzen bleiben.

*

Denn sie wollte nicht wieder an Gabriel denken. Sie dachte an Tim und wie sehr sie sich wünschte, dass jemand sie lieb hatte, sie streichelte, sie entführte. Doch Tim war viel zu weit weg, ganz gleich, wie nah er zwischendurch sein mochte. Klara ging nie zu ihm, immer trafen sie sich zufällig. Und wenn sie sich begegneten, begann sie zu schweben. Neben ihm im Taxi war sie geschwebt, bei ihrem Gespräch im Café und als sie auf seinem Sofa geschlafen hatte.
Klara war sich bewusst, wie schmerzlich sie sich wünschte, dass alles zufällig war, wild und intensiv und kurzlebig. Aber diese Erwartung strengte sie an. Alles in ihr war den ganzen Tag über so angespannt, dass sie innerlich zu zerspringen drohte. Deshalb brauchte sie es so sehr, wütend zu sein, niedergeschlagen und froh. Alles, was sie tat, geschah in der Erwartung, dass die Zufälle mit Tim eintrafen. Sie wollte nicht, dass es so war! Sie glaubte schließlich an die vollkommene Freiheit. Und sie liebte doch Zufälle, oder nicht? Waren sie nicht Teil dieser Freiheit, für die sie kämpfte? Worum ging es ihr eigentlich? Was wollte sie?
Klara lehnte den Kopf gegen die kalte Fensterscheibe. Sie spürte etwas Feuchtes in ihren Augen und blinzelte.
Heul nicht, dachte sie. Wolltest du nicht immer deine Freiheit haben?
Schon als sie Tim zum ersten Mal sah, hatte sie ihn unbe-

dingt wieder treffen wollen. Und als sie sich küssten, hatte sie gehofft, er würde sie gern haben. Als sie sich unterhielten, hatte sie sich gewünscht, dass er so lange weiterredete, bis sie beide einschliefen. Und als er sie entführte, hoffte sie, dass er niemals den Weg zurückfinden würde.

*

Bist du in ihn verliebt, Klara?«

Frida seufzte und holte tief Luft, nachdem sie sich Klaras verworrene Gedanken und Schlussfolgerungen angehört hatte. Klara antwortete nicht. Sie wusste es selbst nicht genau. Sie wollte ungern verliebt sein, lieber nur schwärmen. Sie wollte nur verliebt sein, wenn sie ihn sah, dieses Kribbeln spüren, wenn sie an ihn dachte, aber nicht so schrecklich viel fühlen, wenn er nicht in der Nähe war.

»Es ist eine Niederlage, wenn ich Ja sage.«

»Warum denn das?«

Warum? Weil sie das, was sie vermisste, nicht vermissen wollte. Das Alltägliche. Sie vermisste Tim in ihrem Alltag. Aber Tim gehörte zu einem anderen Leben mit kurzen Momenten voller Glück und Spannung. Doch Klara wollte Alltag. Sie wollte Sicherheit! Stabilität! Oder etwa nicht? Sie musste wirklich verrückt sein, denn diese Gedanken stimmten überhaupt nicht mit dem überein, was sie gern denken wollte. Was war mit den Zufällen und der Freiheit? Und damit, dass Beziehungen intensiv, aber unverbindlich sein sollten? Hatten Tim und sie überhaupt irgendeine Beziehung oder war das Ganze nur ein Spiel?

»Ich möchte, dass es mehr ist als nur ein Spiel, glaube ich. Ich hätte gern Gewissheit darüber, ob wir eine Art Beziehung haben und ob es noch eine Weile so bleiben wird. Aber diese Gewissheit habe ich nicht.«

Sie wusste nicht, warum sie in dieser Nacht hinausging, aber sie tat es. Sie stand auf, zog sich an und verließ die Wohnung. Wie konnte sie nur den ganzen Tag über so ruhig gewesen sein, wenn sie jetzt tausende von Spinnen in sich krabbeln fühlte? Sie spannen wie wild ihre Netze, deren Muster sie nicht verstand, deren Farben ihr nichts sagten. Sie ging nach draußen und lief und lief. Sie setzte eine Mütze auf, denn es war kalt, solange die Sonne nicht aufgegangen war.

Ihre Haare wuchsen, sie wucherten, als wollten sie gar nicht mehr aufhören. Sie stand vor dem Spiegel im Bad, bevor sie ging, und schnitt und schnippelte. Sie bekam es ungefähr so hin, wie sie es haben wollte. Bis kurz unter die Ohren, nicht alles in derselben Länge und ohne Pony. Sie begann ihre Haare zu mögen. Sie betrachtete ihr Gesicht, das Gesicht, das immer so deutlich zeigte, was sie dachte. Immer. Nie gelang es ihr, ihre Gedanken und Gefühle vor anderen zu verbergen. Tim durchschaute sie und ihre Mutter genauso. Sofie lachte nur, wenn Klara versuchte zu lügen.

Klara war ein wenig aus dem Gleichgewicht geraten. Sie war verwirrt. An diesem Tag, in dieser Woche, irgendwann in letzter Zeit war alles zerbrochen, woran sie geglaubt hatte. Worin bestand der Unterschied zwischen persönlicher Freiheit und Egoismus? War es egoistisch, in Freiheit zu leben? Wo verlief die Grenze? Wenn sie frei sein und nur das tun wollte, wozu sie Lust hatte, musste sie doch zuerst an sich selbst denken. An IHRE Freiheit. Sie musste ihren eigenen Lebensregeln und Impulsen folgen, ohne Rücksicht auf andere. War es deshalb schief gegangen zwischen ihr und Jonathan? Weil sie zu egoistisch war? Sie dachte über das Reisen nach. War das Freiheit? Von allen wegzugehen,

die sie kannte, und zu ihrem eigenen Vergnügen an immer neue unbekannte Orte zu reisen? War das etwa Freiheit?
»Nein«, sagte sie zu sich selbst. »Das ist keine Freiheit.«
Freiheit bedeutete ungebunden zu sein und ständig Neues zu erleben.
Aber ohne Bindungen, ohne irgendwelche Beziehungen und Verpflichtungen würde sie schrecklich einsam sein. Was hielt sie eigentlich hier in Bergen?
Vor allem natürlich Sofie. Außerdem ihr Job, ihre Klasse, die Schule und ihre Mutter, auch wenn sie Letzteres nur ungern einräumte. Vielleicht war es auch ein wenig die Atmosphäre der Stadt, der Regen und das verzauberte Gefühl, wenn es Frühling wurde. Und in ihrem Inneren war sie auch mit Tim verbunden. Es war keine sichtbare Verbindung, aber Klara war trotzdem darin gefangen.
Glaubte sie das wirklich? Und wenn ja, wie war es bloß dazu gekommen? Vielleicht war das die Kehrseite der Medaille oder es war einfach die Realität. War es so?

Es tat gut, zu gehen. Sie fühlte kaum, wie ihre Beine müde wurden. Das wurden sie immer, wenn Klara lange Strecken ging. Die hohen Absätze eigneten sich nicht so gut dafür. Aber in dieser Nacht tat sie es trotzdem. Sie merkte noch nicht einmal, dass es wehtat! Sie lief so lange, bis sie wieder zu Hause vor der Tür stand. Dort sank sie auf den Stufen zusammen, mit erschöpften Beinen, aber hellwach. Ihr Kopf schien ein undurchdringlicher Dschungel zu sein, in dem unendlich viele Fragen herumschwirrten. Und mittendrin saß Tim und klirrte mit seinem Piercing. Ihr wurde ganz schwindlig und sie fühlte einen leichten Schmerz, eine Art Sehnsucht im ganzen Körper. Das Gefühl verharrte einen Moment im Bauch, versetzte ihr einen Stich in den Unterleib und breitete sich dann weiter aus. Es tat weh. Diese große Sehnsucht war zu viel für die kleine Klara. Sie zog sich die Schuhe aus und schlich leise die Treppen hinauf, hinein in die Wohnung und in ihr Zimmer. Klara hatte bisher noch nie in ihrem Zimmer geraucht. Aber da es dort ohnehin immer nach Räucherstäbchen roch, tat sie es jetzt. Doch noch bevor sie die Zigarette halb aufgeraucht hatte, wurde sie so müde, dass sie sie im Räucherstäbchenhalter ausdrückte.

* * *

Alle waren erschöpft. Die Lehrer auch, obwohl sie versuchten die letzten Wochen noch durchzuhalten. Von den Schülern machte niemand mehr Hausaufgaben, keiner lernte mehr für Klausuren und die Sonne schien fast jeden Tag. Es war Mai, bald waren Prüfungen und alle taten nur das, wonach ihnen gerade der Sinn stand. Niemand hatte Lust zum Lernen. Klara trug jetzt keine Strumpfhosen und Leggins mehr und kam sich ziemlich nackt vor. In den letzten beiden Stunden lagen sie draußen auf dem Rasen und quatschten. Im Klassenzimmer war es bei dem Wetter nicht auszuhalten. Manchmal mochte Klara ihre Klasse richtig und sie fühlte sich wohl mit all den vielen verschiedenen Leuten. So wie jetzt, als sie bei diesem unglaublichen Wetter vor der Schule im Gras saßen und sich über die Sommerferien, die Schule und den sechzehnten Mai, den Tag vor dem Nationalfeiertag, unterhielten.

Frida würde fast die gesamten Ferien über allein zu Hause sein. Und sie hatte einen Job in einem Hotel. Sie fragte Klara, ob sie vielleicht eine Weile bei ihr wohnen wollte. Klara sagte Ja.

Einige wollten in den Ferien arbeiten, andere fuhren in den Urlaub, allein oder mit ihrer Familie. Sie fragten Klara, was sie vorhatte. Würde sie nach Italien fahren? Ulrik grinste. »Fährst du mit deinem reizenden Bruder nach Italien?« Klara zuckte mit den Schultern. Natürlich wollte sie nach Italien. Aber zu ihrem Vater, Nikolai Giovanni? Zusammen mit Gabriel? Didrik? Ihre Großeltern kennen lernen? Sie wusste es nicht, wollte nicht daran denken und sich auch noch nicht entscheiden. Aber sie würde arbeiten, im Friseursalon. Zusammen mit Leo, Mai und Bendik. Sie wollte auf jeden Fall ein paar Wochen arbeiten, bevor sie sich entschied, was sie mit dem Rest der Ferien anfangen würde. Die Mutter wollte mit einer Freundin eine Rundreise durch England machen. Hatte Klara nicht vielleicht Lust, mitzukommen? Iselin würde auch dabei sein. Klara grinste und schüttelte den Kopf. Nein, das wollte sie nicht.

Nur Klara und Ulrik saßen jetzt noch da. Die anderen hatten sich auf den Heimweg gemacht, zu ihren Familien, zum Essen, zu häuslichen Pflichten. Ulrik war nicht gegangen, weil bei ihm nie jemand zu Hause war, und Klara, weil sie keine Lust hatte.

»Dir geht's jetzt richtig gut, was?«, fragte Ulrik.

»Ja, ich liebe den Frühling. Es gibt nichts, was ich lieber mag.«

»Das glaube ich dir nicht. Es gibt viel, was du lieber magst.«

»Was denn?«

»Spielen deine Hormone nicht verrückt? Fühlst du nicht dieses Kribbeln?«

»Doch, natürlich«, sagte Klara. »Das lässt sich wohl nicht vermeiden, oder?«

Ulrik grinste und schüttelte den Kopf.

Klara schüttelte ebenfalls den Kopf, in der Hoffnung, dadurch all die Gedanken abzuschütteln, die sie die ganze Zeit plagten und in ihrem Kopf ein Chaos verursachten. Chaos wurde rückwärts zu Soahc. Chaos Soahc. So war das.

»Aber am meisten mag ich es, wenn jemand mich mag«, lächelte Klara und merkte, wie wahr das war. Schrecklich wahr. Sie wünschte sich am allermeisten, dass jemand sie richtig gern hatte.

»Das ist nichts Neues«, grinste Ulrik.

»Nein, das weiß ich. Aber ich denke dauernd daran. Es verfolgt mich.«

»Das merkt man. Du solltest dich nicht so damit quälen, Klara. Es gibt genug Leute, die dich mögen, weißt du.«

»Ich bekomme aber nie genug davon. Und es sagt mir auch nie jemand. Nie!«

»Wen hast du denn gern, Klara?«, fragte Ulrik.

Klara war überrascht. Es passte gar nicht zu Ulrik, dass er solche Fragen stellte.

»Na ja, ich mag Sofie. Und Frida. Meinen Job auch, ich meine, die Leute dort. Außerdem mag ich Kaffee, Seifenblasen, Liebesperlen und meine Wärmflasche, wenn es in meinem Bett oder in mir kalt ist. Ich mag die Wärme im Frühling und im Sommer und viele andere Menschen.«

Ulrik zündete sich eine Zigarette an und gab das Feuerzeug an sie weiter. Sie traute sich nicht Tim zu erwähnen. Sie traute sich ja kaum auch nur an ihn zu denken. Das brachte ihre Gedanken wieder in Aufruhr und ließ in ihrem Kopf keinen Platz mehr für anderes.

Und was magst du?«, fragte sie Ulrik.

»Geld«, antwortete er.

»Natürlich, ja«, grinste Klara. »Geld. Du bist so oberflächlich, Ulrik.«

»Ich rede eben nicht gern darüber«, sagte er.
»Worüber?«
»Über solche Dinge!«
»Gefühle und so was?«
»Genau!«
»Ach nein«, seufzte Klara. »Damit hatte ich auch nicht gerechnet.«
»Hast du in letzter Zeit mal an Jonathan gedacht?«
Ulrik überraschte sie erneut. Gefühle. Genau. Darum ging es, um Klaras Gefühle. Jonathan?
»Nein«, sagte sie. »Nicht, seit ich bei ihm war. Und selbst da habe ich nicht viel an ihn gedacht.«
»Also, ich habe nie verstanden, was da schief gegangen ist.«
Wieder wirbelte alles durcheinander, diesmal wegen Jonathan. Sie hatte ein schlechtes Gewissen, denn sie war mit sich selbst übereingekommen, dass es ihr Egoismus war, der alles zerstört hatte. War es nicht so? Aber das sah sie erst jetzt ein. Vorher hatte sie fest daran geglaubt, dass es ihr um ihre Freiheit ging. Doch was war das eigentlich für eine Freiheit? Damals hatte Freiheit für sie bedeutet, dass sie die Bedingungen festlegte. Keine Bindungen, keine Verpflichtungen. Jetzt war sie also wieder bei diesem Punkt gelandet. Dass sie ohne Bindungen und Verpflichtungen furchtbar einsam wäre. Und das war das Letzte, was sie wollte.
Klara hasste es, einsam zu sein. Wo es ihr doch so wichtig war, gemocht zu werden. War das alles nicht der pure Egoismus? Dass jemand sie lieb haben sollte, während sie nur nach ihren eigenen Wünschen handeln wollte? War das nicht ein klein wenig paradox? Was also war Freiheit und wo ging Freiheit in Egoismus über? Klara war sich nicht mehr so sicher, ob vollständige Freiheit Glück bedeutete. Ob Freiheit eigentlich Freiheit war.

Klara sang: *What the world needs now, is love, sweet love.* Vor allem, um zu zeigen, dass es das war, was sie dachte. Denn es war so wahr, so wahr. Die Welt brauchte nur süße Liebe. Freiheit bedeutete Geben und Nehmen. Darum drehte sich alles. Geben und Nehmen. Und Neues zu erleben.

* * *

Sie konnte sich später nicht mehr erinnern, wonach sie eigentlich gesucht hatte, wusste aber noch gut, was sie fand. Ein paar Fotos in einer Schreibtischschublade. Man hätte fast glauben können, es wäre Klara dort auf den Fotos, nur mit etwas längeren Haaren. Aber es war ihre Mutter. Irgendwo in den Bergen. Die Mutter, wie sie die Aussicht genoss, die Mutter, die gerade in einem Bergsee schwimmen wollte. Die Mutter unter ein paar Bäumen. Und Klara konnte sehen, dass ihre Mutter von dem, der diese Fotos gemacht hatte, geliebt worden war. In den Bildern spiegelte sich Glück wider, ein empfindliches und verletzliches Glück. Jemand hatte ihre Mutter geliebt und sie mit einer ungeheuren Behutsamkeit fotografiert, hatte zärtliche Bilder von der geliebten Frau gemacht. Alles wirkte so verletzlich, als könnte schon eine kleine Ungeschicktheit alles zerstören. Klara hatte noch nie auf diese Weise an ihre Mutter gedacht. Hingerissen starrte sie auf die Fotos, bis sie vor ihren Augen verschwammen.

Von Tränen in Klaras Augen.

Ganz unten in dem Bilderstapel lag das Foto eines jungen Mannes. Es war nicht schwer, ihn zu erkennen. Er hatte südländischer ausgesehen, als er jung war. Nikolai Giovanni. Auf die Rückseite der Aufnahme hatte die Mutter geschrieben:

Nikolai und ich in Rosendal. Frühjahr 1981.

Frühjahr 1981. Das war anderthalb Jahre, bevor Klara geboren wurde. Jedes einzelne Bild war beschriftet. Die Mutter und Nikolai, in Rosendal, im Nygårdspark, 1981, Winter, Frühjahr 1982, Sommer 1982. Klara war 1982 geboren. Im Herbst. Im September.

Für Kristi, im Sommer 1982, Gruß, Nikolai.

Er hatte gewollt, dass sie Klara hieß. So wie seine Großmutter, ihre Urgroßmutter. Sie hatte nie darüber nachgedacht, dass ihre Mutter und Nikolai eine Beziehung gehabt hatten. Über einen längeren Zeitraum. Als sie schwanger geworden war, hatte er sie verlassen. Und sie verweigerte ihm Klara sehen zu dürfen, als er zurückkam. Konnte sie die Mutter verstehen? Vielleicht war sie wie Klara gewesen. Hatte es geliebt, wenn jemand sie gern hatte, und war verliebt und vernarrt gewesen. In den Mann, der Klaras Vater war. Und vielleicht hatte Nikolai ihre Mutter wirklich geliebt? Doch dann verließ er sie, als es zu schwierig wurde. Konnte sie die Mutter jetzt besser verstehen? Sie hatte vorher nie richtig darüber nachgedacht. Nicht, bevor sie diese zärtlichen und liebevollen Bilder fand, die mit der größten Behutsamkeit aufgenommen worden waren. Mit Liebe. Und man konnte nicht nur sehen, dass der Fotograf das Modell liebte, sondern auch, dass das Modell den Fotografen liebte. Diese Vorstellung tat Klara irgendwo in ihrem Inneren weh.

* * *

Sie waren in einem Park. Klara, Sofie und ein paar von ihrer Schule. Vorher waren sie wie immer bei Ulrik zu Hause gewesen. Zu dem Zeitpunkt war Klara noch ganz glücklich. Obwohl in ihr ein großes Durcheinander herrschte. Alles, woran sie vorher geglaubt hatte, schien auf einmal verkehrt zu sein, und sie wusste nicht, was sie davon halten sollte. Sie wusste in letzter Zeit überhaupt sehr wenig. Aber jetzt, an diesem Abend, war sie einfach nur glücklich. Schon bevor sie in den Park gegangen waren, hatte Sofie Klara verlassen. Also unterhielt Klara sich mit Ulrik, während Sofie sich mit einem Jungen aus der Parallelklasse amüsierte.

»Der ist vielleicht in Sofie verknallt, sag ich dir«, meinte Ulrik.

»Ja?«, sagte Klara. »Ich weiß nicht, ob Sofie nur ein bisschen viel getrunken hat oder was das werden soll . . . Wie heißt er denn?«

»Mikael«, antwortete Ulrik. »Ich wette, die fangen an rumzumachen, noch ehe wir im Tivoli angekommen sind.«

*

Und das taten sie! Aber da war Klara schon so betrunken, dass sie nicht mehr richtig mitbekam, was passierte. Sie wusste, dass sie im Tivoli waren und dass sie in einem Karussell saß, das sich schnell, schnell, schnell drehte. Es war nicht mehr besonders warm, doch darauf hatte Klara nicht geachtet. Sie dachte nur daran, dass Sommer war, und alles andere war weit weg. Furchtbar weit. Sie würde gern immer im Rausch sein, nie wieder nüchtern werden. Sie wollte nur mit allen Menschen, die dabei sein wollten, im Kreis herumwirbeln und nie mehr damit aufhören. Aber plötzlich wurde sie traurig. Egal, wie glücklich sie gern gewesen wäre.

Sofie knutschte mit Mikael. Klara machte zwar auch mit jemandem rum, wusste aber nicht genau, mit wem. Aber das spielte auch keine Rolle. Vielleicht war es der Typ, mit dem sie Karussell gefahren war. Sie war jedenfalls traurig, fühlte sich krank und war dankbar für jedes bisschen Körperkontakt. Sie dankte Gott für all die schönen, schönen Menschen, für ihre Hände, ihre Arme und Körper, die sie fest an sich drücken konnten. Das brauchte sie jetzt. Genau das. Sie liebte Haut, das Gefühl von Haut auf Haut. Gierig saugte sie alles auf, was sie an Nähe bekommen konnte. Nicht nur an diesem Abend, nicht nur am sechzehnten Mai, sondern die ganze Zeit, immer.

Ulrik begleitete sie zum Bus. Sie durfte nicht zu spät nach Hause kommen. Die Mutter war nicht gerade großzügiger geworden, nachdem Klara gezeigt hatte, wie unvernünftig sie war, wenn sie blau war. Und sie war blau. Sie wollte nie wieder nüchtern werden. Es war so wundervoll, die Kontrolle zu verlieren und keine Hemmungen mehr zu haben. Klara ließ sich einfach mitreißen und herumwirbeln und hätte für den Rest ihres Lebens so weitermachen können. Sie fühlte sich so offen, ehrlich und nackt. Es war so herrlich. So phantastisch und wundervoll!

Klara schlief nicht besonders gut. Sie wälzte sich im Bett hin und her und träumte, dass jemand neben ihr lag, sie in die Arme nahm und sie lieb hatte. Sie durchlebte den ganzen Ablauf des Abends noch einmal. Von den Stunden bei Ulrik im Garten, in der warmen Sonne, mit all den fröhlichen Leuten um sie herum, dem anschließenden Parkbesuch und ihrer Traurigkeit im Karussell, bis zu dem Moment, als die Mutter ihre betrunkene Tochter zu Bett brachte.

Die Mutter hatte wissen wollen, wie es ihr ging, ob ihr vielleicht schlecht war. Sie sah ihre Tochter nicht gern in diesem Zustand, das wusste Klara. Und trotzdem wäre sie am liebsten nie wieder nüchtern geworden. Früh am Morgen des siebzehnten Mai wurde sie vom Lärm der Spielmannszüge geweckt. Sie ärgerte sich darüber und trank einen halben Liter Orangensaft und zwei Liter Wasser. Später traf

sie Sofie in der Stadt, die bis spät in die Nacht mit Mikael im Tivoli gewesen war.
»Ich weiß nicht so recht«, sagte Sofie. »Aber wir treffen uns heute.«
Klara grinste. Vielleicht war sie ein wenig neidisch. Weil sie es mochte, wenn aus einem Flirt ein bisschen mehr wurde, als es normalerweise der Fall war. Vielleicht fand sie auch, Sofie sollte sich von ihm fern halten, weil er nicht gerade gut aussah. Nein, gut sah er wirklich nicht aus. Aber trotzdem hatte er etwas, das Klara faszinierte. Und nicht zuletzt Sofie. Vielleicht hatte es etwas mit seiner Ausstrahlung zu tun.

Ich wäre am liebsten gar nicht wieder nüchtern geworden! Ich wollte es nicht, Sofie. Niemals«, sagte Klara.
Doch dann nahm sie sich zusammen und lachte ein wenig über sich selbst.
»Ich will mir meiner eigenen Existenz nicht immer so bewusst sein, denn dann mache ich mir so viele Gedanken«, sagte sie. »Ich möchte einfach träumen, fliegen und mich treiben lassen. Ich wäre gern ein Engel mit durchsichtigen Flügeln, einer, der über all eure Köpfe hinwegfliegt. Ich will frei sein. Hätte ich Flügel, wäre ich schon lange geflogen. Nur dass ihr es wisst. Ich wünsche mir Flügel.«
Sie setzte sich ins Gras, lehnte sich zurück und sang:
Love me, love me, say that you love me.
Wenn Sofie verliebt war, konnte Klara es ihr von den Augen ablesen. Vielleicht sah sie es aber auch an ihrem Lächeln. Sofie war oft ein bisschen verliebt. Und glücklich. Klara schaffte es nicht, gleichzeitig glücklich und verliebt zu sein. Das war zu schwierig, jedenfalls im Moment. An Tim zu denken traute sie sich überhaupt nicht. Sie wusste, dass das den ganzen Abend und die nächsten Tage kaputt-

machen würde. Sie hatte Angst vor Tim, Angst, ihm zu begegnen. Denn sie wusste, wenn sie ihn traf, würde sie mehr von ihm wollen und ihn am liebsten nicht mehr loslassen. Doch das ging nicht, das wusste sie nur zu gut.
Aber Sofie saß hier im Gras, alberte mit Mikael herum und war glücklich. Sofie war mit Sicherheit verliebt. Und Klara musste zugeben, dass sie ein bisschen neidisch war.

Er ist nicht schön, ich weiß«, sagte Sofie ein paar Tage später. »Aber er ist so lustig und unterhaltsam, dass es einfach superwitzig mit ihm ist.«
Und Klara verstand.
»Mir ist plötzlich klar geworden, wie wenig es zu sagen hat, ob er gut aussieht oder nicht«, sagte Sofie und nahm ein paar tiefe Züge von der dreckigen Stadtluft.

Es gab niemanden, der Klara so viel bedeutete wie Sofie. Niemanden sonst kannte sie so gut und keiner kannte Klara besser als Sofie. Und trotzdem konnte Klara nichts dagegen tun, dass sie neidisch war. In ihrem Inneren war eine tiefe Wunde. Sie war von einem brennenden Schmerz erfüllt. In Sofie dagegen war alles schön.
»Ich weiß nicht, ob ich so sehr in ihn verliebt bin, Klara, aber es ist Frühling, fast schon Sommer und alles ist einfach schön.«
»Das spielt doch auch gar keine Rolle. Viel wichtiger ist, die Chancen zu nutzen, die sich einem bieten. Und noch wichtiger ist es, Spaß zu haben.«
»Ja, den habe ich. Richtig viel Spaß.«
»Dann gibt es doch kein Problem. Bist du jetzt glücklich?«
»Ob ich glücklich bin? Natürlich bin ich das. Wahnsinnig glücklich. Und du, Klara?«

Klara schüttelte den Kopf.
»Höchstens ein bisschen. Darüber, dass es dich gibt und dass Frühling ist. Man kann über vieles froh sein. Aber es gibt auch vieles, über das ich nicht so glücklich bin.«
»Tim? Gabriel?«
»Warum kann ich nicht Mikael haben? Können wir nicht tauschen?«, grinste Klara.
»Er ist nicht schön«, sagte Sofie.
»Das ist doch egal. Im Moment jedenfalls. Schöne Leute gibt es genug auf der Welt. Ich möchte doch nur für kurze Zeit Spaß haben. Am liebsten für lange Zeit, aber ich erwarte lieber nicht zu viel. Das trau ich mich nicht.«
»Ach, sei doch nicht so pessimistisch, Baby. Sei glücklich«, sagte Sofie.

Und Klara versuchte glücklich zu sein.
An diesem Abend hängte sie in ihrem Zimmer einen Zettel auf.
Von heute an werde ich immer glücklich sein.
Immer! Sie nahm sich vor es einzuhalten. Obwohl sie wusste, dass es ein gewagtes Versprechen war.

* * *

Gabriel. Er hielt sie fest, drückte sie an sich und küsste sie in den Nacken. Weich und behutsam. Haut. Klara war schwindlig. Und Gabriel hielt sie fest. Weich und behutsam und ehrlich. Lippen und Haut, schwindlig. Aber sie konnte nicht fallen. Es war wunderschön. Sie wagte nicht sich zu bewegen, aus Angst, dieses schöne Gefühl, die Haut und die Nacktheit würden verschwinden. Sie hatte Angst, die Beine auf den Boden zu stellen und hinzufallen. Schwindlig.

Als sie aufwachte, konnte sie sich nicht mehr an den Traum erinnern. Sie wusste nur, dass sie etwas Schönes und Wundervolles geträumt hatte. Bis sie darauf kam, was es gewesen war. Da musste sie sich hinsetzen, den Kopf in die Hände stützen und nachdenken.

Gabriel. Hatte sie wirklich von ihm geträumt? Natürlich hatte sie das. Sie hatte geträumt, dass er sie umarmte und küsste. Sie hatte von Gabriel geträumt.

Wenn es nur Unsinn gewesen wäre, hätte sie einfach darüber gelacht. Wenn sie das Gefühl gehabt hätte, dass etwas nicht stimmte. Aber es hatte alles gestimmt und deshalb konnte sie nicht lachen.

Es war so wunderschön gewesen, wie konnte es da Gabriel sein? Mit ihm war es nicht schön. Aber im Traum war es schön gewesen, wie er sie so behutsam geküsst und festgehalten hatte. Klara verstand gar nichts mehr. Es war alles so unvereinbar mit der Wirklichkeit. Es konnte nicht stimmen, aber sie hatte es geträumt. Und plötzlich verstand sie, wovon Sofie gesprochen hatte. Und sie verstand noch mehr. Es war nicht die Person, in die man verliebt war. Man war in jeden körperlichen Kontakt verliebt, den man bekommen konnte. Und man war in das Gefühl verliebt, gemocht zu werden. Aber das alles half Klara nicht viel. Sie musste trotzdem ständig an Tim denken.

* * *

Die Stimmung war angespannt. Der Direktor stand auf dem Podium. Es war zwölf Uhr. Mit kräftiger Stimme teilte er mit, an welchen Tagen die verschiedenen Prüfungen abgehalten werden sollten.

»Komm zur Sache«, zischte Sofie nervös.

Klara schlug das Herz bis zum Hals und sie betete zu Gott.

Wenn sie in Englisch geprüft würde, könnte sie vielleicht anfangen an ihn zu glauben. Aber falls es Mathe wäre ... Klara traute sich nicht den Gedanken zu Ende zu denken. In der letzten Arbeit hatte sie ein für alle Mal bewiesen, dass sie für Mathe einfach nicht geschaffen war.
Der Direktor faltete ein Blatt Papier auseinander und räusperte sich, wohl in der Hoffnung, dass seine Stimme dadurch noch kräftiger wurde, falls das möglich war.
»Die Abschlussprüfung an dieser Schule findet statt am ...
Er nannte das Datum, während Klara den Atem anhielt: Englisch, und sie hätten fünf Tage frei und fast nichts zu lernen. Mathe, und sie würde sich tagelang hinsetzen und pauken müssen.

Englisch«, sagte der Direktor.

Klara dachte, er machte Witze. Sie hatte sich auf Verzweiflung vorbereitet, auf stundenlanges Lernen. Englisch. Sie konnte es kaum glauben. Sie warf sich Sofie um den Hals. Fünf Tage frei. Nichts mehr zu lernen.
Nach der Schule ging Klara in die Bibliothek, um sich ein englisches Buch auszuleihen. Nur, um etwas zu lesen zu haben. Sie hatte nichts gegen das Lesen, nicht einmal auf Englisch. Sie las gern, nur nicht wenn es Pensum war und es ihr auferlegt wurde. Das mochte sie nicht. Die Bibliothek gefiel ihr. Die Stille, die Ruhe und die vielen Bücher. All die Bücher, in denen sich tausende von Menschenleben verbargen. Und dann die leisen, gedämpften Schritte, die etwas stickige Luft, die leicht verstaubten Regale bis fast unters Dach. Die vielen Zeitschriften und Bücher, die ihre Geschichten erzählen würden, wenn sie sich nur die Zeit nähme, sie zu lesen. Sie fand die englischen Bücher, schaute sich die Titelseiten

an, las sich die Texte auf den Rückseiten durch und blätterte ein wenig in ihnen herum. Sie ließ sich Zeit.
Während sie dort stand, beschlich sie das Gefühl, dass jemand sie anstarrte. Sie drehte sich nicht um, war sich aber sicher, dass jemand sie beobachtete. Ein leiser Pfiff, sie drehte sich immer noch nicht um. Sie hatte bereits eine Ahnung, wer es sein könnte. Und richtig, es war Gabriel.
Wenn es eine Löschtaste gegeben hätte oder eine Rückspultaste, hätte Klara nicht lange gezögert sie zu drücken. Leider gab es keine solche Taste. Klara wünschte nur, sie wäre nicht in die Bibliothek gegangen und hätte letzte Nacht nicht geschlafen und von ihm geträumt. Ihr wurde ganz flau im Magen, wenn sie an den Traum dachte. Und jetzt wurde ihr noch flauer, denn er stand direkt hinter ihr und pfiff ein paar brüchige, dünne und nicht ganz reine Töne. Gabriel, brav wie immer. Er hatte sich seit dem letzten Mal überhaupt nicht verändert. Und es war genauso unangenehm wie damals, nicht zuletzt wegen des Traumes, den sie gehabt hatte. Trotzdem war es unheimlich, wie ähnlich er dem Gabriel aus ihrem Traum war. Erschreckend ähnlich. Es war tatsächlich derselbe Gabriel, der sie umarmt und sie schwindlig gemacht hatte. Klara unterbrach sich in ihren Gedanken und schüttelte leicht den Kopf.
»Hallo Klara«, sagte Gabriel. »Wie geht's?«
Sie nickte ihm nur zu, denn sie schaffte es kaum, etwas zu sagen.
»Ach«, sagte sie endlich. »Ganz gut.«
»Du siehst so erschrocken aus.«
Klara fehlten die Worte. Er wollte unbedingt etwas aus ihr herauslocken. Warum konnte er nicht über alltägliche Dinge sprechen, sondern musste immer über sie reden? Klara versuchte ihre Gedanken zu sammeln.

»Bin ich gar nicht. Ich habe nur bald Prüfung«, sagte sie.
»Das habe ich nicht gemeint«, sagte er.
Er trat näher an sie heran. »Es ist lange her, seit wir uns zuletzt gesehen haben.«
Lange her, seit du viel zu weit gegangen bist, dachte Klara und überlegte, ob sie einfach davonlaufen sollte.
»Ich habe es ziemlich eilig«, sagte sie schnell und zog hastig ein Buch aus dem Regal.
»Du sahst nicht aus, als ob du es eilig hättest, bevor ich gekommen bin.«
»Aber jetzt muss ich mich beeilen.«
Das mit dem Davonlaufen konnte sie vergessen. Er hatte sie durchschaut und sie war längst in seine Falle getappt.
»Eile mit Weile«, grinste er. »Wo musst du denn hin?«
»Ich bin verabredet«, antwortete sie und ging zum Ausgabetresen, um das Buch registrieren zu lassen.
Gabriel stellte sich direkt hinter sie. Sie spürte seinen Atem in ihrem Nacken.
»Eine Verabredung?«, flüsterte er. »Und mit wem?«
»Sofie«, sagte Klara schnell.
Vielleicht ein bisschen zu schnell. Sie ging auch schnell, aber für Gabriel war es kein Problem, mitzuhalten. Draußen auf der Treppe blieb sie stehen. Jetzt musste ihr etwas einfallen, wie sie ihn loswerden konnte. Er stellte sich dicht neben sie und legte seinen Arm auf ihre Schulter. Klara schüttelte ihn ab.
»Wer ist Sofie?«, fragte er.
»Meine Freundin«, sagte sie kurz angebunden.
Alles ging so schnell, ihre Gedanken rasten.
»Aha«, sagte er. »Meine Mutter würde dich übrigens gern kennen lernen.«
Klara drehte sich zu ihm um. Sie konnte es nicht glauben, obwohl er so überzeugend geklungen hatte.

»Mich kennen lernen?«
»Ja, klar. Sie hat gesagt, sie möchte Klara gern kennen lernen. Aber sie weiß nicht, dass du meine Schwester bist. Sie weiß noch gar nichts von dir.«
»Und warum will sie mich dann kennen lernen?«
»Sie möchte sich wohl ihre zukünftige Schwiegertochter mal ansehen, kann ich mir vorstellen«, grinste Gabriel.
In Klaras Kopf arbeitete es schnell. Ein bisschen zu schnell. Sie konnte nicht richtig denken. Wusste Nikolais Frau nichts von ihr? Hatten weder Nikolai noch Gabriel oder Didrik etwas erzählt? Schwiegertochter? Also hatte Gabriel von ihr gesprochen, als wäre sie eine Freundin. Sogar mehr als nur eine Freundin.
In diesem Moment beschloss sie, dass Gabriels Mutter, Nikolais Frau, sie nie, nie, nie kennen lernen sollte. Höchstens als Nikolais Tochter, wenn er dabei war, aber auf keinen Fall als Gabriels Freundin Klara. Niemals.
»Ich kann nicht«, sagte sie schließlich.
»Ich meinte ja auch nicht heute, du musst nur sagen, wann es dir passt«, sagte Gabriel.
»Mir passt es nie«, fauchte Klara und lief über die Straße, mitten zwischen den Autos hindurch.

Gabriel war auf der Treppe stehen geblieben und winkte. Es gehörte anscheinend eine ganze Menge dazu, bis dieser schwerfällige Junge irgendwas kapierte. Klara stapfte blindlings drauflos und sah hinunter auf den Boden, während ihre Augen anfingen zu brennen. Sie sah Lydia nicht, aber Lydia sah sie.
»Klara«, rief sie. »Klara!«
Klara drehte sich um und entdeckte sie. Lydia mit den langen, dunkelbraunen Haaren und dem Zigarettenmund-

stück. Mit den nostalgischen Kleidern und dem schönsten aller Namen. Klara versuchte zu lächeln.
»Hallo«, sagte sie.
»Hallo«, lächelte Lydia. »Wie geht's?«
»Ich bin nicht besonders gut gelaunt«, sagte Klara.
»Was ist passiert?«
»Das ist eine irre lange Geschichte.«
»Lass hören!«
Und weil es ein schöner Tag war und Klara jemanden zum Reden brauchte, weil die Sonne schien und es keine Anzeichen für Regen gab, setzte sie sich mit Lydia auf eine Bank und erzählte. Sie erzählte von Nikolai und Gabriel, von Ostern und ihrer Italien-Reise. Lydia nickte und stellte Fragen.
»Er ist doch dein Bruder«, sagte sie.
»Ja«, sagte Klara. »Leider ist er das wohl. Ich wünschte, ich hätte ihn nie kennen gelernt.«
»Hast du im Moment Kontakt zu deinem Vater?«
»Nein, er ist in Rom. Das ist ein bisschen schade. Er könnte Gabriel wahrscheinlich im Zaum halten. Sie haben ihrer Mutter noch nicht einmal von mir erzählt. Das heißt, Gabriel hat mich erwähnt, als eine Freundin. Als zukünftige Schwiegertochter. Und daraufhin wollte sie mich kennen lernen. Das ist total gemein.«
»Früher oder später wird sie es doch sowieso erfahren, glaubst du nicht?«
»Das wird sicher schlimm für sie. Und am Schlimmsten für Nikolai. Er hat ein Kind mit einer anderen, hat aber keinen Kontakt zu dem Kind. Doch dann lernt er das Kind kennen und stellt es auch gleich seinen Söhnen vor und obendrein lädt er es zum Rest der Familie nach Italien ein. Also, langsam könnte seine Frau, Gabriels und Didriks Mutter, es auch mal erfahren. So eine Scheiße!«, sagte Klara.

Sie würde immer wütender. Warum konnte sich ihre Familie nicht anständig benehmen? Sie hatte nicht darum gebeten, in diese Familie hineingeboren zu werden. Sie hatte überhaupt nicht darum gebeten, auf die Welt zu kommen! Warum hatte ihre Mutter sich nicht den biedersten Typen der Stadt suchen, ihn heiraten, in ein Reihenhaus ziehen und vier glückliche Kinder kriegen können? Bis dass der Tod sie schied!

Sie hasste ihre verwirrende Familie. Sie hasste Gabriel, der übersah, dass sie blutsverwandt waren. Sie hasste es, dass er die Grenze zwischen Geschwisterverhältnis und Flirt übertrat. Sie hasste Nikolai, der sich feige vor seiner Verantwortung drückte. Sie hasste ihre Mutter, die so verdammt unstabil war und sich nicht binden wollte, sondern ihr Kind lieber allein aufzog. Und noch während Klara dies zu Lydia sagte, wurde ihr bewusst, dass das, was sie über ihre Mutter dachte, haargenau auf sie selbst zutraf.

Ich gebe es nur ungern zu, aber ich glaube, ich bin meiner Mutter ziemlich ähnlich«, sagte Klara zu Sofie.

»Ich glaube, man ist seiner Mutter immer sehr ähnlich«, sagte Sofie. »Aber man möchte es nicht wahrhaben, weil man sieht, wie die Mutter geworden ist, und man selbst nicht so werden will. Ganz egal, wie die Mutter ist. Denn die Mutter ist ein Feind, jemand, von dem man sich abgrenzen möchte und von dem man nicht abhängig sein will.«

»Bist du deiner Mutter ähnlich?«, fragte Klara.

Sofies Mutter war klein und mollig. Sie hatte kurze blonde Haare und war wunderbar und lieb. Klara fand nicht, dass sie und Sofie sich ähnelten, weder vom Aussehen noch von der Persönlichkeit her.

Bevor Sofie antworten konnte, klingelte das Telefon. Sie

blieb für eine Weile fort und Klara saß in ihrem Zimmer und schaute sich wieder einmal das Vampirposter an. Es war eines der schönsten und ausdrucksvollsten Bilder, die Klara je gesehen hatte. Sofie kam lächelnd zurück.

»Wir gehen auf eine Party«, sagte sie.

»Wer war es denn?«, wollte Klara wissen.

»Frida«, antwortete Sofie. »Wir sind auf eine Party eingeladen.«

»Und bei wem?«

»Du kommst doch mit, oder?«

Sofie sah Klara mit geheimnisvollen Augen an.

»Klar komme ich mit! Bei wem es ist, habe ich gefragt!«

»Versprichst du, dass du mitkommst?«, fragte Sofie.

Da begriff Klara.

Sie trafen Jonathan in der Tür. Er war auf dem Weg nach draußen. Klara war schon viele Male in diesem Haus gewesen und früher hatte sie sich dort wohl gefühlt. Jetzt ging sie mit einer großen Portion Widerwillen hinein. Sie versuchte die Erinnerungen zu unterdrücken. Jonathans Schlafzimmer gleich neben der Eingangstür. Die Tür stand einen Spalt offen und in einer Art Flashback sah sie sich selbst dort drinnen. Ihr drehte sich fast der Magen um.

Nach ein, zwei Gläsern Wein hatte Klara viel von ihrer Urteilskraft verloren. Sie empfand es als angenehm, dass Jonathan von hinten ihre Taille umfasste und ihr in den Nacken blies. Es machte ihr nichts aus, dass er sie behutsam streichelte, es war einfach nur schön. Sie dachte nicht weiter darüber nach, auch nicht nach ein, zwei weiteren Gläsern Wein. Sie dachte nicht daran, dass das Schlafzimmer ein gefährlicher Bereich war, und während das Ganze vor sich ging, dachte sie noch viel weniger. Sie dachte überhaupt nichts, dafür arbeiteten ihre Sinneszellen auf Hochtouren. Sie bekam keine Luft mehr. Sie atmete tief und schwer im Takt mit Jonathans rhythmischen Bewegungen. Das war Ekstase! Sie bekam keine Luft! In ihrem Kopf flatterten tausend Schmetterlinge umher.

Danach rauchten sie im Bett eine Zigarette. Klara atmete schwer wie nach einem langen, anstrengenden Lauf. Erschöpft. Der Raum tanzte um sie herum, die Möbel und die Bilder an Jonathans Wand. Es war fast wie im Tivoli. Klara wurde erst klar, was eigentlich passiert war, als sie auf Sofies Schoß saß und sich ausruhte. Da flossen die Tränen und auch das Schluchzen ließ sich kaum zurückhalten.

»Wie kann etwas so ekstatisch sein, wo es doch eigentlich so tragisch ist? Was habe ich bloß getan, Sofie? Jetzt habe ich wirklich einen Fehler gemacht, oder?«

Sofie sagte nichts, strich ihr nur übers Haar. Klara war müde, niedergeschlagen und betrunken. Sie biss sich selbst in die Hand und die Tränen strömten ihr in Bächen die Wangen hinunter.

»Es ist gut, dass du hier bist, Sofie. Ohne dich wäre ich gestorben«, sagte Klara mit tränenerstickter Stimme.

Sofie strich ihr weiter übers Haar.

»Warum mache ich alles falsch, Sofie? Ich meine, war es blöd von mir? Vorhin kam es mir nicht blöd vor, erst hinterher.«

Sofie schwieg. Sie war Klaras Schutzengel, ja, das war sie. Ohne Sofie wäre sie gar nicht mehr am Leben. Klara wollte nie mehr aufstehen. Sofie sollte für immer auf sie aufpassen. Bis in alle Ewigkeit!

* * *

Die Mutter öffnete so plötzlich die Tür, dass Klara erschrocken herumfuhr. Sie wurde aus ihren Gedanken gerissen und kehrte wieder in die sichtbare Welt zurück.

»Was ist?«, murmelte sie.

»Telefon für dich.«

»Oh«, sagte Klara und stand auf.

Es war Jonathan.

»Hallo«, meldete er sich unsicher.

»Hei.«

»Alles okay?«, fragte er.

Klara nickte. Sie brachte keinen Ton heraus.

»Können wir uns treffen, Klara?«

Klara konnte kaum nicken, geschweige denn sprechen. Schließlich brachte sie ein Ja heraus und sie verabredeten eine Zeit.

Sie kam absichtlich zu spät. Sie schlenderte die Straße entlang und schaute Jonathan nicht an. Sie wusste auch so, wie er dort auf dem Zaun saß und abwechselnd in die Luft und ihr entgegenstarrte. Sie lächelte ihm zu, umarmte ihn. Es war ein schönes Gefühl, jemanden zum Umarmen zu haben, dachte sie. Sie redeten nicht viel und Klara merkte, dass sie begann Jonathan zu mögen. Sie fing an sich mit ihm wohl zu fühlen. Vielleicht lag es daran, dass sie jemanden brauchte, den sie mögen konnte und der ihr half all die Verwirrungen der letzten Zeit zu vergessen. Und schließlich war Jonathan dafür nicht der Schlechteste.

Als Klara nach Hause ging, spürte sie den Geschmack feuchter Küsse auf den Lippen, die Wärme von Jonathans Händen auf der Haut und sie fühlte, wie die alten Wunden langsam verheilten.

* * *

Klara aß Erdbeeren. Sie waren teuer gewesen und sie aß sie mit einem geheimen Lächeln. Sie steckte sich die süßen Beeren in den Mund, entfernte die grünen Blätter mit zwei Fingern und lächelte dabei. Jonathan betrachtete sie mit seinen lieben, warmen Augen. Er zündete sich eine Zigarette an, hielt sie geziert zwischen den Fingern und nahm kurze Züge, auf eine feminine Art. Das Ganze war ein Spiel. Ein so unterhaltsames und spannendes Spiel, das Klara so lange spielen wollte, bis es keinen Spaß mehr machte.

Jonathan hatte Klaras Notizen vor sich liegen. Sie saßen seit ein paar Stunden bei ihm in der Küche, die Klara so gut gefiel. Es gab ein Fenster, unter dem eine Bank stand, einen Herd, einen Tisch und mehrere Stühle. Es war eine Küche, in der es sich gut Kaffee trinken ließ, eine Küche, wie Klara sie mochte. Klara fand, dass sie das Beste am ganzen Haus war. Die Küche war ihr Palast.

Sie hatte von Gabriel erzählt, von Nikolai und von ihrem Job, wobei sie Tim allerdings aus dem Spiel ließ. Sie hatte ihn mit keinem Wort erwähnt. Jonathan und Klara hatten Eis gegessen, Kaffee getrunken und seitenweise Notizen gelesen. Obwohl es da nicht viel zu lesen gab und sie immer wieder abschweiften. Sie beugten sich über den Tisch und die Küsse schmeckten nach Erdbeere. Immer, wenn Jonathan sie berührte, wurde Klara ganz schwindlig. Alles in ihr wollte seine Haut, seine Berührungen aufsaugen, sodass sie hinterher beinahe erschöpft war.

Ein paar Mal hatte Sofie angerufen. Sie langweilte sich, was man von Klara nicht behaupten konnte. Ohne Worte, nur mit Erdbeeren, Zigaretten und Blicken, spielte sie ein schwebendes Spiel. Und Jonathan spielte mit. Jetzt machte sie sich keine Gedanken mehr, doch einige Abende zuvor

hatte sie sich gefragt, ob sie egoistisch war und es nur für sich tat. Für die zarten und schönen Berührungen oder das Schwindel erregende Gefühl, wenn sie keine Luft mehr bekam. Sie zweifelte ein wenig und besann sich auf ihre Moral. War es ganz fair? War es nur ein Spiel? Tat sie es nur, weil Frühling war und alles in ihr brodelte und schäumte? Oder weil sie eine Entschädigung für all das Chaos wollte, das in ihr geherrscht hatte?
Aber jetzt zündete sie sich noch eine Zigarette an, mit einer langsamen, sinnlichen Bewegung und einem Gesichtsausdruck, der nicht dazu passte. Mit einem Lächeln, den Blick auf Jonathans Augen gerichtet. Und er lächelte über sie und wusste, dass das Ganze ein Spiel war!

* * *

Am Tag der Abschlussprüfung schien die Sonne. Und obwohl sie Prüfung hatte, war auch Klara innerlich voll Sonnenschein. Bevor sie zur Schule ging, trank sie eine Tasse Kaffee. Sonst hatte sie vor der Schule nie Zeit zum Kaffeetrinken, doch an diesem Tag lag eine sonderbare Ruhe über ihr. Sie war früh aufgestanden und fühlte sich erstaunlich ausgeruht. Diese Ruhe sollte ihr den ganzen Tag über folgen.
Die Prüfung selbst verlief sehr ernst und friedlich. Klara war ganz ruhig und konzentrierte sich auf ihre Aufgaben, was sie sonst nicht so leicht schaffte. Um Viertel nach zwei stand sie auf dem Schulhof, war gerade fertig geworden und fühlte sich frei. Frei und erschöpft. Sie setzte sich in die Sonne unter den wunderbar blauen Himmel in das frische Gras. Der Tag war wie geschaffen dafür, im Gras zu liegen und in den Himmel zu schauen. Es war ein Tag für Freiheit. Es war der Tag, an dem das Examen vorüber war. Der Tag, auf den Klara gewartet hatte.

Es war keine Schule mehr. Bis zur mündlichen Prüfung hatten sie frei, um den Stoff zu wiederholen, was Klara allerdings nicht recht gelingen wollte. Eigentlich hätte sie in den nächsten Tagen lernen müssen wie verrückt. Sie war so erschöpft, hatte die Schule so satt. Aber dennoch war sie frei, wunderbar frei. Sie schwänzte viele der Vorbereitungsstunden, und wenn sie einmal anwesend war, saß sie da und schaute aus dem Fenster oder sie schrieb sich Briefchen mit Ulrik. Das, was sie früher so an ihm gemocht hatte, sein Sinn für Ironie und Sarkasmus, erschien ihr jetzt nur noch als oberflächliches Geschwätz. Aber trotzdem war es sehr amüsant, mit ihm Zettel zu schreiben.
In den nächsten Tagen lächelte Klara fast ständig vor sich hin. Und auch wenn sie sich mit jemandem unterhielt, war das Lachen nie weit weg. Sie jobbte immer noch an zwei Tagen in der Woche, saß im Hinterzimmer und lächelte und sang vor sich hin. Sie machte sauber, wenn es nötig war, und das war es immer. Außerdem räumte sie Leos Sachen auf, denn er war ziemlich schlampig.
»Ich weiß nicht, was ich ohne dich machen würde, Klara«, sagte er resigniert, wenn er wieder einmal nicht fand, wonach er suchte und Klara bereits hinter ihm stand und es lächelnd in den Händen hielt.
Auch Mai lächelte. Sie hatte zum Herbst einen Job in einem trendy Friseursalon in London bekommen. Sie schwebte auf ihren Plateauabsätzen umher und überragte dabei alle um mehrere Köpfe. Klara würde sie vermissen.
»Dann wirst du wohl meinen Platz einnehmen, Klara«, sagte sie.
»Ja, das werde ich wohl.«
»Haare waschen kannst du jedenfalls.«
Tims Haare, dachte Klara und schon steuerten ihre Gedan-

ken wieder auf Bahnen zu, von denen Klara wusste, dass sie nicht gut für sie waren.

Bendik war auch da, wanderte herum wie ein Schatten und sagte nicht viel. Klara hatte immer noch ein bisschen Angst vor ihm. So ging es ihr mit allen Leuten, die wenig redeten. Denn wenn sie nicht viel sagten, dachten sie dafür sicher umso mehr. Und sie fürchtete sich vor all diesen Gedanken, die nie ausgesprochen wurden. Jonathan war auch so. Er dachte mehr, als er sagte. Bei ihm war es nicht so ausgeprägt wie bei Bendik, aber trotzdem erschrak Klara, als sie eines Tages mit ihm auf dem Balkon saß.
»Ich muss die ganze Zeit an etwas denken«, sagte Jonathan. »Ich weiß, dass du bald mit mir Schluss machen wirst. Und dass ich dann untröstlich sein werde.«
Klara drehte sich zu ihm um und riss die Augen auf.
»Was meinst du damit? Natürlich wird irgendwann mal Schluss sein. Ich kann dir schließlich nicht versprechen, dass wir mal heiraten.«
»Das ist es nicht. Aber ich weiß, dass es einmal zu Ende sein wird, und das finde ich total schrecklich.«
»Deshalb kannst du dir doch nicht jetzt schon Sorgen machen«, sagte Klara.
Keine Panik. Sie war nicht erschrocken, nur überrascht.
»Ich kann nicht aufhören, daran zu denken«, sagte er.
»Hör zu«, sagte Klara. »Du darfst jetzt nicht daran denken, klar? Jetzt sollst du Spaß haben und dir keine Sorgen darüber machen, was später sein könnte.«
Klara fühlte sich ein wenig überlegen. Endlich einmal war sie es, die mit Ratschlägen und klugen Worten kommen konnte. Endlich einmal war sie es, die eine Antwort wusste, die alles durchdacht hatte und den anderen beruhigen

konnte. Das fühlte sich gut an. Und sehr logisch. Wenn der Sinn des Lebens darin bestand, Spaß zu haben, dann sollte man Spaß haben, wann immer es möglich war, und sich keine Sorgen über die Zukunft machen. Denn die würde auf jeden Fall kommen und vieles nehmen, aber auch genauso viel geben. Und man wusste so wenig darüber, was die Zukunft bringen würde. Wenn es einen Gedanken gab, der Klara gefiel, dann war es dieser.
Und es gefiel ihr, dass sie in den Ferien bei Frida wohnen durfte. Fridas Mutter hatte sogar bei Klaras Mutter angerufen und gefragt, ob das in Ordnung wäre. Die Mutter hatte Klara seltsam angesehen. Und Klara hatte gelächelt und gewusst, dass die Ferien jetzt wie eine Reise ins Paradies werden würden.

* * *

Sofie fand massenhaft Kleingeld in ihrer Tasche. Ganz plötzlich, mitten auf der Straße. Eifrig liefen sie in den nächsten Laden. Sahnekaramellen, Liebesperlen, giftgrüne Lutscher. Hubba Bubba, noch mehr Karamellen und eine Zeitung. Anschließend setzten sie sich auf eine Bank und blätterten in der Zeitung. Sie gerieten fast in Ekstase! Mit Liebesperlen im Mund trippelten sie die Straße entlang und fühlten sich wie zwei kleine Mädchen, die sich über all die kleinen Details freuten, die alles so wertvoll und spannend machten. In einen Laden zu gehen und Süßigkeiten und eine Zeitung zu kaufen war für sie das pure Glück!
Sie lachten über die Kontaktanzeigen und die Reportagen und übersprangen alle tragischen Ereignisse draußen in der Welt. Nicht dass sie davon nichts wissen wollten. Sie wollten nur nicht, dass diese Dinge ihre gute Laune überschatteten. Denn das würden sie. Es war ein unangenehmes Ge-

fühl, so vieles im Leben gratis zu bekommen, ohne es zu verdienen. Klara und Sofie wussten, wie schrecklich ungerecht das Leben war, und sie wollten diese Gefühle auch nicht unterdrücken oder verdrängen. Aber in diesem Moment wollten sie nicht an Ungerechtigkeit denken. Dadurch würden all die Schwierigkeiten, Probleme und Katastrophen, die es auf der Welt gab, auch nicht weniger werden.

»Es wird nichts mit Mikael«, sagte Sofie plötzlich, ganz unerwartet und ziemlich schroff.

»Warum nicht?«, fragte Klara.

»Er ist viel mehr in mich verliebt als ich in ihn«, antwortete Sofie. »Das funktioniert nicht. Außerdem habe ich Angst, dass es so wird wie mit Simen. Und ich befürchte, dass ich zu viel von ihm erwarte. Verstehst du?«

Klara sah hinauf in die Wolken. Wie klein sie sich unter dem gewaltigen Himmel fühlte. Und noch kleiner, wenn Sterne an ihm aufleuchteten. Das würden sie zwar vorläufig noch nicht, aber Klara würde gern dort sitzen, bis sie es taten.

»Es gibt so viele interessante Menschen auf der Welt«, sagte sie. »So unheimlich viele. Darüber bin ich froh. Und du solltest auch froh darüber sein!«

Sie schaute Sofie mit großen Augen an, während sie die letzten Worte aussprach.

»Das bin ich auch«, sagte Sofie.

»Gut«, sagte Klara. »Das ist sehr gut. Da draußen gibt es tausende von Möglichkeiten. Tausende. Am besten, man weiß nichts von ihnen, dann kommen sie ganz überraschend, und das ist gut! Es gefällt mir, nichts von der Zukunft zu wissen. Ich träume gern von ihr und weiß, dass es viele Möglichkeiten gibt. Aber ich möchte nicht wissen,

welche es sind und was sie beinhalten. Außerdem tauchen sie auf, wenn man sie am wenigsten erwartet.«
»Ich wünsche mir oft wieder ein kleines Kind zu sein«, sagte Sofie. »Unschuldig und süß, ohne all das zu wissen, was ich jetzt weiß.«
Sofie riss das Papier von einem grünen Lutscher ab und steckte ihn sich in den Mund.
»Nein, das wäre ja schrecklich. Da müsstest du ja dein ganzes Leben noch mal leben. Könntest du das?«
Sofie sagte nichts. Sie überlegte und schüttelte dann den Kopf. Klara nahm sich einen rosa Lutscher.
»Lass uns lieber ab und zu ein bisschen kindisch sein und uns wie kleine Kinder fühlen«, schlug sie vor. »Das finde ich viel besser.«
Klara hatte blendende Laune. Sofie war nicht ganz so fröhlich. Sie saß da, starrte vor sich hin und war sehr nachdenklich. Klara verstand sie und ließ sie in Ruhe.
»Ich hätte es ja versuchen können«, sagte Sofie. »Aber dann hätte ich noch mehr kaputtgemacht. Ich konnte einfach nicht so in ihn verliebt sein wie er in mich. Ich habe es noch nicht mal geschafft, so zu tun.«
Und da erkannte Klara die Sofie wieder, die sich zurückzog, sobald es zu ernst wurde. Die alte Sofie, wie sie immer gewesen war.

Sie blieben schweigend sitzen, bis sie schließlich aufstanden und den Gehweg hinunterschlenderten. Klara machte kurze, fast hüpfende Schritte, während Sofie ihre Füße kaum vom Boden hob. So verschieden sie auch gehen und aussehen mochten und sosehr sie sich auch von ihrer Art her unterschieden, gehörten sie doch zusammen und wussten, dass sie immer aufeinander zählen konnten.

Auch als sie in der großen, von Stimmengewirr erfüllten Aula gespannt und nervös darauf warteten, in welchem Fach ihre mündliche Prüfung sein würde, hielten Klara und Sofie sich fest an den Händen und schickten stumme Gebete zum Himmel. Dicht, dicht, dicht nebeneinander, ein Bild der Nähe und Vertrautheit. Sie gaben einander Halt, und das war alles, was sie jetzt brauchten. Sie waren nicht die Einzigen im Saal, die sich auf Grund der angespannten Stimmung an den Händen hielten. Und als der Rektor den letzten Namen genannt hatte, gab es Jubel und Tränen. Die meisten weinten. Klara auch. Die Tränen liefen ihr über die Wangen, kalte Hände der Verzweiflung drohten sie zu erwürgen. Fünf Tage mit dem Kopf in den Büchern, mit Zahlen, Logik und Problemlösungen. Mathe. Da konnte sie gleich einpacken!
Vollkommen entmutigt und ohne sich konzentrieren zu können, lernte Klara mehrere Tage lang. Am Examenstag war sie trotz allem guter Dinge. Sie konnte nicht viel und hoffte nur, dass etwas Bekanntes drankäme. Dann würde sie schon irgendwie durchkommen.

Sie schaffte es. Es war nicht so schlimm, wie sie es sich vorgestellt hatte, nachdem sie in den letzten Tagen Visionen von einem schrecklichen Prüfer und schwierigen Fragen gehabt hatte. Es klappte. Und wenige Tage später begannen die Sommerferien.
Nach dem letzten Schultag ging Klara direkt zur Arbeit. Sie spazierte glücklich in Mais und Leos Mittagspause hinein. Eine Zeit lang blieb sie einfach dort sitzen, dann ging sie nach Hause zum Essen. Nach Ladenschluss konnte sie zurückkommen, um die restliche Arbeit zu erledigen. Den Teil, der am wenigsten Spaß machte, nämlich das Putzen. Aber auch daran hatte sie sich gewöhnt, nachdem sie ein

paar Monate lang denselben Fußboden, dieselben Scheren, Regale, Waschbecken und Stühle gereinigt hatte. Sie schaltete einfach das Radio ein oder hörte eine CD. Dann machte sie sauber, sang ein bisschen vor sich hin und schloss hinterher mit ihrem eigenen Schlüssel ab.

An den Abenden, die mild und sommerlich waren, ging sie gern zu Fuß nach Hause. Doch wenn es regnete und sie niedergeschlagen oder traurig war, machte es ihr nicht so viel Spaß. Dann sehnte sie sich nur nach ihrem freundlichen, weichen Bett, dem großen Kissen und dem warmen Zimmer, das nach Räucherstäbchen roch. An solchen Abenden ging sie ins Bett, lange bevor sie müde war. Manchmal saß sie da und zündete alte Räucherstäbchen an, die sie zur Erinnerung aufbewahrt hatte. Osterferien, Jonathan, Weihnachtsferien, März, April, Tim!

Es war lange her, seit Klara ihn das letzte Mal gesehen hatte. Den größten Teil ihrer Zeit verbrachte sie mit Jonathan. Doch abends dachte sie oft an Tim. Leo erwähnte ihn fast nie, bis zu dem Tag, an dem Klara mit der Mittelstufe fertig war, der Tag, den sie seit Monaten herbeigesehnt hatte. Seit vielen Monaten! Es war ein Freudentag für Klara und sie konnte nicht wissen, wie er enden sollte, als sie an diesem Nachmittag sorglos und glücklich zur Arbeit ging.

Mai und Leo hatten gleichzeitig Mittagspause. Fröhlich betrat Klara das Hinterzimmer und zündete sich eine Zigarette an. So war das hier. Man rauchte eine Zigarette, und wenn man sie aufgeraucht hatte, zündete man sich eine neue an. Auch Leo und Mai hatten gute Laune.

»Wie geht's dir, Klara?«, fragte Leo.

»Einfach super«, sagte Klara. »Ich bin mit der zehnten Klasse fertig.«

»Na dann, willkommen im Leben«, grinste Leo. »Jetzt fängt es an.«
»Ich hoffe, es dauert lange«, sagte Klara.
»Das wird es schon, wenn du dich jung und fit hältst!«, versicherte Leo.
»Ich habe jetzt übrigens eine Wohnung gefunden«, erzählte Mai. »Sie ist nur drei U-Bahn-Stationen von meiner neuen Arbeitsstelle entfernt.«
»Wir kommen dich auf jeden Fall besuchen«, sagte Leo. »Nicht wahr, Klara?«
Klara nickte und betrachtete Mai und Leo. Besonders Mai mit den strahlenden Augen, ihrem kindlichen Eifer und ihrer Freude. Ohne sie würde es langweiliger sein. Und ein bisschen leer. Klara sah, dass Leo dasselbe dachte.
»Tim hat jetzt eine Freundin«, sagte er plötzlich, als wollte er das Thema wechseln und den Gedanken an Mai beiseite schieben.
Seine Worte trafen Klara wie ein Schlag in den Bauch. Und sie taten furchtbar weh. In ihrem Kopf drehte sich alles und für ein paar Sekunden konnte sie nichts denken. Doch dann riss sie sich zusammen und versuchte zu lächeln. Nur dass es ihr nicht recht gelingen wollte. Sie biss sich auf die Unterlippe.
»Beruhige dich«, sagte sie lautlos zu sich selbst. »Tim sieht gut aus. Natürlich hat er eine Freundin. Tim ist schön und er hat dir nichts versprochen, Klara. Genauso wenig wie du ihm. Und du bist mit Jonathan zusammen, verdammt!«
Sie wurde wütend auf sich selbst, stand auf und ging hinaus, um mit der Arbeit zu beginnen. Sie musste Tim endlich vergessen! Doch wenn sie sich das sagte, musste sie noch mehr an ihn denken, so sehr, dass sie ihn ganz deutlich vor sich sah. Ihr schwirrte der Kopf. Gerade jetzt, wo

sie ihn vergessen musste, konnte sie an nichts anderes mehr denken. Sie versuchte ihre Gedanken auf Jonathan zu lenken, auf die Sommerferien, den Sommer, auf Jonathan, auf den Sommer.
Klara, Klara, denk an etwas anderes!, beschwor sie sich selbst. Nicht an Tim denken! An ihre erste Begegnung. Als sie ihm die Haare gewaschen hatte. Wie sie ihn geküsst hatte. Tim mit dem Piercing in der Zunge, Tim mit den kurzen Haaren. Schöner Tim. Wie er sie entführt hatte, wie sie auf seinem Sofa gelegen hatte, schwebend, und neben ihm geschlafen hatte. Die vielen Male, die sie aus dem Fenster gesehen und an ihn gedacht hatte, all die unruhigen Gedanken. Tim! Von dem sie geträumt hatte. Der so schön war, wie man es sich nur denken konnte. Die vielen Stunden und Gedanken, das Kribbeln im Bauch.
Plötzlich war ihr, als würden in ihrem Inneren mehrere Lichter erlöschen, und alles wurde schrecklich grau.

* * *

Wirst du zu Nikolai fahren, Klara?«
Die Mutter sah sie über ihre schmalen Brillengläser hinweg an. Klara begriff zuerst gar nicht, was sie gesagt hatte. Sie hatte zwar die Worte verstanden, aber nicht ihre Bedeutung. Vielleicht lag es daran, dass sie mit anderen Gedanken beschäftigt war, vielleicht war es aber auch ihr Kater, der sie innerlich so austrocknete. Sie hob den Blick und schaute ihre Mutter an.
»Ich weiß noch nicht«, sagte sie.
»Warum nicht?«
Klara überlegte. Sie könnte von Gabriel erzählen oder es bleiben lassen. Sie entschied sich ziemlich schnell.
»Ich mag Gabriel nicht.«

Und plötzlich brach es aus ihr hervor. Ohne Hemmungen erzählte sie alles. Jetzt, wo sie einmal angefangen hatte zu reden, konnte sie gar nicht mehr aufhören. Es war so wunderbar, all ihre Gedanken mit der Mutter zu teilen. Mit ihrer Mutter, der gegenüber sie eigentlich gleichgültig hatte sein wollen. Doch mittlerweile wusste sie so viel über die Mutter, und überhaupt hatte sich alles verändert seit der Zeit damals, als Klara sich vorgenommen hatte sie zu ignorieren. Sie erzählte von Jonathan, von Tim, von all ihren Gedanken, dem Chaos in ihr und wie sie versucht hatte darin Ordnung zu schaffen. Und wie plötzlich alle Lichter in ihr erloschen waren.

Die Mutter saß ganz still da und hörte zu. Klara holte Luft, redete weiter und spürte, wie sich die Knoten in ihr langsam lösten und wie gut es tat, dass die Mutter etwas über ihre Tochter erfuhr. So wurden sie wieder Menschen füreinander. Sie waren nicht mehr länger zwei Schatten, die zusammen unter einem Dach lebten.

»Und deshalb weiß ich nicht, ob ich fahren soll«, sagte Klara am Schluss.

»Ich habe mit Nikolai gesprochen«, sagte die Mutter.

Klara erwartete nicht, etwas über ihre Mutter und Nikolai zu hören, über ihre Jugendzeit und zarte, zerbrechliche Gefühle. Sie bekam auch nichts davon zu hören, und das machte ihr nichts aus. Denn sie wusste auch so genug, ohne dass Worte darüber verloren werden mussten.

»Er möchte sehr gerne, dass du kommst. Er sagt, er vermisst dich. Deshalb finde ich, dass du ruhig fahren solltest.«

»Vielleicht mache ich es«, sagte Klara und atmete tief durch.

»Ich habe in letzter Zeit über vieles nachgedacht«, fuhr die

Mutter fort. »Du musst nicht denken, dass ich nicht gemerkt hätte, wie deine Stimmungen sich ständig veränderten. An manchen Tagen warst du ganz die alte Klara, gut gelaunt und positiv und optimistisch, an anderen kamst du mir vor wie eine Schlafwandlerin.«
Sie konnte kaum glauben, was sie da von ihrer Mutter hörte. Vielleicht verstand sie Klara sogar irgendwie und sie waren sich gar nicht so fremd, wie Klara immer geglaubt hatte. Während der Mutter ihre Stimmungsumschwünge aufgefallen waren, hatte Klara neue Dinge über die Vergangenheit der Mutter entdeckt. So hatten sie sich beide entwickelt und begonnen in eine gemeinsame Richtung zu gehen.
»Deshalb habe ich gedacht, es würde dir vielleicht gut tun, für eine Weile hier wegzukommen.«
»Wie, weg?«
»Nach Italien«, sagte die Mutter.
»Das will ich ja auch. Glaube ich.«
»Ich meine für längere Zeit. Vielleicht für ein Jahr. Was hältst du davon?«
Klara schwieg. Der Kater machte ihr zu schaffen. Aber der Gedanke gefiel ihr. Natürlich gefiel er ihr.
»Der Gedanke gefällt mir«, sagte sie nur und konnte ein paar zarte Tränen nicht hinter den Augenlidern zurückhalten.

Einfach wegfahren, alles hinter sich lassen. All das Durcheinander, das Chaotische, das sie so verzweifelt zu ordnen versuchte.
Wenn sie nur verreisen könnte. Einfach wegfahren und irgendwann zurückkommen, um eine neue Grundlage zu schaffen, die Dinge neu zu beurteilen, Neues kennen zu lernen.

Neue Menschen und neue Erlebnisse. Weg von Tim, der Stadt, der Schule, den Verpflichtungen und dem ewig gleichen Muster, dem deprimierenden Trott, in dem sie immer tiefer versank, je mehr Minuten dieser endlosen Tage verstrichen. Wegfahren von den Regentropfen und den kleinen Lichtblicken. Sonne und Regen. Rauf und runter. Wegfahren! Ihr Traum, den sie so lange geträumt hatte. Von dem sie so viele Monate gezehrt hatte. Reisen. Endlich!

Klara stand bereits bei Sofie vor der Tür, lange bevor Sofie auch nur ans Aufstehen dachte. Sofies Mutter machte Klara auf und ließ sie herein.

»Sofie schläft noch«, sagte sie. »Du kannst hier auf sie warten. Ich werde sie wecken.«

Klara setzte sich auf einen Stuhl. Sofies Mutter klopfte an Sofies Zimmertür und ging leise hinein. Sie war eine ruhige Person, nett und ein wenig rundlich und wesentlich kleiner als ihre Tochter. Sofie hatte weder die ruhige Art noch die ausgeglichenen Bewegungen ihrer Mutter geerbt. Aber Klara konnte sich gut vorstellen, dass Sofies Mutter in ihrer Jugend genau wie Sofie gewesen war.

Sofie kam aus ihrem Zimmer geschlurft. Sie hatte sich einen grauen Pullover übers T-Shirt gezogen. Müde setzte sie sich auf einen Stuhl und lächelte Klara an. Sie blinzelte mit den Augen und sah noch nicht ganz wach aus.

»Hei«, sagte sie.

»Hallo«, grinste Klara. »Und Guten Morgen.«

»Ja, Guten Morgen.«

»Hast du gut geschlafen?«

Sofie nickte nur. Es wunderte sie offenbar nicht, dass Klara schon so früh zu ihr kam. Sie musste wohl erst darüber nachdenken, ein wenig von dem neuen Tag kosten, bevor sie fragte:

»Du etwa nicht? Ich meine, weil du hier in aller Herrgottsfrühe auftauchst?«

»Es sind Sommerferien, Sofie«, grinste Klara und wusste nicht recht, wie sie Sofie das beibringen sollte, was sie ihr zu sagen hatte.

»Ich fahre weg«, sagte sie. »Ich ziehe um!«

Sofie sah sie an, als hätte Klara ihr ein Glas Wasser ins Gesicht gekippt.

»Du ziehst weg? Aber wohin denn?«

»Nach Rom!«, antwortete Klara.

»Nein, nicht nach Italien! Wie soll denn das gehen? Und was ist mit Gabriel?«

»Ich weiß«, sagte Klara. »Aber ich habe mit Nikolai gesprochen und er besorgt mir einen Schulplatz. Ich fahre weg!«

»Aber warum denn? Warum willst du dort wohnen?«

Sofie sprach schnell und ihre Stimme zitterte vor Unsicherheit. Sie dachte nicht nach, sondern redete einfach drauflos.

»Weil ich alles hier so satt habe, Sofie. Ich habe die Nase voll von allem und ich brauche diese Reise. Weißt du noch, wie wir immer davon gesprochen haben? Wegzufahren, auf und davon?«

»Natürlich weiß ich das noch. Aber was findest du hier eigentlich so schlimm?«

»Es ist dieser Trott. Ich will weg, neue Dinge erleben. Ich brauche eine Abwechslung von meinem Alltag und ein bisschen Freiheit und ich möchte meinen Vater kennen lernen.«

Sofie seufzte. Sie schüttelte leicht den Kopf, bevor sie die Stille durchbrach.

»Dann werden wir uns aber wahnsinnig lange nicht sehen, Klara!«
»Ich weiß«, sagte Klara. »Und das ist das Einzige, was mich ein bisschen zurückhält. Ich will dich nicht verlassen, Sofie. Aber du kannst mich bestimmt besuchen kommen.«
»Das muss ich auch«, sagte Sofie. »Das muss ich auf jeden Fall.«

Sofie zog sich an, ihre Mutter ging und sie hatten das Haus für sich allein. Sie saßen in der Küche, frühstückten und versuchten Rauchringe zu formen. Sofie und Klara. Seit vielen Jahren waren sie jetzt die besten Freundinnen und eine kannte die andere besser als sich selbst.
»Wie läuft's mit Jonathan?«, fragte Sofie.
»Ganz gut«, sagte Klara. »Aber ich habe genug! Ich kann nichts dafür, aber alles, was wir machen, kommt mir vor wie eine Wiederholung von allem, was wir bereits gemacht haben. Was nicht weiter schlimm ist, weil nicht er es ist, bei dem ich Spannung und Abwechslung suche.«
»Wann fährst du?«
»Ich wohne vorher für einige Wochen bei Frida, dann bin ich noch ein paar Wochen zu Hause und am ersten August geht's los.«
»Bis dahin ist es weiß Gott nicht mehr lange«, sagte Sofie.
»Ich weiß!«
»Ich will nicht, dass du wegfährst!«

* * *

Die späten Nachtstunden waren es, die Klara vergötterte. Wenn die Sonne langsam unterging und Jonathan sie nach Hause brachte, sich von ihr verabschiedete und eine Stunde später zurückkam, wenn die Mutter eingeschlafen war.

Ganz still und leise, wie nach einem langen Ritt oder einer anstrengenden Reise lagen sie dann nebeneinander in Klaras schmalem Bett und redeten. Nach den Schwindel erregenden Bewegungen und Berührungen, die ihr den Atem nahmen. Von der heftigsten Heftigkeit zu Sanftheit und Ruhe. Klara und Jonathan in der Dunkelheit und draußen die Sommernacht. Das Wetter war immer noch schön, und bevor Jonathan gehen musste, lehnten sie sich aus dem kleinen Fenster hinaus und rauchten. Nachdem Jonathan sich dann durch die Wohnung geschlichen, die Tür geschlossen und ihr zugewinkt hatte, während sie immer noch im Fenster saß, hörte sie Joni Mitchell, ganz leise, bis sie von den sanften Melodien in den Schlaf getragen wurde.
Diese Stunden vergötterte Klara. Diese Stunden in der Dunkelheit, in denen sie und Jonathan eins waren und nichts zwischen ihnen stand. Wenn sie sich voreinander öffneten und miteinander verschmolzen. Dann war zwischen ihnen eine ganz andere Offenheit als den restlichen Tag über.

Klara hatte genug von Jonathan. So war es wohl schon die ganze Zeit gewesen, aber solange alles nur ein Spiel war und Jonathan mitspielte, war es unterhaltsam.
Doch als Jonathan begann das Spiel ernst zu nehmen und Angst bekam, Klara könnte es zu leicht nehmen, verlor sie die Lust. Denn es gab eine Grenze dafür, wie weit sie gehen konnte, ohne ein schlechtes Gewissen zu bekommen. Aber gleichzeitig wollte sie Jonathan nicht zu viel versprechen. Sie konnte die Beziehung nicht zu ernst nehmen. Das hatte sie beim letzten Mal getan. Und sie hatte ihre Erfahrungen mit Jonathan gemacht. Sie hatte ihn satt! Aber sie sagte ihm nichts davon, denn es spielte wohl kaum eine Rolle. Sie würde umziehen. Sie würde all das hinter sich lassen!

Ein Jahr ist ziemlich lang, Klara.«

»Ich weiß. Das macht mir nichts aus!«

»Aber ich werde dich sehr vermissen.«

Sie wusste, was er am liebsten hören wollte, sie wusste es. Aber sie konnte sich nicht überwinden, es zu sagen, denn es wäre nicht die Wahrheit.

»Das weiß ich«, sagte sie nur.

Mehr sagte sie nicht. So war es immer. Immer wenn Jonathan ihr sagte, wie schön sie war, wie lieb er sie hatte oder, so wie jetzt, wie sehr er sie vermissen würde.

Sie wusste, er hätte am liebsten gehört, dass sie seine Gefühle erwiderte. Doch selbst wenn es in seltenen Fällen so war, brachte sie es nicht über sich, das zu sagen. Sie sagte, sie sei sich dessen bewusst. Das war sie auch und so musste sie wenigstens nicht lügen.

Mit jedem Tag, der verging, mit jeder Minute und jeder Stunde, die sie mit ihm verbrachte, wollte sie weniger von ihm. Und da die Zeit nun einmal verging, wurde sie nach und nach immer zickiger zu ihm, ohne es zu wollen. Sie hatte die Träume von ihm aufgeträumt, hatte sich genug nach ihm gesehnt und ihn vermisst. So sehr genug, dass sie ihn wohl für den Rest ihres Lebens meiden und verabscheuen würde. Nachdem die berauschende Gewissheit, dass er sie gern hatte, erst einmal verflogen war und sie alles als selbstverständlich ansah, war nicht mehr viel übrig geblieben, was sie an ihn band.

Klara nahm an, dass es von Jonathans Seite dagegen ziemlich viel gab, was sie verband. Für ihn war es ein Kampf, auf Klara aufzupassen und sie zu halten. Er hatte diesen Kampf schon einmal gekämpft und ihn verloren. Er hatte verloren, als er geglaubt hatte, dass sie einander so nahe waren wie nur möglich. Aber anscheinend hatte er schnell gelernt, dass sie unberechenbar war, dachte Klara. Und dann hatte er darum gekämpft, sie zurückzugewinnen. Es war ein langer Kampf gewesen und er hatte wohl schon fast aufgegeben, schätzte Klara, als sie ihm doch noch eine letzte Chance gab. Und genau in dem Moment, als er glaubte alles zerstört zu haben, hatte er gewonnen. Ihr wurde klar, dass er nicht verstanden hatte, weshalb. Warum das, was sie auseinander gebracht hatte, sie wieder zusammenführte.

Aber an diesem Abend fühlte er vielleicht, dass er weiter von Klara entfernt war als je zuvor. Obwohl sie direkt neben ihm im Bett lag. Es roch im ganzen Zimmer nach Räucherstäbchen.

»Dieser Geruch erinnert mich an dich«, sagte sie.

Er richtete sich auf, setzte sich auf die Bettkante und legte die Hände in den Schoß.

»Und, sind es gute oder schlechte Erinnerungen?«, fragte er und wollte die Antwort doch nicht hören.

Er bekam auch keine. Klara seufzte tief.

»Wie lange dauert es noch, bis du fährst?«

»Vier Wochen«, sagte sie. »Und drei davon werde ich arbeiten und bei Frida wohnen. In der letzten Woche bin ich bei Mama und verabschiede mich von allen.«

»Es sind kaum mehr anderthalb Wochen, bis ich in Urlaub fahre, und ich werde erst kurz vor deiner Abreise wieder hier sein.«

Er zog kaum merklich die Schultern hoch. Klara konnte seine blasse Haut unter dem dünnen T-Shirt erahnen. Eine plötzliche Traurigkeit überkam sie. Sie war immer noch berührt von ihm, von seinen schönen Zügen, seinen schrägen Klamotten und dem leicht zerzausten Haar.

»Ist es aus, Klara?«

»Es hat wohl kaum einen Sinn, zusammenzubleiben, oder?«

Er schüttelte den Kopf, stand auf und ging zur Tür.
Klara spürte, wie ihr die salzigen Tränen in die Augen traten. Schnell setzte sie sich auf, sprang aus dem Bett und lief zu ihm. Er legte die Arme um sie und sie flüsterte leise.
»Es ist nicht aus, bevor es aus ist«, flüsterte sie. »Und noch ist es nicht so weit.«
Dann ging er. Klara saß nicht auf der Fensterbank, sondern stand hinter der Gardine und sah ihm lange nach. Sie würde ihm nie erzählen, was sie gesehen hatte: dass er sich nicht noch einmal umdrehte, um ihr zuzuwinken.

* * *

Am nächsten Tag stand sie vor ihrem Kleiderschrank. Sie holte alle möglichen Sachen heraus und packte sie in eine Tasche. Ohne darüber nachzudenken, welche Jahreszeit gerade war, packte sie Strumpfhosen, Röcke, Hosen, Hemden, Pullover, Kleider, Leggins und Unterwäsche ein.
Toilettenartikel, Tampons, Shampoo, Creme, Schminke und den Rasierapparat. Schuhe: Plateauschuhe, hochhackige Schuhe, Sandalen. Ihre Jacke. Klara warf sich die Tasche über die Schulter und rannte die Treppen hinunter. Draußen auf der Straße atmete sie die Stadtluft ein und machte sich auf den Weg zu Frida.

Frida rief aus dem Wohnzimmer, als Klara das Haus betrat. Klara warf die schwere Tasche auf den Boden und zog sie hinter sich her ins Wohnzimmer.
»Du hast ja deine gesamte Garderobe mitgebracht«, grinste Frida.
Klara nickte. Sie wollte gar nicht daran denken, was sie alles einpacken musste, bevor sie nach Italien fuhr. Wie sie ihr Zimmer aufräumen und alles daraus entfernen musste. Sie

schob diese Gedanken beiseite, und weil so schönes Wetter war, legten sie sich mit einem ganzen Stapel Modezeitschriften auf den Balkon. Dort blieben sie liegen, bis es kalt und windig wurde und das Telefon klingelte.
»Es ist Sofie«, rief Frida Klara zu.
Klara lief zum Telefon.
»Hallo, Baby«, sagte sie.
»Hallo, Klara. Na, wie ist es so, alleine zu wohnen?«
»Es ist wirklich total cool!«
»Das glaube ich«, sagte Sofie. »Du, können Ulrik und ich mal bei euch vorbeischauen? Simen und Jonathan würden auch mitkommen.«
»Na klar! Alle können hier zu Besuch kommen.«
»Bist du sicher, dass das auch für Frida okay ist?«
»Ja, auf jeden Fall!«
»Gut!«, sagte Sofie. »Wir sind gleich da.«

Als sie kamen, hatte Klara sich umgezogen und tanzte durchs Wohnzimmer. *Girls Just Wanna Have Fun!* Das war ihr Lied. Klaras und Sofies Lied. Sofie wirbelte in einem neuen Kleid mit weitem Rock herum. Obwohl es draußen nicht mehr warm war, setzten sie sich alle auf den Balkon und tranken Bier. Herrlich kaltes Bier nach einem warmen Tag.
Klara machte sich nicht viele Gedanken. Sie ließ sich einfach treiben. Freiheit, Freiheit. Sie war nicht betrunken, nur ein wenig beschwipst. Jonathan wollte, dass sie sich neben ihn setzte. Als ob irgendetwas oder irgendjemand Klara dazu bringen könnte, sich ruhig hinzusetzen.
Nicht jetzt, wo sie sich gerade so frei fühlte. Jetzt war sie wirklich frei! Und bald würde sie alle hier verlassen.
Als sie diesen Gedanken zu Ende gedacht hatte, wurde sie

von einer heftigen Sentimentalität gepackt. Sie würde Sofie verlassen! Frida ging ins Bett. Sofie und Klara lagen da und redeten, bis sie einschliefen, und als sie aufwachten, lasen sie Zeitung.
Jeder Tag war anders. Sie lebten intensiv und nutzten jede Sekunde, die ihnen blieb.
Klara ging jeden zweiten Tag zur Arbeit. Dort ging es hektisch zu. Mai, Leo und Bendik hatten fast nie Zeit, sich zu Klara ins Hinterzimmer zu setzen. Sie arbeiteten ohne Pause und Klara hatte keine Gelegenheit, vor Ladenschluss mit ihnen zu reden.

Du willst uns also auch verlassen«, seufzte Leo.
»Ja«, lächelte Klara.
»Was sollen wir dann bloß machen?«
Mai lächelte auch, aber Leo stützte demonstrativ den Kopf in die Hände und seufzte.
»Ihr seid so unersetzbar«, jammerte er.
»Das wissen wir«, sagte Mai.
»Ich habe eine Freundin, die mich furchtbar gern ersetzen würde«, sagte Klara und dachte dabei an Sofie.
»Wen denn?«
»Sofie«, sagte Klara. »Meine allerbeste Freundin.
»Ist sie auch so fleißig und nett wie du?«
»Noch viel fleißiger und netter«, sagte Klara.
Sie drehte sich in der Tür um und schaute die beiden an. Dann nahm sie ihre Arbeit in Angriff. Fußboden, Scheren, Waschbecken und zum Schluss die Fenster.

Klara lief ein bisschen durch die Straßen, bevor sie nach Hause zu Frida ging. Sie wurde nass, aber der Regen störte sie heute nicht. Sie musste an andere Dinge denken, sich noch um so vieles kümmern. Doch als sie langsamer wurde, um ein wenig von der Sommerluft einzuatmen, und stattdessen nur den kalten Regen spürte, fragte sie sich, ob es wirklich dieser Sommer war, nach dem sie sich so gesehnt hatte.

Schließlich blieb sie ganz stehen, stellte sich vor eine Schaufensterscheibe und betrachtete sich. Sie warf ein paar Mal den Kopf zurück und die Haare fielen so, wie sie sollten. Hinter ihr im Fenster zeichnete sich eine Gestalt ab, die sie allerdings in letzter Zeit nur in ihren Gedanken gesehen hatte.

Als sie ihn sah, musste sie an ein Geräusch denken, von dem sie ungemein fasziniert war. Das Geräusch einer Metallkugel, die gegen Zähne stieß. Sie drehte sich um und vor ihr stand Tim. Mit nassen Haaren und nassen Sachen. Er lächelte. Klara nickte mit dem Kopf und stellte sich vor, dass ihre Augen jetzt weit offen und groß waren, wie immer, wenn sie überrascht und glücklich war, weil Tim direkt vor ihr stand und unglaublich gut aussah.

»Hei«, sagte er.

»Hei«, sagte Klara.

»Wie geht's?«

»Gut.«

»Mir auch!«, sagte er. »Du, ich bin verabredet und schon spät dran. Wir sehen uns.«

Klara nickte und schaute Tim nach, wie er die Straße hinunterging. Mit nassen Haaren und nassen Klamotten. Genau wie sie. Alles war nass. Nur ihre Augen waren es nicht. Der Himmel öffnete sich und ließ das Wasser auf sie niederprasseln. Es schüttete nur so, aber ihre Augen blieben trocken. Sie fragte sich, ob jemand sie retten konnte. Konnte nicht jemand kommen und sie retten? Sie war einfach nur nass und ihr wurde ziemlich kalt.

Klara ging nach Hause und rasierte sich die Beine. Dann hängte sie die nassen Sachen auf und zog sich etwas Trockenes an. Weiche Kleidung. Eine warme Strumpfhose, warme Leggins und ein Kleid, lang, weich und geschmeidig. Sie verspürte dieses Bedürfnis nach Wärme. Sie wusste auch, warum, wusste, was für ein Datum heute war. Sie war nicht traurig oder deprimiert, nur ganz ruhig, weich und ruhig. Sie nahm sich ein Tampon aus dem Kulturbeutel, holte sich ein paar Zeitschriften aus Fridas Zimmer, legte sich aufs Bett und las. Bis Frida von ihrer Arbeit im Hotel zurückkam. Dann machten sie sich etwas zu essen. Klara aß fast nichts. Hinterher trank sie eine Tasse Kaffee und in ihrem Kopf waren weder Bilder noch Geräusche. Noch nicht einmal das Geräusch einer kleinen Metallkugel in der Zunge, die gegen die Zähne klirrte.

* * *

An einem der nächsten Tage wachte sie auf und ihr Körper war von lauter kleinen Blitzen erfüllt. Beim Frühstück konnte sie nicht stillsitzen.

Frida war längst gegangen und würde nicht vor vier Uhr zurück sein. Klara sehnte sich nach Gesellschaft und war daher ziemlich rastlos. Schließlich rief sie Jonathan an.

»Weißt du, was ich heute machen will?«, fragte sie.

»Nein, woher soll ich das wohl wissen«, antwortete er.

»Möchtest du es denn wissen?«, fragte Klara weiter.

»Ja, möchte ich.«

»Ich will tanzen und albern sein!«

»Was du nicht sagst!«

»Und ich möchte, dass du mit mir tanzt!«

Tanzen bedeutete für Jonathan nicht dasselbe wie für Klara. Er stand unschlüssig herum, während Klara auf Tischen, Stühlen und auf dem Sofa tanzte. Sie drehte sich im Kreis und machte Tanzschritte, schwang die Arme und lachte. Sie schnitt Gesichter und riss die Augen auf, während sie mitsang. Sie kannte alle Texte und Jonathan stand da und schaute ihr zu. Bis Klara ihn schließlich viel sagend anlächelte und auffordernd die Augenbrauen hochzog. Da drehte er sie ein bisschen herum, allerdings nicht so sehr, dass ihr schwindlig werden konnte. Und er hatte dabei einen ziemlich unsicheren Gesichtsausdruck. Irgendwann war Klara erschöpft, ließ sich aufs Sofa fallen und atmete tief aus.
Als Frida nach Hause kam, saß Klara auf der Fensterbank. Jonathan nickte ihr zu und ging gleich darauf. Klara und Frida kochten Spagetti und Maiskolben. Sie hatten nicht ein einziges Mal Kartoffeln gegessen.

Es wurde einfach nicht Sommer. Draußen vor Klaras Fenster regnete es Bindfäden. Es deprimierte sie, wenn sie daran dachte, wie schmerzlich sie die Sommernächte herbeigesehnt hatte. Die schönen, bezaubernden Sommernächte, die sie verführen sollten. Sie kamen nicht! Sie würden nie kommen! Klara sah aus dem Fenster und fühlte sich sehr einsam. Sie telefonierte und bekam von allen gesagt, wie sehr sie sie vermissen würden, wenn sie fort war. Sie war froh und gleichzeitig traurig, wenn sie sich vorstellte, dass sie so viele Leute ein ganzes Jahr lang nicht sehen würde, aber vor allem wünschte sie sich so schnell wie möglich fort aus diesem Land und aus dieser Stadt. Sie fühlte sich einsam, weil nicht ein einziger Sonnenstrahl durch ihre Fensterscheibe fiel. Und sie war einsam, weil sie keine Zugehörigkeit zu dieser Stadt spürte. Außerdem hatte sie langsam

genug von Frida. Mit Sofie hätte sie ohne Probleme ein paar Wochen zusammenwohnen können. Klara wusste nicht, woran es lag, aber sie nahm an, dass Frida zu brav war, um gut mit ihr auszukommen.
Klara wollte nur noch weg! So schnell wie möglich nach Italien! Sie wollte verreisen. Bei dem Gedanken an Gabriel wurde ihr ein wenig übel, sie hörte seine widerliche Stimme in ihrem Kopf und spürte ein unangenehmes Ziehen in der Magengegend. Doch wenn sie erst aus dieser Stadt weg wäre, in einer anderen Umgebung, dann würde sie schon lernen Gabriel in den Griff zu bekommen.
Früher hatte sie sich auch davor gefürchtet, mit Nikolais Frau zusammenwohnen zu müssen, besonders bei dem Gedanken, dass sie nichts von Klara wusste. Aber mittlerweile hatte Nikolai alles geregelt. Klara wusste nicht, ob die Enthüllung seiner Frau große Probleme gemacht hatte. Jedenfalls hatte sie nichts dagegen, dass Klara zu ihnen kam. Entweder war sie furchtbar tolerant, dachte Klara, oder einfach schrecklich blöd. Das Einzige, wovor ihr jetzt noch graute, war der Abschied. Von Jonathan! Am allerschlimmsten würde es werden, sich von Sofie zu verabschieden. Klara wusste, dass sie Sofie vermissen würde. Jonathan war im Urlaub und Klara dachte nicht allzu viel an ihn. Und an Tim verschwendete sie keinen Gedanken. Das versuchte sie sich wenigstens einzureden. Es kam vor, dass sie in eine sentimentale Stimmung geriet, in den Regen hinausschaute und Tim unter ihrem Fenster stehen sah, mit nassen Haaren und nassen Klamotten. Dann rief er zu ihr hinauf, dass er spät dran war und sich beeilen musste, um noch rechtzeitig zu einer Verabredung zu kommen. Aber sie würden sich sehen!

Das taten sie nicht. Sie sahen sich nicht mehr vor Klaras Abreise. Und jetzt saß sie auf ihrer Fensterbank, wusste, dass sie in weniger als einer Woche das Land verlassen würde, und dachte, dass die Dinge selten so verliefen, wie sie sollten.
Die Zeit, die hinter ihr lag, unterschied sich sehr von der, die sie vor sich hatte. Die Welt würde nie still stehen! Und genau das hielt Klara aufrecht. Sie musste zugeben, dass es ihr so gefiel. Dass sie sich sagen konnte: Deine Zeit wird kommen, Baby! Deine Zeit wird kommen ...
Sie bewahrte sich alle Erinnerungen und holte sie in sentimentalen Stunden hervor. Gleichzeitig brannte sie auf das, was jetzt kommen würde. Sie wusste, dass es Zeit wurde für all das, wonach sie sich so lange gesehnt hatte. Sie hatte keine Angst vor der Zukunft! Sie freute sich auf sie und auf alles, was sie für sie bereithielt. Klara hatte schon immer gewusst, dass man nicht alles im Voraus bestimmen konnte.
Deshalb hatte sie auch nie etwas versprochen.

* * *

Klaras Mutter, die Großmutter und Klara selbst nahmen vorsichtig die Poster von den Wänden und legten sie in große Pappkartons. Die Poster von Jim Morrison, die von den beiden Michelangelo-Engeln, die Postkarten und den Druck von Munchs Madonna und die Bilder, die Klara gemalt hatte. Die Zigeuner und die neu erschaffenen Menschen. Klaras Koffer stand offen, eine Reisetasche war bereits fertig gepackt und verschlossen.
Alles, was in Klaras Regalen gestanden hatte, alle Bücher und Kleidungsstücke, die sie nicht mitnahm, wurden in Kartons verpackt. Die Kleidungsstücke, die sie mitnehmen

wollte, wurden sorgfältig zusammengefaltet und in den Koffer gelegt.
Mit einem wehmütigen Gefühl sah Klara zu, wie ihr Zimmer langsam aber sicher unpersönlich und leer wurde. Jegliche Spuren von ihr wurden getilgt. Nur ihr Bett und der Schreibtisch blieben stehen. Die Mutter würde Klaras Zimmer als Arbeitszimmer benutzen.
Nur der Geruch war noch da. Der Geruch der Räucherstäbchen! Und Klaras persönlicher Geruch. Ihr war klar, dass er im Laufe eines Jahres verschwinden und ihr Zimmer ein ganz anderes sein würde, wenn sie zurückkam. Dann würde kein Hauch von ihr mehr da sein. Weder in ihrem Zimmer noch irgendwo sonst in der Wohnung.

Klara trank Kaffee mit der Mutter und der Großmutter und aß Kekse.
»Ich weiß noch, wie du in Klaras Alter warst«, sagte die Großmutter.
Die Mutter drehte sich ruckartig zu ihr.
»Ach ja?«, sagte sie in einem gleichgültigen Tonfall, der nicht zu ihrem Gesichtsausdruck passte.
»Das war der erste Sommer, in dem du allein in den Urlaub gefahren bist, nicht wahr? Als du fast sechzehn warst?«
Die Mutter nickte.
»Und du musstest jeden Tag zu Hause anrufen und erzählen, wie es dir ging. Das hat so lange geklappt, bis du kein Geld mehr hattest. Aber ich habe dir noch ein paar Kronen geschickt, weißt du noch?«
Die Mutter nickte erneut.
»Brauchst du noch irgendwas, Klara? Für die Reise?«
»Vielleicht ein paar Sommersachen, in denen ich eine gute Figur mache«, grinste Klara.

Die Mutter lächelte nachsichtig.
»Freust du dich auf die Reise?«, fragte die Großmutter.
Klara nickte und lächelte strahlend.
»Und du glaubst nicht, dass du Heimweh bekommen wirst?«
»Nein«, sagte Klara. »Das glaube ich nicht. Aber es gibt viele, die ich vermissen werde!«
Und das war nicht gelogen.

* * *

Sie aß Weintrauben und sah fern. Ihr Zimmer war leer und sie hielt es dort nicht mehr aus. Sie würde auf dem Sofa schlafen. Vor ihr standen eine Schale mit Trauben und ein Teller, den sie für die Kerne benutzte. Es war spät am Abend und Klara war innerlich einigermaßen ruhig. Die Mutter war nicht zu Hause. Klara hatte es abgelehnt, Besuch zu bekommen. Niemand sollte sie an diesem Abend auf sentimentale Gedanken bringen.
Sofie war abwechselnd froh und traurig. Jonathan war gestern aus dem Urlaub zurückgekommen und er war einfach nur anstrengend. Von nachmittags um fünf bis abends um zehn hatte Klara am Telefon gesessen, und als sie nach dem vierten Gespräch mit Jonathan den Hörer aufgelegt hatte, zog sie den Stecker heraus. Dann hatte sie sich die Weintrauben aus dem Kühlschrank geholt.
Alle wollten von ihr wissen, wie sie sich die Sache mit Gabriel vorstellte. Klara dachte nicht gern daran, aber sie glaubte, es würde schon gut gehen. Sie hoffte, es würde gut gehen. Es gab so vieles im nächsten Jahr, worauf sie noch keine Antwort hatte und auch keine haben wollte. Sie war darauf vorbereitet, dass das meiste auf irgendeine Art anders werden würde.

Nichts war mehr wie vorher und das Neue hatte noch nicht begonnen. Klara verabschiedete sich von Mai und Leo. Für Sofie und Frida waren die Sommerferien noch nicht vorbei.
Klara nahm Abschied. Umarmungen, Küsse, Auf Wiedersehen, schreib doch mal, wir müssen in Kontakt bleiben, ich kann mir gar nicht vorstellen, dass wir uns jetzt so lange nicht sehen werden, viel Glück, noch ein Kuss, nimm dich vor den Italienern in Acht und noch mehr vor Gabriel, alles Gute. Wir werden dich vermissen ...
Niemand von ihnen konnte so recht begreifen, dass es ein Abschied für ein ganzes Jahr sein sollte.

Am letzten Abend, als der Koffer und die Reisetasche fertig gepackt waren, Klaras Handtasche bereitstand und die Sachen, die sie auf der Reise anziehen wollte, über einem Stuhl hingen, ging sie noch einmal mit Sofie weg. Sie setzten sich in ein Café, tranken den letzten Cappuccino zusammen und sahen sich tief in die Augen.
»Jetzt bleibt irgendwie nicht mehr viel zu sagen«, meinte Sofie. »Nichts, außer dass ich dich vermissen werde.«
»Es wird dir schon Spaß machen mit Leo.«
»Hoffentlich!«
»Du brauchst auch keine Angst vor Bendik zu haben. Und pass auf Jonathan auf«, grinste Klara.
»Früher war alles viel leichter. Alles war gerade so ernst, wie es sein musste, und nicht mehr. Ich glaube, von jetzt an wird alles schwieriger. Im Moment kommt mir alles nur schrecklich leer vor«, klagte Sofie.
»Aber das ist doch nur der Anfang! Alles hat seine Zeit. Ich bewahre mir meine Erinnerungen und sage mir, dass noch viel mehr vor uns liegt als hinter uns.«

»Ich weiß nicht, ob ich einsam bin oder müde oder einfach nur sentimental«, sagte Sofie. »Ich habe das Gefühl, unsichtbar zu sein. Oder als ob der Regen mich davongespült hätte.«

»Du wirst nie einsam sein, Sofie!«

»Ich wünsche dir viel Glück, Klara!«

Aus den Lautsprechern erklang *Joga,* Bjørks mystische und eindrucksvolle Musik. Schweigend saßen sie da. Draußen war es jetzt fast dunkel und ihr Leben war dabei, eine große Veränderung durchzumachen.

Klara bestand darauf, Sofie nach Hause zu bringen. Sie wollte nämlich danach ein letztes Mal allein im Dunkeln durch diese Straßen wandern.

* * *

Die Mutter weckte Klara früh am Morgen. Draußen prasselte der Regen gegen die Fensterscheiben. Klara bekam kaum einen Bissen hinunter. Ihr Hals war wie zugeschnürt und sie trank einen ganzen Liter Orangensaft. Sie hatte keine Zeit, an irgendetwas zu denken. Und wenn sie sie gehabt hätte, wäre sie sitzen geblieben, hätte die Regentropfen auf der Scheibe angestarrt und an das gedacht, was Sofie am Abend zuvor gesagt hatte. Wie viel einfacher früher alles gewesen war! Dann wären alle Erinnerungen zurückgekommen, alles, was sie seit dem Winter mit sich herumtrug. Und auch ihre Sehnsüchte und Träume wären wieder aufgetaucht. Vielleicht war es also ganz gut, dass sie keine Zeit zum Nachdenken hatte.

Alles, was sie dachte, war, dass Nikolai auf sie warten würde, wenn das Flugzeug in Italien landete, und sie dorthin mitnehmen würde, wo sie ein Jahr lang wohnen sollte.

Im Taxi konnte sie nicht stillsitzen. Die Mutter saß neben ihr und sagte nicht viel. Klara redete ununterbrochen und zog ein Teil nach dem anderen aus ihrer Tasche hervor, um sich zu vergewissern, dass sie an alles gedacht hatte. Doch obwohl sie unruhig war, war sie nicht aufgeregt. Sie fühlte eine große Ruhe in sich und stieg mit sicherem Schritt aus dem Taxi. Die Mutter half ihr mit dem Gepäck, sie checkten ein und setzten sich anschließend hin, um eine Tasse Kaffee zu trinken.

»Du rufst dann an, wenn du angekommen bist, hörst du?«, sagte die Mutter.

Klara nickte, sah auf die Uhr, nahm ein paar Schlucke Kaffee. Schließlich stand sie auf, um zu ihrem Flugsteig zu gehen, und ließ die Mutter hinter sich zurück. Mit einem triumphierenden Gefühl ging Klara allein die Rolltreppe hinauf und stieg in das Flugzeug, das sie zu ihrem Vater und in ein neues Land bringen würde. Der Zukunft entgegen!

Sie hat sich jetzt besser an alles gewöhnt. Daran, Klara zu sein! Es hat ungefähr sechzehn Jahre gedauert und noch weiß sie nicht, ob sie sich wirklich ganz daran gewöhnt hat. Sie glaubt eigentlich nicht, dass sie es bis zu dem Tag geschafft haben wird, an dem sie stirbt. Denn in ihr ist einfach zu vieles, was man nicht vorhersagen kann.

Patricia Schröder

Liebe ist, was du draus machst

Katarina ist echt genervt: In der Clique gibt es nur noch ein Thema: Wer küsst wen? Komisch nur, dass Katarina Küssen gar nicht so toll findet – schon gar nicht mit dem Angebertypen Niklas, der sich für unwiderstehlich hält. Und sowieso findet sie zur Zeit alles doof: die Schule, die Eltern…
Immer dreht sich alles nur um Noten und Jungs! Katarina beschließt zu ihrer besten Freundin Lilly zu fahren. Aber damit fängt der ganze Trouble erst richtig an!

Arena Taschenbuch – Band 2267
208 Seiten. Ab 13

Arena